I0623549

Sandras Schatten

Martina Sevecke-Pohlen

Die Deutsche Nationale Bibliothek verzeichnet diese Publikation
in der Deutschen Nationalbibliografie;

Detaillierte bibliografische Daten sind im Internet über
http://dnb.d-nb.de abrufbar.

Titelfoto (c) Sergey Mironov – Fotoalia.com

Titelgestaltung: Martina Sevecke-Pohlen

Wieken-Verlag Martina Sevecke-Pohlen

Fenderstr. 1, 26817 Rhauderfehn

kontakt@sevecke-pohlen.de

ISBN: 3943621081

ISBN-13: 978-3-943621-08-2

(c) 2012

FÜR SMILLA

INHALT

1.	Kapitel	11
2.	Kapitel	21
3.	Kapitel	31
4.	Kapitel	37
5.	Kapitel	44
6.	Kapitel	56
7.	Kapitel	64
8.	Kapitel	69
9.	Kapitel	82
10.	Kapitel	92
11.	Kapitel	102
12.	Kapitel	113
13.	Kapitel	123
14.	Kapitel	137
15.	Kapitel	150
16.	Kapitel	159
17.	Kapitel	169
18.	Kapitel	178
19.	Kapitel	186
20.	Kapitel	194

21.   Kapitel   210

22..   Kapitel   219

23.   Kapitel   230

24.   Kapitel   236

       Martina Sevecke-Pohlen   241

Die Gemeinde Wardenburg ist ein wunderbarer Ort, wie ich aus eigener Erfahrung weiß. Selbstverständlich leben dort ausschließlich friedliebende Menschen. Für „Sandras Schatten" habe ich mir einige kleinere Eingriffe in die Straßenführung erlaubt. Die Wardenburger werden es mir sicherlich verzeihen. Eine Gemeinschaft der Muh existiert meines Wissens nicht, Neutral-Moresnet hat dagegen tatsächlich existiert.

Auf http://www.sevecke-pohlen.de finden Sie Links zu Wardenburg und Neutral-Moresnet.

Sandras Schatten

MARTINA SEVECKE-POHLEN

1. KAPITEL

Weiß ragt der Arm hinter dem Kotflügel hervor. Regentropfen perlen über eine elfenbeinfeine Hand, Knöchel vom Aufprall verschrammt, Nägel abgerissen. Nasser Asphalt reflektiert Scheinwerferlicht. Wegen der dunklen Lackierung ist die schlanke Linie einer Limousine gerade noch auszumachen. Im Dämmerlicht erscheint das Fahrzeug substanzlos, als verfüge ein Zusammenprall mit ihm unmöglich über ausreichend Wucht Schaden zu verursachen.

Der Motor ist verstummt. Regen klopft stetig auf das Blech, über die Windschutzscheibe kratzen noch immer rhythmisch die Scheibenwischer. Jenseits des Fahrzeugs klingt ein schwacher Laut, kaum wahrzunehmen hinter dem Klopfen. Starre Blicke verfolgen die Spur des Blutes, das der Regen vom Stoßfänger auf den rauen Straßenbelag wäscht, wo sich die roten Schlieren verlieren.

Die Fahrertür schlägt zu. Der Motor wird wieder angelassen.

*

Zeit ist vergangen. Im Dunkeln verlässt die junge Frau ein Haus. Auf den ersten Blick fühlt man sich an eine Szene aus einer jener Fernsehsendungen erinnert, in denen den Zuschauern Inszenierungen tatsächlich geschehener Verbrechen dargeboten werden. Man sieht die junge Frau durch den Regen zu ihrem Auto laufen. Es ist ein Sonnabend im Juni zu fortgeschrittener Stunde.

Wäre dies wirklich eine Filmszene, erhielte man vom Kommentator den Hinweis, der Abend liege über zwanzig Jahre zurück. Es ist 22.45 Uhr.

*

Wenn es für Leute mit meinem Problem Selbsthilfegruppen gäbe, könnte ich mir sehr gut vorstellen, wie mein erster Auftritt dort verliefe. Erst säße ich still dabei, während andere sich vorstellten und über Fortschritte oder Rückfälle berichteten. Fragte man schließlich nach neuen Besuchern, stünde ich auf. Ich sähe in die Runde und sagte dann den Spruch, den ich zuvor tagelang vor dem Badezimmerspiegel geübt hätte:

„Ich heiße Christa Hemmen, und in meinem Kleiderschrank wachsen frisch gebügelte weiße Hemdblusen."

Niemand würde lachen. Einige Anwesende würden lediglich mitfühlend nicken, andere verständnisvoll lächeln. Von allen zusammen käme „Hallo, Christa" in lautem Chor, während ich ermattet auf meinen Stuhl zurücksänke, triumphierend jedoch auch, denn ich hätte es endlich ausgesprochen.

Es ist tatsächlich so und es ist mir sehr peinlich. In meinem Kleiderschrank wachsen weiße Hemdblusen, nicht im biologischen Sinne natürlich, aber ich habe offenbar keinen Einfluss auf das, was in meinem Schrank geschieht. Als Schülerin deutete sich das Problem zwar an, aber niemand, auch ich nicht, nahm die Anzeichen ernst.

Im Zweifel konnte ich die Schuld an den gebügelten Hemd-blusen, damals waren sie noch nicht weiß, meiner Mutter zuschieben. Eine aktive Hauswirtschaftsleiterin als Mutter bietet sich für solche Schuldzuweisungen an, und ich habe das Angebot ausgiebig genutzt. Aber schon meine Studen-tenzeit war von der Befürchtung geprägt, Besucher meines WG-Zimmers würden unbeobachtet meinen Schrank öffnen und die, zu diesem Zeitpunkt bereits weißen Blusen entde-cken.

Es ist ein merkwürdiges Phänomen. Nach einem Einkaufs-bummel, sogar nach dem Shoppen, frage ich mich wieder und wieder, wo die neuen weißen Hemdblusen herstammen.

Ich fürchte, wagte ich mich in den coolsten Szene-Laden, verwandelte sich das Teil im aktuellsten Look und in der angesagtesten Farbe nach dem Bezahlen noch in der Plastiktüte zu einer weißen Hemdbluse.

Wie viele Leute mit einem Problem habe ich mich im Laufe der Jahre damit arrangiert. Manchmal wage ich die Hoffnung, dies sei der erste Schritt zur Heilung. Nachdem ich nicht mehr lediglich Studentin, nicht einmal mehr nur Absolventin bin, fühle ich mich in dieser Hinsicht recht optimistisch. Allerdings sehe ich weitere Probleme vor mir. Mein neuer Arbeitsplatz in Wardenburg ist exakt zwei Komma sieben acht Kilometer von meinem Elternhaus entfernt.

*

Um 22.55 Uhr fährt die junge Frau auf der Landstraße von Wardenburg Richtung Ahlhorn. Nur wenige Autos sind unterwegs. Es regnet noch immer, sie fährt der Witterung angemessen. Man sagt von ihr, sie sei eine umsichtige Fahrerin. Doch an diesem Abend steht sie unter Zeitdruck, denn um 23.30 Uhr soll sie ihren Freund in Ahlhorn abholen.

Der Regen wird gegen 23.05 Uhr dichter. Sie verlangsamt ihr Tempo. Da fällt ihr am Straßenrand ein Mann auf. Normalerweise würde sie keinen Fremden mitnehmen, doch für diesen hält sie an. Über ihre Gründe kann man nur spekulieren. Um 23.10 Uhr setzt sie in Begleitung des Fremden die Fahrt fort.

*

Es ist meine erste eigene Wohnung. Natürlich habe ich als Studentin nicht zu Hause gewohnt, achthundert Kilometer Distanz zur Universität erlauben das nicht, aber ein Zimmer in einer Wohngemeinschaft ist nur bedingt ein eigenes Reich. Während meines ersten Jobs habe ich das Zimmer beibehalten. Es passte zu dem Job und der Abfolge befristeter Maßnahmen. Jetzt aber ziehe ich in eine eigene Wohnung.

Im Gegensatz zu meiner neuen Arbeitsstelle habe ich die Wohnung selbst gefunden. Die Arbeitsstelle hat meine Mutter entdeckt und mich zum Bewerben genötigt. Dass ich die Stelle sogar bekommen habe, mache ich ihr nicht zum Vorwurf, aber es wurmt mich doch, es könnte eventuell der Eindruck entstanden sein, meine Mutter regelte mein Leben.

Die leidigen weißen Hemdblusen kommen mir jetzt gelegen. Als ich letzte Woche meine Stelle angetreten habe, begrüßte mich Frau von Geldern freundlich. Sie ist die Geschäftsführerin von „Crea. Heim und Pflege" in Wardenburg.

Alles an ihr ist groß. Sie hat einen langen Oberkörper und große Hände. Sie hat auch ziemlich lange Beine, aber aus irgendeinem Grunde erinnern sie mehr an Säulen, vielleicht weil man keine Konturen an den Waden oder Knöcheln sieht. Die Beine gehen gerade vom Rocksaum hinab zu den großen Füßen, die in entsprechend großen Schuhen ohne nennenswerten Absatz stecken. Das sieht standfest aus. Standfestigkeit ist unentbehrlich für Geschäftsführerinnen.

Farblich sind die Schuhe immer auf den Rock abgestimmt. In den zehn Arbeitstagen, die ich bisher mit Frau von Geldern verbracht habe, hat sie keinen Rock zweimal getragen, aber vom Schnitt her ähneln sie sich alle. Immer sind es Faltenröcke in gedeckten Farben, zu denen sie stets eine frisch gebügelte Hemdbluse trägt, mit Perlenkette, denn sie ist die Geschäftsführerin. Ihr Kopf ist das einzige an ihr, was man als klein bezeichnen könnte. Augen, Nase, Mund und Ohren finden kaum genügend Platz daran, so dass die erschreckend krause Dauerwelle an der Stirn bis über die Brillengläser fällt.

Auch wenn es diese Beschreibung nicht vermuten lässt, finde ich Frau von Geldern sympathisch. Sie hat Verständnis für mein Problem, hält es sogar für einen Vorteil. Nachdem sie mich am Montag vor einer Woche durch die Geschäftsräume geführt und mir dann meinen Schreibtisch gezeigt hatte, schenkte sie mir eine Tasse Tee ein.

„Ich bin sicher, wir werden gut miteinander auskommen", teilte sie mir mit, indem sie mir die Tasse reichte.

„Schon als ich Ihr Bewerbungsfoto gesehen habe, Frau Hemmen, wusste ich, dass Sie zu uns passen werden. Sie haben so eine seriöse Ausstrahlung."

Ich dankte ihr für den Tee und das Kompliment. Letzteres war für mich eine große Beruhigung. Trotzdem braucht niemand davon zu erfahren, schon gar nicht meine jüngere Schwester Heidi.

Heidi gehört nämlich nicht zu den Menschen, in deren Kleiderschränken weiße Hemdblusen wachsen. Sie hat den Schick einer Frau aus der Waschmittelwerbung, keine glänzende Stirn, die langen Haare in einem Naturton, den sich andere teuer erfärben müssen, und immer adrett gekleidet. In den letzten Wochen trägt sie auffälligere Farben und Schnitte. Auch ihre Bemerkungen zu meiner Garderobe sind eine Spur bissiger geworden. Ich weiß, dass ich als Akademikerin und ältere Schwester über Heidis Kommentaren stehen sollte. Es gelingt mir nur nicht immer.

*

Um 23.14 zieht der Anhalter ein Messer und verlangt von der jungen Frau, sie solle in den nächsten Feldweg abbiegen. Stattdessen beschleunigt sie. Vor sich sieht sie die Rücklichter eines Wagens. Sie schlägt auf den Schalter der Warnblinkanlage und überholt hupend. Das überholte Fahrzeug bremst und gerät von der Fahrbahn. Ein weiteres Fahrzeug nähert sich der jungen Frau nun von vorne. Bei einem Ausweichversuch kommt ihr Wagen ins Schleudern. Auch der Fahrer des entgegenkommenden Autos bremst und rutscht auf der regennassen Fahrbahn in das Auto im Graben.

Währenddessen prallt die junge Frau gegen einen Baum. Sie selbst wird vor dem Lenkrad eingeklemmt. Dem Anhalter gelingt es jedoch, die Beifahrertür zu öffnen. „Ich kriege dich noch", sind seine Abschiedsworte, ehe er zwischen den Bäumen in den Wald verschwindet. Das Messer hat er mitgenommen, schließlich ist es sein Eigentum. Die Uhr zeigt 23.19 an.

*

„Was haben Sie am Wochenende vor?" fragte mich Frau von Geldern gestern Nachmittag, als ich in der Teeküche die Spülmaschine ausräumte.

Diese Tätigkeit scheint entweder zu meinem oder zu Simones Arbeitsbereich zu gehören. Simone ist die Bürofachkraft. Frau von Geldern hielt ihren Teebecher etwas unbeholfen in der Hand. Sie war sich bewusst, den letzten Aufruf Simones, Becher und Teller in die Spülmaschine zu räumen, überhört zu haben. Routiniert sortierte ich das Besteck in den Schubladeneinsatz. Mir war in diesem Moment, als hätte ich nie etwas Anderes getan. „Ich ziehe in meine neue Wohnung", teilte ich ihr mit.

Für mich war das ein wichtiger Schritt, nicht nur, weil es sich um meine erste eigene Wohnung handelte. Seit vier Wochen wohnte ich bei meinen Eltern in meinem alten Zimmer im stillen Tal, der Straße meiner Kindheit. Dieser Zustand musste verändert werden. Noch vertrug ich mich mit meiner Mutter, aber es hatten sich wieder alte Verhaltensweisen eingeschlichen.

Beispielsweise wusch sie meine Wäsche. Dagegen hatte ich nichts einzuwenden, wohl aber ärgerte es mich, dass sie in meiner Abwesenheit in mein Zimmer ging, an meinen Blusen roch und entschied, ob sie gewaschen werden mussten, und auch sorgfältig die Taschen meiner Hosen ausleerte, ehe sie sie in die Waschmaschine beförderte. Das war entwürdigend und wurde keineswegs besser, wenn meine Mutter ein gelassenes „Aber immerhin sind deine Sachen jetzt wieder sauber" an ihre Entschuldigung anhängte.

Frau von Geldern stellte eilig ihren Becher in die ausgeräumte Spülmaschine.

„Oh, das wird dann ja ein arbeitsreiches Wochenende, Frau Hemmen. Ist die Wohnung in Wardenburg?" Ich bestätigte beides und kämpfte den Impuls nieder, ihren Becher herauszunehmen und von Hand zu spülen, ehe er in der feuchtwarmen Spülmaschine bis zum Montag verschimmelte. Solche Impulse quälen wahrscheinlich jede Tochter einer Hauswirtschaftsleiterin. Diesmal siegte meine Faulheit. Ich sammelte aber die Geschirrhandtücher ein, die ich unbedingt zu Hause bei meiner Mutter waschen wollte, und knipste das Licht in der Teeküche aus.

Frau von Geldern schlenderte hinter mir bis zu meiner Bürotür.

„Ich hoffe doch, Sie haben genügend Hilfskräfte für den Umzug."

Ich beruhigte sie, fragte mich aber, weshalb sie das wissen wollte. Vielleicht hoffte sie auf einen Hinweis, ob mein Freund mich unterstützen würde. Da ich keinen Freund hatte, musste ich auf meinen Vater zurückgreifen. Das brauchte Frau von Geldern jedoch nicht zu wissen.

Gemeinsam stiegen wir die Treppe zur Friedrichstraße hinunter. Durch das Schaufenster von „Crea. Heim und Pflege" sahen wir in das Büro des Pflegedienstes, wo eine in den Crea-Farben Beige, Grün und Blau uniformierte Frau die Stühle auf die Schreibtische stellte. Frau von Geldern klopfte an die Scheibe und winkte. Die Frau fuhr zusammen, sah, wer geklopft hatte, und winkte gequält zurück.

Nach einem letzten „Schönes Wochenende" stieg Frau von Geldern in ihre silbergraue Limousine. Ich ging weiter die Friedrichstraße entlang bis zu dem weißen Wohnblock, der zu meiner Zeit als graues Gebäude die Postfiliale beherbergt hatte. In den Jahren meiner Abwesenheit war die Post ausgezogen, und man hatte das Haus modernisiert. Jetzt wohnte Heidi in einer der Wohnungen, Luftlinie dreihundertfünfzig Meter zu ihrem Arbeitsplatz.

Diese Nähe ihrer Wohnung zu ihrem Schreibtisch in der Zentrale eines Personaldienstleisters wurde meine Mutter nicht müde hervorzuheben. Anstrengungen jeglicher Art waren von Heidi fernzuhalten, und so hatte sie für sie diese Wohnung gefunden. Anders als ich wusste Heidi den Tatendrang unseres Elternteils zu schätzen, zumindest äußerte sie nie den Vorwurf, sie könne die Aufgaben, die ihr abgenommen wurden, selbst erledigen.

Mein Auto stand in Heidis Hof geparkt. Heidi hatte den Hausmeister, der ihr nichts abschlagen konnte, über unsere Verabredung informiert. Im Hof hinter „Crea. Heim und Pflege" war kaum Platz, weil die Wagen des Pflegedienstes sich dort beinahe stapelten. Die fünfzig Meter bis zu Heidis Hof konnte ich leicht bewältigen.

Automatisch sah ich an der Fassade hoch. In ihrem Badezimmer war ein Fenster gekippt, aber dies war kein verlässlicher Hinweis darauf, ob sie sich in der Wohnung aufhielte. Diese Wohnung lag so, dass weder von der Straße noch vom Dach her Eindringlinge zu befürchten waren. Deshalb ließ Heidi alle Fenster auch in Abwesenheit offenstehen.

Nach kurzem Zögern ging ich direkt zu meinem Auto. Die letzten zwei Tage war sie auf einer Fortbildung gewesen.

Auch wenn sie schon zurück sein sollte, konnte ich an diesem Nachmittag auf Heidis entspannte Kritik verzichten. Lieber wollte ich meine restlichen Sachen packen.

Als ich in das stille Tal kam, herrschte dort Freitagnachmittagsruhe. Kinder wohnten derzeit nicht in der Straße, die südlich vom Abzweig Wikingerstraße von der Oldenburger Straße abging und nach einer Haarnadelkurve wieder darauf zurückführte. Einige Leute arbeiteten in ihren Rabatten.

Der Garten von Frerk Deepken war zugewuchert. Seine Brombeerhecke bedeckte mittlerweile fast alles, woran sie sich hochranken konnte. Alle paar Monate kam Frerks Sohn, um den Vater in der Justizvollzugsanstalt, wo er wegen der Brandstiftung am Bergerschen Haus einsaß, zu besuchen. Dann mähte er auch den Rasen am Haus. Meistens blieb er nur eine Nacht. Die Nachbarn ließen ihn in Ruhe. Es war allen unangenehm, einen Brandstifter in ihrer Mitte gehabt zu haben. Nun mieden sie das Haus und den Sohn.

Wann immer ich Frerk Deepkens Haus sah, erfüllte mich Bitterkeit. Ich gab mir die Schuld, das Feuer im Nachbarhaus nicht frühzeitig bemerkt zu haben, und fühlte mich mitverantwortlich für den Tod von sechs Menschen. Rational war diesem Gefühl nicht zu begegnen. Ich hatte es mit einer Ortsveränderung versucht, aber auch die Jahre meiner Abwesenheit hatten die Eindrücke kaum gemildert.

Zumindest erinnerte im stillen Tal nichts mehr an das Bergersche Haus. Auf dem Grundstück waren vier Einfamilienhäuser errichtet worden, in denen nun ein älteres Ehepaar, eine alleinstehende Dame jenseits der Fünfzig, ein junger Mann mit sehr schlanker Freundin, die beide nie da waren, und eine Frau mit ihren zwei erwachsenen Söhnen wohnten. Von meinem Zimmer aus sah ich nicht mehr das Reetdachhaus des alten Herrn Berger, auch nicht mehr die geschwärzten Mauern seiner Ruine. Hellgelber Putz und blau lackierte Dachziegel, davor grüner Rasen, Kirschlorbeer und Geranien lachten im Sonnenlicht zu mir herüber. Die neuen Nachbarn passten gut ins stille Tal.

2. KAPITEL

Von den Feldern her zieht Nebel in die Gärten. Dumpf liegt die Herbstnacht auf feuchtem Laub. Es raschelt in den schwarzen Stängeln der Astern, und ein Igel quert vom Beet über das Gras zur Hecke. Irgendwo in den Bäumen schreit eine Eule.

In den Häusern ringsum sind alle Fenster dunkel. Nur wenige haben noch die Außenbeleuchtung angeschaltet. An ein, zwei Stellen ist das Licht einer Straßenlaterne vorne an der Straße zu sehen. Bewegungsmelder sind in diesen Jahren noch kaum verbreitet. Man riecht überreifes Obst.

Etwas Größeres raschelt. Zweige neigen sich unter dem Gewicht ihres neuen Schmucks. An Drahtschlingen hängen kleine Formen, dunkel und still wie übergroße Tannenzapfen, aber ohne deren resinösen Duft. Die genaue Anzahl ist nicht zu erkennen. Man muss wissen, wie viele davon in der glitschigen Plastiktasche steckten.

Wieder fällt Ruhe in den Garten. Nichts regt sich, auch als ein größerer Schatten hinter dem Apfelbaum hervortritt. Nur ein schmatzendes Geräusch zeigt an, dass der Schatten zu einem Körper gehört, der Spuren auf dem Fallobst hinterlassen wird. Doch ansonsten fast geräuschlos überwindet jemand den Zaun. Kein Hund schlägt an. In dieser Nachbarschaft hält man Katzen.

Der Schatten bewegt sich bis unter den Balkon. Ein Blumenkübel steht günstig platziert und erleichtert den Aufstieg. Nur leise klingt das Metallgestänge der Balkonbrüstung, als sich ein schwerer Körper darüber wuchtet. Danach ist alles still. In der Ferne passiert ein spätes Auto die Landstraße.

Der Schatten hält inne, kommt zu Atem, reibt die Hände in den Lederhandschuhen, die etwas zu knapp sitzen. Vorsichtig nimmt er den Rucksack vom Rücken. Aus der Vordertasche holt er ein Werkzeug. Metall blitzt auf. Das Hauptfach wird nun geöffnet. Darin regt sich etwas. Plastikfolie knistert, als eine Einkaufstasche auseinandergezogen wird.

Dann greift der Schatten hinein und zieht etwas Kleines, Lebendiges heraus. Es zappelt und gibt leise Laute von sich, doch die wird man im Haus nicht beachten. Zu viele ähnliche Laute klingen durch den Nebel von Feldern und Hecken in den Garten. Der Schatten hält das Wesen am ausgestreckten Arm, mit der anderen Hand werden Einkaufstasche und Rucksack zusammengeschoben. Dann blitzt kurz das metallene Werkzeug auf. Ein langgezogener Laut, ein krampfhaftes Zappeln folgen. Der Schatten wartet, bis das Zappeln nachlässt, dann legt er das blutende Bündel vor die verschlossene Balkontür.

Minuten später ist er im Nebel verschwunden. Bis zum Morgen ist das Blut getrocknet.

*

Vom Oldenburger Einrichtungshaus nach Wardenburg fuhren wir im Konvoi, sofern ein Konvoi aus nur drei Autos bestehen kann. Hinten in meinem Wagen lagen Kartons dicht gepackt. Der Innenraum roch nach Holz. Mein Vater fuhr mit dem Anhänger voraus, dahinter folgte sein bester Kumpel in einem vollgestopften Kombi. Gefunden hatte ich die Wohnung ohne meine Mutter, zum Möbeltransport brauchte ich aber meinen Vater.

Am Ortsausgang Oldenburg in Kreyenbrück trennte uns das Rotlicht, aber wir hatten vereinbart, dass wir in so einem Fall nicht auf die abgeschnittenen Autos warten wollten. Das Gespann meines Vaters mit dem gemieteten Anhänger und Andy Vosgeraus Kombi verließen die Stadt Richtung Tungeln, während ich an der Ampel hinterher sah. Natürlich war das nicht tragisch. Ich kannte den Weg, und vor allem steckte der Wohnungsschlüssel in meiner Tasche.

Das Haus meiner Eltern im stillen Tal liegt genau an der Kehre der Haarnadelkurve. Den Bogen, den der Patenbergsweg beschreibt, könnte man allenfalls mit einer stark verbogenen Haarnadel vergleichen, tatsächlich aber verlässt er die Oldenburger Straße im Ortskern, führt an Kirche und Friedhof und weiter an älteren und neueren Häusern vorbei, ehe er einen weiten Bogen vollführt und hinter dem Ortsschild wieder auf die Oldenburger Straße trifft. Meine Wohnung lag im ersten Haus hinter dem Bogen. Solche Wohnsituationen schienen mich anzuziehen. Ich glaube, zur Zeit seiner Erbauung war es das letzte Gebäude an dieser Seite von Wardenburg, denn die Häuser in der kleinen an dieser Stelle abgehenden Straße Im Orthbruch sind alle jüngeren Datums.

Als ich das Haus erreichte, lehnte Andy neben dem heruntergelassenen Fenster meines Vaters. Er winkte mir und schüttelte den Kopf zu meinem Vater, ehe er sich von dessen Wagentür wegstemmte und auf mich zu schlenderte. „Wir dachten schon, du hättest uns zur falschen Adresse geschickt, Christa", grinste er, worauf ich nur den Kopf schüttelte. Dann führte ich die beiden hinauf in die Wohnung, wo sie sich gnädigerweise beeindruckt zeigten.

„So viel Platz brauchst du allein doch gar nicht" stellte Andy fest. „Da kommt doch sicher bald jemand mit rein, was? Vielleicht mit tränenverhangenen Augen aus Süddeutschland?"

Ich schüttelte den Kopf, während mein Vater fragte, wieso jemand mit tränenverhangenen Augen aus Süddeutschland kommend in diese Wohnung ziehen sollte. Andy lachte.

„Guck dir deine Tochter an, Jörn. Das Mädel sieht doch so aus, als hätte es da unten zahlreiche Herzen gebrochen."

Mein Vater musterte mich eher misstrauisch als skeptisch. Von Auszubildenden in dem Restaurant, wo er als Koch arbeitete, wusste er, dass treuen Blicken nicht zu trauen war, aber bei mir ging er von einem untadeligen Lebenswandel aus. Anders als meine Mutter sehnte er sich nicht nach adretten Schwiegersöhnen. Ich war seine große Christa, mit der er wichtige Dinge besprechen konnte. Schwiegersohnanwärter störten dabei nur.

Ich dagegen seufzte betont laut, als hätte Andy etwas sehr Dummes gesagt, und verdrehte demonstrativ die Augen. Damit war mein Vater beruhigt, und Andy, der natürlich kein Wort ernst gemeint hatte, lachte schallend. Nachdem ich beiden versichert hatte, die Wohnung sei für mich allein nicht zu groß, tatsächlich war sie zehn Quadratmeter kleiner als Heidis, die ebenfalls allein lebte, schleppten wir die Möbelteile nach oben.

Bis Sonntagnachmittag waren Wohn- und Schlafzimmer aufgebaut, und in der Küche hingen die Oberschränke ordentlich über den Unterschränken. Was fehlte, waren die Elektrogeräte, die in den nächsten Tagen geliefert werden sollten. Einen Telefonanschluss hatte ich auch noch nicht, der Antrag war in Bearbeitung, aber eigentlich sah ich nicht ein, wozu ich einen Festnetzanschluss benötigte, wenn ich ein Handy hatte. Meine Eltern hatten mich dazu gedrängt, und Andy hatte gesagt, es wäre aus polizeilicher Sicht besser, was ich ihm weder glaubte noch nachvollziehen konnte, mich aber endgültig nachgeben ließ.

Meine Mutter hatte die Wohnung einer Grundreinigung unterzogen. Als schließlich abzusehen war, dass die Arbeiten vorläufig beendet wären, traf Heidi ein. Sie machte nicht einmal den Versuch der Rechtfertigung sondern stellte nur eine Schüssel Nudelsalat auf den von mir zusammengebauten und von meiner Mutter abgewischten Küchentisch.

„Nudelsalat? Selbstgemacht? Und das trotz deiner Fortbildung? Oh, Heidi", sagte meine Mutter, indem sie die Mischung mit hochgezogenen Brauen in Augenschein nahm.

An Heidi gerichtet war dies ein eindeutiges Lob, was Heidi natürlich wusste, denn sie lächelte zufrieden. Wären die Worte meiner Mutter an mich gewandt gewesen, hätte ich mich kritisiert gefühlt. So aber bereiteten wir Tee zu und setzten uns um den Küchentisch, wo wir Heidis Nudelsalat unter weiteren Lobessprüchen verzehrten.

Ich möchte festhalten, dass meine Schwester keineswegs eine herausragende Köchin ist. Aber ihr Salat war gemessen an vielen Nudelsalaten in Deutschland erstklassig und verdiente Lob, wenn auch nicht die Hymnen meiner Eltern und Andys.

Während wir noch am Tisch saßen, klingelte es. Im Treppenhaus stand Sandra Menserhagen. Mein erster Gedanke war, sie wolle sich wegen des Einzugslärms am Sonntag beschweren, schließlich bewohnte meine Vermieterin die Erdgeschosswohnung. Doch Frau Menserhagen fühlte sich nicht gestört.

„Es war jetzt so lange ruhig, da dachte ich, Sie machen eine Pause. Ich wollte Ihnen einen kleinen Willkommensgruß ..."

Verlegen hielt sie mir einen Kuchen entgegen. Ich hatte Frau Menserhagen von unserer ersten Begegnung an nett gefunden. Sie wirkte stets um das Beste bemüht, und immer ein klein wenig so, als gehörte sie nicht völlig in diese Welt. Früher bezeichnete man Frauen dieses Typs als alte Jungfer. Mir erschien sie tatsächlich alt, weshalb ich sie, obwohl sie offensichtlich jünger als meine Eltern war, wie eine fragile ältere Person behandelte.

Mit ihrem Kuchen in der Hand lud ich sie ein, sich in der Wohnung umzusehen. Das lehnte sie ab, aber ich konnte sie überreden, einen Tee mit uns zu trinken. In der Küche waren meine Umzugshelfer von ihrem Erscheinen überrascht, machten aber erfreut Platz für einen weiteren Stuhl.

Nachdem sie eine Tasse Tee getrunken hatte, überredete meine Mutter Frau Menserhagen doch noch, die halb eingerichtete Wohnung zu besichtigen. In der Zwischenzeit wusch ich mit Heidi das Geschirr ab. Auf dem Weg ins Badezimmer hörte ich dann mit an, wie meine Mutter im Wohnzimmer über weitere Einrichtungspläne referierte.

„Blaue Gardinen, dachte ich. Das wäre ein schöner Kontrast zum Laminat. Das hat einen herrlich warmen Ton. Ziemlich neu, nicht wahr?"

Ich verdrehte die Augen. Unsichtbar für mich gab Frau Menserhagen ihre Antwort.

„Etwa zwei Jahre. Vorher lag hier Teppichboden, aber ...der musste raus."

„Teppichboden ist schwer zu reinigen. Manche Flecken wie Blut oder Rotwein gehen fast gar nicht raus. Da kann man machen, was man will."

„Ja ... ja, natürlich", stimmte Frau Menserhagen mit diesem für sie typischen Zögern zu. Vielleicht empfand sie Flecken im Teppich als etwas sehr Persönliches, über das man nicht mit Fremden diskutierte.

Ich betrat nun das Bad. Als ich zurückkam, standen die beiden immer noch an der Balkontür.

„Und natürlich die Ruhe", hörte ich meine Mutter. „Christa wird beruflich viel unterwegs sein. Bei diesem Stress tut es ihr gut, dass es hier so ruhig ist. Und mit den Sicherungen an Fenstern und Türen muss sie sich keine Sorgen wegen ungebetener Besucher machen."

„Ungebeten? Oh, Sie meinen Einbrecher?"

„Ja, natürlich. Was sonst?"

„Was sonst? Ach, sicher nicht. Das heißt, hoffentlich nicht. Man kann nie wissen."

Kopfschüttelnd ging ich ins Schlafzimmer, wo Heidi mein Bett bezogen hatte.

„Du brauchst eine größere Bettdecke", teilte sie mir mit.

Optimistisch hatte ich ein Doppelbett angeschafft. Die zweite Matratze war lediglich mit einem Spannbetttuch bezogen. Das Gesamtbild wurde dadurch etwas unausgeglichen.

„Ja. Aber das Bett war erst einmal wichtiger."

„Und dann brauchst du alle Garnituren zweimal. Es sieht so furchtbar aus, wenn zwei verschiedene Garnituren auf einem Bett sind."

Misstrauisch musterte ich sie. Natürlich waren wir keine Teenager mehr, aber bei Heidi kämpfte ich noch sehr mit der Vorstellung, sie könnte mit einem Mann das Bett auch zum Schlafen teilen. Heidi bemerkte meinen Blick und strich sich automatisch eine Strähne aus den Augen.

„Was denn?" fragte sie gereizt.

„Hast du einen neuen Freund?" verlangte ich zu wissen. Sie hob die Schultern.

„Und wenn?"

„Dann hätte er hier helfen können. Wäre doch eine gute Gelegenheit gewesen, sich bei den Eltern positiv einzuführen."

Erstaunlicherweise warf Heidi mir nicht vor, ich würde nur an mich denken, wie sie es sonst so oft tut. Stattdessen betrachtete sie mit gerunzelter Stirn meine Handtuchstapel, die drauf warteten, in den Schrank geräumt zu werden.

„Ach, ich weiß nicht. Vati war schon immer so anti mit den Jungs. Und socialnetworking war nie seine Stärke", murmelte sie, während ich sie verblüfft anstarrte. Eilig sah sie auf die Uhr.

„Ich muss weg. Ich habe noch etwas vor." Nun war ich beleidigt, hielt sie aber nicht auf.

Heidi eilte aus der Wohnung. In der Küche versicherte Andy Vosgerau gerade seiner Frau, er werde im Laufe der nächsten halben Stunde nach Hause kommen. Als ich die Wohnungstür hinter Heidi schloss, kam er in den Flur, das Handy noch in der Hand.

„Christa, ich fahre jetzt auch. Du hast das Chaos ja gut im Griff, so wie immer."

Ich bedankte mich noch einmal für seine Hilfe. Währenddessen kam meine Mutter mit Frau Menserhagen aus dem Wohnzimmer. Einen Moment lang musterte Frau Menserhagen Andy, ehe sie verkündete, sie dürfe mich nicht länger aufhalten. Da sie die ganze Zeit mit meiner Mutter geredet hatte, fand ich die Bemerkung unpassend. Nachdem sie mir nochmals die Hand geschüttelt hatte, ging sie die steile Treppe hinunter.

Gleich darauf folgte ihr Andy. Mein Vater winkte ihm vom Küchenfenster aus nach, dann drehte er sich zu mir um.

„Das war also deine Vermieterin. Nett, eigentlich. Wie heißt sie noch?"

Meine Mutter war ebenfalls in die Küche gekommen.

„Menserhagen. Das war Sandra Menserhagen, Jörn." Er schüttelte den Kopf.

„Woher kenne ich den Namen, Kati?" Meine Mutter seufzte ganz leise, ich bin sicher, nur ich konnte es hören.

„Ihr Vater war der Inhaber von Menserhagen Bau in Oberlethe."

Menserhagen Bau hatte die vier Einfamilienhäuser auf dem Grundstück des niedergebrannten Nachbarhauses errichtet. Über ein halbes Jahr hatte mein Vater vom Küchenfenster auf das Bauschild gesehen. Jetzt dämmerte auch seine Erinnerung.

„Klar doch. Aber war der Inhaber nicht jemand anders? Da stand ein anderer Name ... Warte ... Irgendwas Priem, oder? Walter Priem, ja?"

Meine Mutter hob laut die Schultern, eine Angewohnheit, die auch echter Resignation noch eine Spur Aggressivität verlieh.

„Kann sein, Jörn. Der Menserhagen ist schon ein paar Jahre tot."

Sie schwieg nachdenklich, dabei sah sie sich um, ob es noch etwas in der Wohnung zu erledigen gäbe. Aber ehe sie die Gardinen genäht hätte, bliebe für sie nichts mehr zu tun. Auch für meinen Vater sah sie keine weiteren Aufgaben. Also gab sie ihm ein Zeichen und sie verabschiedeten sich.

Mitten in der Diele blieb sie plötzlich stehen.

„Hast du etwas vergessen, Mutti?" fragte ich. Meine Mutter schüttelte den Kopf.

„Kurt. Kurt Menserhagen", sagte sie triumphierend. Mein Vater und ich sahen sie an.

„Wer?" fragte ich dann, als sie nicht weitersprach.

„Kurt Menserhagen. Ich kannte einen mit dem Namen am Technischen Gymnasium in Oldenburg."

„Und wer ist das? Der Vater von Christas Frau Menserhagen kann er schlecht sein, Kati." Meine Mutter warf ihm einen wissenden Blick zu, als wolle sie anzeigen, durchaus verstanden zu haben, was er meinte. Dann hob sie für ihre Verhältnisse leise die Schultern.

„Nein. Natürlich war das nicht Frau Menserhagens Vater. Sie ist ja etwa in unserem Alter."

Meine Eltern waren so alt, dass sie Leute, die fünf Jahre jünger oder älter waren als sie unter diesem Ausdruck zusammenfassten. Aus meiner Sicht fiel Sandra Menserhagen noch nicht in die Kategorie.

„Wieso kanntest du Leute vom Technischen Gymnasium, Mutti? Du warst doch am Hauswirtschaftsgymnasium", wandte ich ein, als ob mit diesem Argument die Beziehungen meiner Mutter zu der anderen Lehranstalt gekappt werden könnten. Ungerührt sah sie mich an.

„Das schon, Christa. Aber du vergisst, dass ich ein Leben vor deinem Vater hatte. Mein damaliger Freund war am Technischen Gymnasium. Und da hing er mit einem Kurt Menserhagen herum. Das muss ja kein Verwandter von deiner Frau Menserhagen sein."

„Nein, wahrscheinlich nicht", beeilte sich mein Vater zu sagen und drängte seine Frau aus der Wohnung. Erst dachte ich, er wäre aus irgendwelchen Gründen ärgerlich, aber unten am Auto sah ich sie miteinander lachen.

3. KAPITEL

Am Montag war Herr Meinert aus dem Urlaub zurück und wurde mir vorgestellt. „Ach, du bist die neue Kollegin", folgerte er aus der Tatsache, dass es vor drei Wochen in seinem Büro noch keinen zweiten Schreibtisch gegeben hatte. „Harald Meinert. Sag Harry zu mir." Ich versprach es.

Harry war eine bemerkenswerte Erscheinung, und das nicht nur im Kontrast zu Frau von Geldern, die an diesem Tag den elften Faltenrock ohne Wiederholung in Folge auftrug. Mittelgroß traf ziemlich genau seine Körperlänge, und hager beschrieb den Eindruck, den seine Statur erweckte, obschon seine Schultern nicht in dieses Bild passen wollten. Die waren extrem breit, so dass ein größerer Mann sie vorteilhafter hätte tragen können. Weil er mit dieser Verteilung berechtigterweise unzufrieden war, trug er seine Haare lang, und zwar in einer Art fest verwobenen trapezförmigen Block, der von seinen Augenbrauen bis zu den Schulterblättern reichte. Selbst bei stärkstem Wind geriet das Trapez kaum in Bewegung.

Ob in seiner lange zurückliegenden Faustballerkarriere auch schon diese kompakte Masse starr auf seinem Rücken geruht hatte, verriet er mir nicht, aber ich versuchte natürlich, es mir auszumalen.

Interessanterweise schwitzte Harry Meinert nie. Wir trafen Mitte Juni aufeinander, und außerhalb der klimatisierten Geschäftsstelle war es sehr warm, an manchen Tagen sogar unbestreitbar heiß. Auf Harrys Stirn glänzte nie eine Schweißperle, seine Hemden, die ihm bis auf den Schulterbereich zu groß waren, wiesen unter den widrigsten Bedingungen keine feuchten Stellen auf. Nach Arbeitstagen, an denen er ausschließlich unter stärkster Sonnenbestrahlung von Wohnobjekt zu Wohnobjekt gefahren war, ging von ihm lediglich ein leichter Estragongeruch aus.

Sprachen Heidi und ich über Harry Meinert, nannten wir ihn den coolen Harry, denn zweifelsohne konnte man diesen Mann nur als cool im wahrsten Wortsinne bezeichnen.

Hätte es Unternehmen wie „Crea. Heim und Pflege" schon in der Jugend meiner Eltern gegeben, wären Harrys und meine Positionen nicht mit studiertem Personal besetzt worden. Heutzutage existierten zahlreiche solcher Firmen, und Tätigkeiten, für die man vor zwanzig Jahren Fachkräfte mit Realschulabschluss eingestellt hätte, vergab man zum gleichen Tarif an Akademiker, denn die können Anliegen angeblich besser kommunizieren.

Harry leitete den Wohndienst von „Crea. Heim und Pflege". Damit war er nicht mein Vorgesetzter, eher, wie Frau von Geldern in eindringlichem Ton zu uns beiden sagte, ein erfahrener Kollege, der mir die benötigten Räumlichkeiten beschrieb, die ich dann akquirieren würde. Dabei könne Harry mir zunächst noch zur Seite stehen, ebenso bei der Abwicklung von Umbauarbeiten, insbesondere derer, die er selbst in Auftrag gegeben hatte. Harry zwinkerte mir zu und versprach Frau von Geldern, mich nicht als seine Azubine zu behandeln. „Ach, Sie wissen doch, dass ich dieses Wort nicht mag", entgegnete die und ließ uns alleine.

„Weiß der Himmel, was die von mir denkt", sagte Harry zu mir. Er stellte ein paar Fragen zu meiner Herkunft und meiner Berufserfahrung. „Das ist ja ein ganz schöner Schritt, von einer Bildungsmaßnahme im Knast zur Akquise von Wohnungen für Best-Ager und Pflegebedürftige", stellte er dann fest. Ich nickte zustimmend. Man konnte bei objektiver Betrachtung verstehen, weshalb meine Mutter die lokalen Stellenangebote sämtlicher Medien durchforstet hatte. Sie hätte alles getan, um mich aus dem Knast zu holen. Aber natürlich verriet ich Harry nicht, wer mich auf die Ausschreibung bei „Crea. Heim und Pflege" aufmerksam gemacht hatte.

Zusammen gingen wir die laufenden Renovierungsmaßnahmen durch. Bisher hatte ich wenig unternehmen können, weil Harry als alter Einzelkämpfer niemandem Einsicht in seinen Arbeitsbereich gewährt hatte, niemand mich also hatte einarbeiten können. Nun ging es los, und ich war froh, wenigstens den Umzug hinter mich gebracht zu haben, denn die nächsten Wochen verbrachte ich fast ausschließlich im Auto und in Wohnungen, die „Crea. Heim und Pflege" angeschafft hatte und nun in Hinblick auf die Bedürfnisse bewegungseingeschränkter Menschen umbaute.

*

Zügig rollt der Verkehr auf Sage zu, ebenso zügig rollen weitere Autos in die entgegengesetzte Richtung nach Wardenburg und weiter in die Großstadt Oldenburg. Auch am längsten Tag des Jahres ist die Dämmerung schon gefallen. Scheinwerfer werfen breite Lichtkegel auf die Fahrbahn. Daneben liegen die Seitenstreifen im Dunkeln. Gegenüber, hinter einer Hecke, leuchten gelb die Fenster eines Hauses.

Von diesem Standpunkt aus sind sie nicht in ihrer Gesamtheit einsehbar, doch bekanntlich sind es drei beiderseits der Eingangstür mit hohem runden Bogen, sieben im ersten Stock, sieben im zweiten. Dort oben sind drei erleuchtet, im ersten zwei. Früher war es umgekehrt. Früher war es oben meist dunkel, früher war der ganze erste Stock erleuchtet.

Früher war eine andere Zeit.

Unter schweren Schritten knirscht Sand. Säße jetzt neben dem Fahrer des vorbeifahrenden Autos ein Beifahrer, und hielte der es für lohnend, zwischen die fast unsichtbaren

Stämme der Bäume zu starren, dann sähe er vielleicht dunkle Bewegung vor tieferem Schatten. Doch die Silhouette vor den Scheinwerfern eines dahinterfahrenden Autos zeigt nur einen einsamen Fahrer, der schon mit dem nächsten Wimpernschlag aus Sicht- und außer Reichweite ist.

Zeit ist vergangen. Kein Auto ist nun mehr auf der Straße zu sehen. Jetzt hört man nur den Wind in Baumwipfeln und gedämpfte Schritte auf dem Asphalt, als jemand eilig die Fahrbahn überquert. Hinter der Hecke sind Geräusche aus dem Haus zu vernehmen. Musik klingt hinter gekippten Fenstern, vor denen Fliegennetze wehen. Vorhänge hindern die Sicht in den Raum.

Unter leisestmöglichem Knirschen gehen Schritte zur Tür und hinauf auf Stufen aus Beton. Eine Hand testet den Türgriff, doch wie erwartet ist die Tür abgeschlossen. Sie ist immer abgeschlossen, frühere Versuche haben das oft genug bewiesen. Früher schon kam man nur unter Klingeln ins Haus.

Die Schritte entfernen sich. Später wird man drei zusammengebundene rote Rosen auf der Treppe finden. Die Überraschung hielte sich in Grenzen, man wäre nur zum wiederholten Male verwundert. Wie jedes Mal enden die Blumen im Abfall.

*

Ich hatte eine Wohnung in Sandkrug besichtigt und nach Harrys Spezifikationen auf ihre Eignung überprüft. Er suchte händeringend eine Unterkunft für eine bestehende Wohngruppe, die wegen fortschreitender Gebrechlichkeit nicht in den jetzigen Räumen bleiben konnte. Erste Angehörige sprachen bereits davon, ihre Verwandten anderwärtig unterzubringen. Ich war mit dem Objekt nicht zufrieden gewesen, glaubte auch sicher, Harry wäre es nicht, hätte er das Treppenhaus gesehen. Allmählich sah ich Probleme für diese Wohngruppe.

Ehe ich nach Wardenburg zurückfuhr, holte ich mir bei einem Verbrauchermarkt an der Sandkruger Straße mein Mittagessen, bestehend aus abgepackten Croissants, einem Apfel und einer Flasche Wasser. Über die Sandkruger Straße wäre ich schnell in Wardenburg und könnte Harry Bericht erstatten, aber der aß mittags immer bei dem Döner-Imbiss an der Oldenburger Straße, gleich bei „Crea. Heim und Pflege" um die Ecke, und wollte sich dann, wie er täglich betonte, nicht aufregen. Also konnte ich mir Zeit lassen.

Ich verstaute Croissants und Apfel im Kofferraum neben einer Kiste mit den Unterlagen für die Umbauprojekte, die ich an diesem Vormittag besucht hatte. Die Flasche hielt ich mir kurz an die Wange. Angenehm fühlte sich der Kunststoff auf meiner Haut an, obwohl die Flasche nicht im Kühlregal gestanden hatte. In meinem trockenen Mund schmeckte das Wasser frisch. Gierig trank ich ein paar Schlucke und spürte erleichtert dem Weg des Getränks von meinem Mund durch den Hals nach.

Aus diesem meditativen Akt schreckten mich Stimmen auf. Langsam öffnete ich die Augen und nahm die Flasche vom Mund. Um mich herum beluden Kunden des Verbrauchermarktes ihre Autos mit Lebensmitteln. Zwei Parklücken weiter stand ein älterer Kleinbus in staubigem Rot. Die hintere Tür war aufgeschoben. Von meinem Platz aus sah ich in seinem Innenraum zahlreiche Kartons und Kisten. Gerade packte ein Mann eine weitere Kiste dazu.

„Das war die letzte", hörte ich ihn sagen. Jemand kletterte aus dem Innenraum auf den Parkplatz und schloss die Schiebetür.

„Danke für Ihre Hilfe", sagte die Person. Der Mann wischte sich über die Stirn. Ich konnte sehen, wie vor seinen Ohren Schweiß den Hals hinunter lief.

„Kein Problem, Frau Muh. Schönen Tag noch." Die Frau ging um das Auto herum zur Fahrertür. Gleich darauf fädelte sich der Wagen in die Reihe der Autos an der Abfahrt ein.

Reglos stand ich an meinem offenen Kofferraum. Beinahe wäre mir die Flasche entglitten. Inzwischen war der Mann fort, ich hatte nicht sehen können, wohin er gegangen war oder ob seine Kleidung ihn als Mitarbeiter einer der Firmen rund um den Parkplatz auswies. Aber in dem roten Klein-bus, der gerade links auf die Sandkruger Straße abbog und Richtung Bahnhof fuhr, hatte eine Muh gesessen. Ihr Ge-sicht hatte ich nicht sehen können, nur den Namen gehört und ihre Stimme.

Es musste Bea Muh sein, eine der beiden Überlebenden aus der Familie, die im Bergerschen Haus an Rauchvergiftung umgekommen war.

4. KAPITEL

Als ich an diesem Abend nach Hause kam, war es schon spät. In der Wohnung konnte man vor Hitze kaum atmen. Ich öffnete alle Fenster und die Balkontür. Draußen war es windstill. Von den Bäumen und Hecken hörte man kein Rauschen. Nur langsam ging der Temperaturausgleich zwischen der nach gemähtem Heu duftenden Außenluft und meiner Wohnung vonstatten. Ich duschte, zog ein leichtes Baumwollkleid über und setzte mich auf den Balkon. Essen mochte ich nichts. Es war zu heiß, ich war erschöpft und gleichzeitig aufgewühlt.

Mit der Arbeit hatte diese Unruhe wenig zu tun. Von dem ungewohnt vielen Fahren war ich zwar müde, auch kreisten dort die vielen Fakten, die ich im Kopf behalten musste, und schienen mit ihrer Bewegung meinen Körper zu lähmen. Aber diese Lähmung und dieses Kreisen bildeten nur den Hintergrund für einen Gedanken, der sich seit dem Mittag mit zunehmender Aufdringlichkeit in alle meine Überlegungen drängte.

Bea Muh war wieder da. Dabei wusste ich gar nicht, ob sie es selbst gewesen war, denn Muhs sehen alle ziemlich ähnlich aus und tragen den gleichen Namen. Aber es musste und konnte nur Bea gewesen sein. Auch wenn die Wahrscheinlichkeit nicht hoch war, entsprach es melodramatischer Logik, dass sie zurück an den Ort käme, an dem sie fast ihre gesamte Familie durch zwei Verbrechen verloren hatte.

Mein letzter Blick auf sie war, wie sie vor mir aus dem Krankenwagen stieg und in einen Raum geführt wurde. Mich hatte man in einen anderen Raum gebracht. Danach hatte ich nur noch kurz vor dem Brandanschlag durch mein

Fenster gesehen, wie das Familienauto vom Hof rollte, als, wie ich vermutete, Bea und ihre Schwester zum Zentrum Muh nach Nideggen fuhren.

Lange hatte ich an der Hoffnung festgehalten, einmal noch würde ich Gelegenheit finden, mit ihr zu reden und mich zu vergewissern, dass wir dasselbe erlebt hatten. Nie hatte ich jedoch etwas von ihr oder der Gemeinschaft Muh gesehen oder gehört. In Wardenburg, in Landkreis und Stadt Oldenburg, in der Umgebung meines Studienorts, nirgendwo schien es Muh zu geben.

Manchmal war ich auf die Internetseite des Zentrums Muh in Nideggen gegangen. Lange fand man da lediglich eine Webvisitenkarte, die das Bild eines grauen Hauses und spärliche Kontaktdaten aufzuweisen hatte, bis dort vor ein paar Jahren eine Seite entstand, von der aus man sich einloggen konnte. Passwörter erhielten die Mitglieder der Gemeinschaft vermutlich auf anderem Wege, denn Hinweise, wie so ein Passwort anzufordern sei, existierten nicht.

Danach hatte ich es aufgegeben. Ich hatte mich ermahnt, nicht länger in die Vergangenheit zu starren, und weil mir von klein auf Pragmatismus vorgelebt worden war, hatte ich mein Denken auf die Zukunft ausgerichtet. Bea und der Mord an Herrn Muh, der alles in Gang gesetzt hatte, und die Entführung von Beas Schwester Greta und Heidi und schließlich der Brandanschlag durch Frerk Deepken, all das trat wie von selbst in den Hintergrund meines aktuellen Lebens.

Eines Tages war ich soweit zu glauben, das Geschehene wäre vorbei und erledigt, umgewandelt zu einer Erfahrung, aus der ich gereift und gefestigt hervorgegangen wäre. Die Fehler von damals würde ich nie wieder begehen. Davon war ich überzeugt gewesen.

Nun, nach nur einem flüchtigen Blick auf eine Frau, die Bea hätte sein können, nach nur einem aufgeschnappten Satz, brach alles hinter dem Verschlag in meinem Kopf hervor. Zwischen die Daten und Fakten meiner Arbeit rutschten Erinnerungsfetzen. Alles drehte und vermengte sich selbsttätig zu einem unentwirrbaren Knäuel völlig unzusammenhängender und außerdem lärmender Bilder, aus dem die Flammen über dem brennenden Bergerschen Haus zu lodern schienen.

Für Augenblicke vergaß ich völlig, wo ich mich befand. Als ich zu mir kam, waren meine Hände zu Fäusten geballt und meine Augen brannten. Irritiert sah ich mich um. Was mich aufgeschreckt hatte, konnte ich nicht erkennen, aber ich war froh, dass das Durcheinander in meinem Kopf verstummt war. An der Wohnungstür klingelte es, vermutlich nicht zum ersten Mal. Ich stolperte durch die halbdunkle Wohnung und öffnete die Tür zu dem von blendend hellem Licht erfülltem Treppenhaus.

Vor mir stand Frau Menserhagen. Erschrocken starrte ich sie an. Halb war mir bewusst, dass ich wahrscheinlich keinen repräsentablen Anblick bot, doch das konnte ich nicht ändern. Tatsächlich musterte sie mich ein wenig bestürzt. Aber vielleicht unterstellte Frau Menserhagen mir einfach eine Allergie, denn sie unterließ Anspielungen auf mein geschwollenes Gesicht.

„Entschuldigung, Frau Hemmen. Ich wollte auch nicht stören. Ich weiß, Sie hatten einen langen Arbeitstag. Aber es ist dunkel, und Ihre Fenster stehen offen. Das ist gefährlich. Eine junge, alleinstehende Frau wie Sie ..."

Solche Fürsorge kam unerwartet.

„Danke", stammelte ich. „Ich war eingeschlafen." Als ich mich das sagen hörte, glaubte ich es sofort. Ich musste eingeschlafen sein. Kämen mir solche Bilder in wachem Zustand, wäre das nicht gut.

„Danke, Frau Menserhagen. Ich werde die Fenster schließen, sonst kommen auch die Mücken herein."

„Ja", sagte sie. Dann schien sie sich aufzuraffen. Ein vorsichtiges Lächeln erschien auf ihrem Gesicht. Sofort wirkte sie jünger und, so hart es klingen mag, weniger irre.

„Sicher haben Sie auch noch nichts gegessen. Vielleicht möchten Sie bei mir eine Kleinigkeit zu sich nehmen? Ich würde mich über Gesellschaft freuen. Natürlich nur, wenn Sie möchten." Das tat ich definitiv nicht. Ich wollte an diesem Abend nichts mit ihr oder irgendeiner anderen Person zu tun haben, sondern schlafen und weder an die Arbeit noch an Bea denken müssen.

Aber dann meldete mein Magen doch noch ein Nahrungsbedürfnis, und mein Gehirn teilte mir mit, dass sich nichts sofort Verzehrbares im Kühlschrank befinde. Also nahm ich die Einladung an und ging, nachdem ich pflichtschuldigst alle Fenster geschlossen und gesichert hatte, hinunter in die andere Wohnung.

Sandra Menserhagen lebte seit dem Tod ihrer Eltern allein, wie sie mir berichtete, während sie den Tisch deckte. Ursprünglich hatte sie die Oberwohnung bewohnt, ihre Eltern hatten unten gelebt. Zunächst war sie oben wohnen geblieben, hatte sich jedoch kürzlich entschieden, nach unten zu ziehen und die obere Wohnung zu vermieten.

„Aus gesundheitlichen Gründen kann ich nicht mehr so viel arbeiten. Da kommen die Mieteinnahmen gelegen."

Nervös spielte sie mit ihrer Gabel. Ich konnte mir nicht vorstellen, dass meine Miete einen auch nur partiellen Lohnausfall ausgleichen würde, nickte aber, als hielte ich alles für nachvollziehbar.

„Was arbeiten Sie denn?" wollte ich von ihr wissen, denn sie war morgens, wenn ich ging, im Haus und auch, wenn ich abends kam.

„Ich bin selbstständige Buchhalterin. Da arbeite ich von zu Hause aus. Hauptsächlich kümmere ich mich um die Firma meines Vaters, das heißt, seine frühere Firma. Menserhagen Bau. Ich weiß nicht, ob Sie davon gehört haben. Der Sitz ist in Oberlethe. Walter, das ist Walter Priem, bringt mir die Unterlagen. Und dann habe ich noch andere Kunden, kleinere Geschäfte und Handwerksbetriebe, ein paar Landwirte und so. Normalerweise bringen auch die mir ihre Unterlagen. Und manchmal fahre ich hin zu den Kunden. Aber in der Regel nicht."

Anstrengend konnte die Arbeit nicht sein, zumal sie anscheinend kaum das Haus verließ. Aber vielleicht war das schon ein Hinweis auf ihre gesundheitlichen Probleme, vielleicht wirkte sie einfach deshalb so zerbrechlich, weil sie krank war.

Sofort fiel ich in meine Rolle als vernünftige Christa. Ich lächelte und nickte aufmunternd, und niemand in ihrem Alter, der sich nicht seiner Einschränkungen bewusst gewesen wäre, hätte meinen salbungsvollen Gesichtsausdruck toleriert.

Sandra Menserhagen tolerierte ihn nicht nur, sie sprach weiter, als wäre ich ihre Supervisorin.

„Es ist auch gut, wenn abends jemand im Haus ist. Man weiß nie. Sie müssen mir versprechen, die Fenster immer zu sichern. Hinter dem Haus ist es so dunkel. Auf die Bewegungsmelder kann man sich hier nicht verlassen. Und gleich hinter dem Garten beginnt das Feld. Also, bitte, denken Sie an die Fenstersicherungen."

Ich versprach es. Von oben hörte ich mein Handy klingeln. Ich bedankte mich für das Abendessen und lief hinauf in meine Wohnung.

*

Bis ich das Handy auf dem Wohnzimmertisch erreicht hatte, war das Klingeln längst verstummt. Die Anruferin war meine Mutter gewesen. Ich rief sie sofort zurück.

„Wo warst du?" verlangte sie zu wissen.

Bei dieser Frage muss man mehreres bedenken. Sie war meine Mutter, ich ihre Tochter, die, wie mir sehr bewusst war, die Mitte des dritten Lebensjahrzehnts erreicht hatte. Vor mehr als fünf Jahren war ich zu Hause ausgezogen, hatte jetzt, nach einem kurzen Zwischenspiel in meinem Kinderzimmer, eine eigene Wohnung, die ich selbst unterhielt. Trotzdem fragte meine Mutter, wieso ich nicht beim ersten Klingelton das Gespräch angenommen hatte, und ich antwortete trotz gesträubter Nackenhaare brav:

„Ich war unten bei Frau Menserhagen. Sie hatte mich zum Essen eingeladen."

„Oh, wie nett", sagte meine Mutter, als wäre Sandra Menserhagen eine robuste Landfrau, die mich armes überarbeitetes Hühnchen unter ihre Fittiche genommen hätte.

Ehe ich eine Entgegnung machen konnte, redete sie weiter.

„Bist du morgen Abend zu Hause, Christa? Ich habe mit Andy geredet. Er will sich deine Fenstersicherungen ansehen und prüfen, ob es nichts Besseres gibt."

Verblüfft starrte ich auf die dunkle Glasscheibe vor mir, von der mich mein Spiegelbild überrascht ansah. Meine Fenster schienen viele Menschen als potentielle Gefahrenquelle wahrzunehmen. Da ich meine Mutter kannte und wusste, dass ich ihr in solchen Diskussionen allenfalls von Angesicht zu Angesicht gewachsen war, sagte ich ihr, Andy könne gerne kommen, aber bitte nicht vor acht Uhr.

Genervt öffnete ich die Tür und trat ungeachtet aller möglichen Risiken auf den Balkon. Die Abendluft strich seidenweich über mein Gesicht. Als Kinder im stillen Tal hatten Heidi und ich in solchen Nächten draußen geschlafen. Seinerzeit hatte sich niemand darüber aufgeregt, aber seitdem war auch im stillen Tal zu viel geschehen, was solche Vorhaben von Anfang an ausschloss.

An der Grenze zum Feld raschelte es. An diesem Morgen hatte ich dort eine Ricke mit zwei Kitzen beobachtet. Vielleicht führte sie ihre Kinder zum Abendessen aus. Seufzend ging ich hinein, verriegelte die Balkontür und zog die Vorhänge zu. Eine halbe Stunde später schlief ich.

5. KAPITEL

Am Morgen putzte Sandra Menserhagen die Fenster. Meine Mutter nutzte für so anstrengende Tätigkeiten ebenfalls die kühlen Stunden, aber sie machte dabei stets ein entschlossenes Gesicht, nicht solch eine Leidensmiene. Nun waren Menschen jedoch verschieden, und wenn Sandras selbstständige Arbeit von zu Hause aus gesundheitliche Gründe hatte, gar auf Rückenproblemen beruhte, dann fielen ihr Hausarbeiten wie Fensterputzen sicherlich schwer.

Ich war schon zu meinem Auto, das auf dem Grünstreifen zwischen Gartenzaun und Fahrbahn abgestellt war, gegangen, als ich noch einmal umkehrte. Beim Klang meiner Schritte fuhr sie herum.

„Tut mir leid. Ich wollte dich nicht erschrecken, Sandra."

Gestern Abend hatte sie mir das Du angeboten, womit ich mich unwohl fühlte. Das Du schien persönliche Verpflichtungen für mich zu beinhalten, änderte aber nichts daran, dass Sandra weiterhin meine Vermieterin war.

Als ich mich ihr jetzt näherte, warf sie hastig den Putzlappen über den Eimer, als befände sich darin etwas Anstößiges statt gewöhnlicher Lauge.

„Nein, ja ... Hallo, Christa."

Über meine Schulter sah sie die Straße hinauf und hinunter. Ein paar Häuser weiter hängte ein Mann sein Jackett am Bügel an einen Haltegriff im Fond, ehe er in weißen Hemdsärmeln zur Arbeit fuhr. Auch ich trug eine adrette weiße Bluse mit halbem Arm, die mich in meinem Empfinden wie mindestens Dreißig aussehen ließ.

„Schon so fleißig am frühen Morgen?" erkundigte ich mich. Sandra nickte.

„Ja, ja, denn ... noch ist es kühl. Kühler jedenfalls." Sie sah zum tiefblauen Himmel, über den bereits die Sonne wanderte.

„Ich muss jetzt los, Sandra. Schönen Tag noch." Mit diesen Worten wandte ich mich zum Gehen.

„Hast du gut geschlafen? Keine ... keine Ablenkung?" Ich drehte mich halb um.

„Ablenkung?" Sie sah wieder zum Himmel.

„Wegen der Hitze, meine ich."

„Nein, eigentlich nicht", erwiderte ich verwundert. Dann fiel mir der Anruf meiner Mutter ein.

„Ach, heute Abend kommt ein Freund meines Vaters. Der, der auch beim Umzug geholfen hat. Der ist Polizist und will sich die Sicherungen an den Fenstern ansehen. Falls es bessere Lösungen gibt. Das wäre doch okay? Neue Sicherungen, oder?"

„Ja, ja, klar. Äh, Christa? Polizist? Oh, das ist gut ... Das ist gut. Gut."

Für einen Moment war ich wirklich besorgt. Dann schnappte sie sich den Eimer und lief zur Hausecke.

„Ein Vogel ist gegen die Terrassentür geflogen. Armes Ding."

Ich sah ihr mit gemischten Gefühlen nach, besann mich aber, und fuhr zur Friedrichstraße.

*

Der allergrößte Vorteil meiner Wohnung ist die Nähe zu „Crea. Heim und Pflege". Wenn es reine Bürotage gäbe, oder auch nur die Gewissheit, es stünde immer ein Dienstwagen bereit, könnte ich mit dem Fahrrad fahren. Sogar zu Fuß bräuchte ich wahrscheinlich kaum mehr als eine Viertelstunde. So rollte ich in einem der Spielstraße gemäßem Tempo vom Patenbergsweg in den Brooklandsweg, wo der rechtwinklig von der Oldenburger Straße zur Friedrichstraße abknickt. Dann ging es links nach Wardenburg hinein, und schon war ich an meinem üblichen Parkplatz bei Heidis Haus.

Auch Sandra Menserhagens Vater muss den kurzen Weg zu seiner Firma in Oberlethe geschätzt haben. Er wäre am Ende des Brooklandswegs einfach rechts abgebogen und bald darauf in Oberlethe gewesen. Wo genau dort sich die Firma befand, weiß ich immer noch nicht, aber meine Mutter sagt, ganz nah am Ortseingang.

Aufgrund der kurzen Entfernung zu „Crea. Heim und Pflege" hätte ich auch später losfahren können. Noch jedoch fand ich es von Vorteil, früh im Büro zu sein. Dann konnte ich in Ruhe die eingegangenen E-Mails durchsehen, schriftliche Anfragen nach den Konditionen für eine Wohnung aufnehmen und meine Notizen von den Außenterminen aufarbeiten. Wenn Harry kam, war es mit dem konzentrierten Arbeiten erst einmal vorbei, und ab halb neun Uhr leitete die Frau unten im Kundenzentrum Anrufer nach oben weiter.

So war ich auch an diesem Tag lange vor acht Uhr in der Friedrichstraße. Einen Schlüssel für die Vordertür hatte ich noch nicht bekommen, obgleich Frau von Geldern regelmäßig versprach, einen beim Vermieter anzufordern. Aus diesem Grunde ging ich über den Hof durch das Reich des Pflegedienstes. Dessen Kundenzentrum hinter dem Schaufenster öffnete gegen halb neun, aber die Pflegerinnen flogen ab sechs Uhr ein und aus, so dass hinten immer schon offen war, wenn ich eintraf.

Ich überquerte den Hof, wo acht Autos mit „Crea. Heim und Pflege"-Aufdruck standen, und betrat den mit hellblauem Linoleum ausgelegten Flur. An den Wänden zeigten blaue und grüne Querstreifen auf beigefarbenem Grund, dass man sich auf „Crea. Heim und Pflege"-Territorium befand.

Der Geruch hier unten war ungewöhnlich und mir nach wie vor fremd. Man ging durch eine Geruchsschicht Autowerkstatt, dann durch eine Schicht Café, und kam in einen Bereich, der von einer Mischung dieser Gerüche und zusätzlich Apothekengeruch erfüllt war. Dort befanden sich außer dem Kundenzentrum und dem Büro des Pflegedienstleiters die Material- und Medikamentenkammern und auch das Besprechungszimmer.

In der Mitte, wo der Kaffeehausduft am ausgeprägtesten war, lagen Teeküche und Sozialraum der Pflegerinnen. Etwa zehn von denen saßen dort trotz der frühen Stunde laut schwatzend zusammen und warteten auf den Beginn der Morgenbesprechung. Mich ignorierten die Frauen in der adretten Tracht bestehend aus weißer Hose und weißem Kasack mit „Crea. Heim und Pflege"-Farbstreifen von der rechten Schulternaht bis zum Saum. Ich war eine von „oben" und gehörte nicht zu dem auserwählten Zirkel um Ernst Loga.

Der begegnete mir vor der Tür zum Treppenhaus. Wie bei den meisten Frauen schlug auch mein Herz jedes Mal etwas schneller, wenn der Pflegedienstleister von „Crea. Heim und Pflege" auftrat. Ernst Loga sah aus, als sei er direkt einem amerikanischen Hochglanzfilm über das Leben in den Provinzen entstiegen. Darin verkörperte er eindeutig die Rolle des guten Rebellen, der die geplagte Heldin von Kummer und Konventionen erlöst und ihr am Ende auch noch ein sicheres Heim bietet.

Es ist schwer zu beschreiben, was Ernst so bemerkenswert machte. Natürlich waren Männer im Pflegebereich Exoten, bei „Crea. Heim und Pflege" gab es nur Ernst, der deshalb beinahe zwangsläufig zum Bereichsleiter und Objekt weiblicher Bewunderung avanciert war.

Auffallend groß war er nicht, gerade so, dass die meisten Frauen ein klein wenig zu ihm aufsehen mussten. Die weiße Tracht umspielte seinen Körper, als handelte es sich nicht um ein gestärktes Leinen-Baumwollgemisch sondern dicke sandgewaschene Seide. Zum Weiß der Arbeitskleidung hob sich das Braun seiner Haut ab, aber er sah nie so aus, als hätte seine Bräune etwas mit UV-Licht gleich welcher Quelle zu tun. In gewisser Weise wirkte er wie zu diesem Ton gebacken und erinnerte mich in der Mittagszeit manchmal an Butterkekse. Was die Frauen in seiner Umgebung aber endgültig in den Bann schlug, waren die kristallblauen Augen unter einer, hoffentlich, naturblondgestreiften Mähne, die den gesamten Arbeitstag über wie vom Präriewind gezaust aussah.

Wie ihm dies gelang, konnte auch Heidi mir nicht verraten. Sie traf ihn in den Pausen manchmal beim Bäcker und behauptete, dass, wenn Ernst Loga dort Kuchen für seine Damen abholte, die Finger der Verkäuferin über den Tasten der Registrierkasse zitterten. Auch Klienten, Patienten gab es bei „Crea. Heim und Pflege" nicht, und deren Angehörigen betrachteten einen Besuch von Ernst Loga als Höhepunkt des Tages, und sogar die fahlen Wangen von Frau von Geldern färbten sich bei einer Begegnung mit ihm pink.

Harry Meinert verabscheute ihn übrigens, was durchaus auf Gegenseitigkeit beruhte. Für mich war es jedoch ein Bonus, Ernst so früh am Morgen treffen zu dürfen. Ich genoss seinen adretten Anblick, wie ich ihn im Fernsehen genossen hätte, erwiderte sein „Guten Morgen" und schwebte die Treppe hinauf in mein Büro.

Auf meinem Anrufbeantworter war der Anruf einer Firma für Treppenlifte. Ich machte eine Notiz, seufzte und fragte mich, ob ich diese Arbeit den Rest meines Lebens ausüben wollte. Bei meiner ersten Stelle war die Frage niemals aufgekommen. Nicht nur, dass man ein sehr spezieller Mensch sein muss, der freiwillig in einer Justizvollzugsanstalt arbeitete, mein Vertrag war sowieso befristet gewesen. Aber jetzt bei „Crea. Heim und Pflege" musste ich die Möglichkeit ins Auge fassen, über vierzig Jahre an diesem Schreibtisch zu sitzen, beziehungsweise Wohnobjekte abzufahren. Anschließend könnte ich wahrscheinlich direkt in eine von „Crea. Heim und Pflege" betreute Wohnung ziehen.

Anderen Leuten stellte sich diese Frage vielleicht gar nicht. Ich dachte an meine Eltern, an Andy und Heidi, und auch in dieses Grübeln schlich sich Bea. Eine Muh ist in erster Linie Muh, lebt für die Gemeinschaft, erfüllt ihren Auftrag, und wenn der bestimmte Aufgaben beinhaltet, werden sie bearbeitet, bis sie einen neuen Auftrag erhält.

Muh erinnerten mich an Ameisen, ihr geschorener Kopf verstärkte die Ähnlichkeit, es fehlten lediglich die Fühler und natürlich die aggressiven Kiefer, denn Muh waren nicht aggressiv. Bea Muh würde meine Überlegungen hinsichtlich der Arbeit bei „Crea. Heim und Pflege" wahrscheinlich nicht nachvollziehen können.

Wieder ertappte ich mich dabei, wie ich über Bea nachdachte, während es anderes zu erledigen gab. Auf die Dauer ginge das nicht so weiter. Ich musste irgendwie herausfinden, ob es in Sandkrug Muh gäbe und ob Bea bei ihnen lebte.

*

Andy und Kirsten klingelten gegen halb neun, etwa drei Minuten nachdem ich zu Hause eingetroffen war. Nach der Arbeit war ich, wie ich ihr beim Eintreten gesagt hatte, kurz zu Heidi hinaufgegangen, und die hatte die Gelegenheit genutzt, sich zwei Stunden lang über eine Kollegin auszulassen. Diese Kollegin hatte Heidi ausgebildet und glaubte nach wie vor, ein gelegentlicher Guss allgemeiner Kritik wirke motivationssteigernd. Da zudem die Klimaanlage nicht funktionierte, hatte es eine wahrlich heiße Diskussion gegeben, bis Hasso dazwischen gegangen war.

Bei Hasso handelte es sich keineswegs um einen Hund, mit dem man in diesem Betrieb streitende Mitarbeiter trennte. Hasso Vondenlinden war der Inhaber des Personaldienstleisters, und die Kollegin seine Frau, von der er seit mittlerweile acht Jahren getrennt lebt, weil ein Zusammenleben aus persönlicher Sicht unmöglich, eine Scheidung dessen ungeachtet aufgrund finanzieller Verflechtungen zu vermeiden ist.

Durch Hassos Einmischung war die Aufmerksamkeit seiner Frau auf ihn umgeschwenkt. Nach den anschließenden dreißig Minuten intimer Vorwürfe waren die Vondenlindens miteinander Kaffee trinken gegangen. Später hatten sie leicht alkoholisiert bei Heidi angerufen, um ihr mitzuteilen, keiner der beiden werde an diesem Tag noch einmal ins Büro zurückkehren.

„Das passiert etwa alle drei Monate", hatte Heidi mir erklärt und die Augen verdreht.

Über ihre Arbeit sprach sie ansonsten ebenso selten wie über ihr Privatleben. Erstaunt nahm ich diese Abweichung vom Normalen zur Kenntnis und blieb deshalb erst einmal bei ihr. Aber vertraute Stimmung kam nicht auf. Ich hatte anfangs mit dem Gedanken gespielt, ihr von Bea zu erzählen, unterließ es aber bei weiterem Nachdenken. Heidis Verbindung zu der Familie Muh aus dem Reetdachhaus des alten

Herrn Berger, hatte blutig geendet. Sicher durfte ich sie nicht mit Spekulationen darüber, ob ich auf dem Sandkruger Parkplatz wirklich Bea Muh gesehen hatte, belasten.

Dass sie während meines Aufenthalts vier SMS erhielt, die sie ebenso lächelnd wie kommentarlos zur Kenntnis nahm, entmutigte mich außerdem, das Thema Muh anzuschneiden. Wenn aber Überlegungen, die mich am meisten beschäftigten, Heidi nicht mitgeteilt werden durften, konnte ich auch nicht über andere persönliche Dinge mit ihr reden. So berichtete ich von meiner Arbeit, und als ich endlich zu Hause war, hatte ich Andys angekündigten Besuch völlig vergessen.

Er hatte seine Frau mitgebracht. Kirsten Vosgerau bekam man selten zu Gesicht. Sie arbeitete in Oldenburg als Krankenschwester, ansonsten wusste ich nicht viel von ihr. Ich glaube, ein wenig war sie auf meinen Vater eifersüchtig, weil Andy so viel Zeit mit ihm verbrachte. Ambivalent war auch ihr Verhältnis zu meiner Mutter, da Kirsten wie viele Frauen uneingestandene Minderwertigkeitsgefühle gegenüber einer diplomierten und professionellen Hausfrau plagten. Es fiel mir bei jedem ihrer seltenen Besuche im stillen Tal auf, wenn sie sich eilig umsah und eine Liste von perfekt geschnittenen Hecken, üppig blühenden unkrautfreien Beeten, sauberen Fenstern, staubfreien Zimmerecken und akkurat gerafften Gardinen erstellte.

Eigene Kinder hatten sie und Andy nicht, und Kirsten hatte immer einen Sicherheitsabstand zu Heidi und mir gehalten. Aber an diesem Abend schien sie Andy tatsächlich freiwillig in meine Wohnung zu begleiten. Neugier war wohl das Hauptmotiv. Als sie mit mir durch die Räume ging, stand ihr die Erleichterung über den halbabgeräumten Wäscheständer im Wohnzimmer ins Gesicht geschrieben.

Während wir in der Küche Mineralwasser tranken, wanderte Andy noch einmal alleine herum und inspizierte die Fenstersicherungen.

„Er nimmt das mit den Fenstern sehr ernst. Ist das wirklich seine Idee oder hat Mutti ihn angespitzt?" fragte ich Kirsten. Die schüttelte den Kopf.

„Ich weiß, dass Kati deswegen bei uns angerufen hat, Christa. Aber schon, als Andy vom Helfen beim Einzug zurückkam, hat er davon gesprochen, dass er nach den Fenstern sehen wollte. Das war das Erste, was er zu mir sagte: Ich muss mir Christas Fenstersicherungen ansehen."

Zweifelnd blickte ich über Kirstens Schulter in den Flur, den Andy gerade vom Schlafzimmer ins Wohnzimmer querte. Dabei kritzelte er eifrig auf seinem Notizblock.

„Das ist doch übertrieben. Ich wohne nicht in der Bronx sondern in Wardenburg."

Ursprünglich hatte ich hinzufügen wollen, dass in Wardenburg nichts passierte, dass hier keine Verbrechen geschähen. Weil ich nur zu gut wusste, was in meinem Heimatort möglich war, hielt mich zurück, so dass mein letzter Satz unvollständig klang.

„Natürlich", sagte Kirsten, als wolle sie jedwede Zweifel an grundsätzlicher Sicherheit zerstreuen.

Da bliebe nur die spezifische Unsicherheit, die auch sie mit den üblichen Worten über die alleinstehende junge Frau andeutete. Ungeduldig nickte ich.

Andy kam zu uns in die Küche.

„Also", begann er, „es freut mich zu sehen, dass du hier so gut untergebracht bist. Alle Sicherungen entsprechen dem neusten Stand. Also solltest du sie auch benutzen. Für die Balkontür werde ich mich noch einmal bei den Kollegen erkundigen. Das ist schon wichtig, Christa, mach nicht so ein empörtes Gesicht. Wie es aussieht, hat sich da schon mal jemand zu schaffen gemacht. Vergeblich zwar, aber reinkommen soll er ja nun nicht beim nächsten Mal, oder?"

Kirsten und ich starrten ihn an. Ich bezweifelte die Existenz der Einbruchsspuren und unterstellte ihm wohl gemeinte Übertreibung, bei Kirsten entdeckte ich jedoch einen Ausdruck, wie ich ihn auch auf dem Gesicht meiner Mutter erwartet hätte.

„Du liebe Güte. Doch nicht kürzlich?" Andy wiegte den Kopf.

„Das nicht. Aber", Er setzte sich an den Tisch und sah mich ernst an. „Da sind Spuren von mehreren Einbruchsversuchen. Mindestens zwei. Sieh es dir selbst an."

Das tat ich selbstverständlich, überzeugt, es gäbe eine andere Erklärung. Am Holzrahmen waren jedoch tatsächlich Kerben, wenn auch überlackiert.

Bis zu diesem Zeitpunkt hatte ich die ganzen Mahnungen nicht ernst genommen, weder seine noch Sandras oder die meiner Mutter. Jetzt ließ sich nicht mehr leugnen, dass diese Hausseite, von der Straße abgeschirmt und von den Nachbarhäusern nicht einzusehen, für Einbrecher verlockend erscheinen musste. Gleich hinter dem Gartenzaun begann das Feld, in Sichtweite stehende Hecken und Bäume boten potentiellen Beobachtern Deckung. Ein wenig mulmig wurde mir, aber auch mein Widerspruchsgeist regte sich.

„Meine Eltern brauchen das nicht zu wissen, Andy."

Kirsten, die mit uns zur Balkontür gekommen war, schüttelte ungläubig über so viel Sturheit den Kopf. Andy schwieg einen Moment, ehe er mich ansah.

„Das kannst du nicht von mir verlangen, Christa. Jörn und Kati sind um deine Sicherheit besorgt. Ich werde sie nicht anlügen."

Ärgerlich, weil ich elterliche Reglementierungsversuche fürchtete, warf ich die Haare zurück. Meine Frisur bot sich für solche Gesten nicht an, dazu fehlte es an Länge und Fülle, aber ich wollte temperamentvoll und durchsetzungsstark wirken.

„Unsicher ist alles. Als Studentin habe ich im fünften Stock gewohnt. Da kann man aus dem Fenster fallen. Und der Straßenverkehr ist auch gefährlich. Denk nur an die Oldenburger Straße raus aus Wardenburg und am stillen Tal vorbei. Und im Anschluss daran die Sager Straße. Da fahren alle Autos schnell. Da passieren tödliche Unfälle. Aber das Autofahren verbieten Mutti und Vati mir nicht."

Andy sah Kirsten an. Die versuchte zu beschwichtigen.

„Christa, es geht doch gar nicht um Verbote. Es geht um Problembewusstsein. Du musst einfach akzeptieren, dass offensichtlich schon versucht wurde, in diese Wohnung einzubrechen. Aber ..."

Ich konnte nicht weiter zuhören. Einfach akzeptieren, Gegebenes hinnehmen, demütig vielleicht gar, devot, so war die Einstellung der Muh. Schon wieder war ich in Gedanken bei Bea.

„Hört auf!" Sie sahen mich an.

„Ich akzeptiere es ja." Demütig, hätte Bea hinzugefügt, aber mir lag Demut nicht. „Ich nehme die Tatsache an und bin dir, Andy, dankbar, dass du dich für mich um Lösungsvorschläge und Sicherungssysteme kümmerst. Aber ich bin kein kleines Kind mehr."

Mir schien, in diesem Moment wären wir alle bei dem brennenden Haus der Muh angekommen. Ich schüttelte das Bild hinter meinen Augen fort. Als ich aufsah, wurde mir jedoch klar, dass Kirsten und Andy gar nicht an das Bergersche Haus dachten.

„Natürlich nicht. Also, ich erkundige mich, was man noch an dieser Balkontür machen könnte. Vielleicht solltest du deine Vermieterin auf die Einbruchsversuche ansprechen."

Ob er mit meinen Eltern reden würde, sagte er nicht. Ich vermied es, ihn an diesen Punkt zu erinnern. Mit Sandra über die Einbruchspuren zu sprechen, fand ich unnötig, da sie früher hier oben gewohnt und die Kerben wahrscheinlich selbst übermalt hatte. Wahrscheinlich lag hier der Grund für ihr Drängen nach geschlossenen Fenstern. Ich konnte nun sogar nachvollziehen, weshalb sie nicht konkreter geworden war. Behelligen würde ich sie in dieser Angelegenheit mit Sicherheit nicht.

6. KAPITEL

Auch eine Straße kann schlafen. Graublau liegt das Asphaltband. Zu beiden Seiten heben sich Bäume in den verschlei-
erten Himmel. Aus dem Graben steigt Dunst und wandert
über das Graublau, nimmt Bläue, gibt Weiße. Kein Blatt regt
sich.

Wenn diese Stille ewig anhalten würde, wenn niemals die
aschene Decke dort droben aufrisse, nie das schamlose Licht
den Dunst vertriebe. Dann …wäre alles anders. Schon bricht
die Welt herein. Ein Lastzug bewegt sich von Ahlhorn
kommend nordwärts. Durch die Spalten in den Metallwän-
den sieht man eng zusammengepresst die Leiber von
Schweinen. Verdrängte Luft schlägt gegen das Gesicht. Sie
trägt den Geruch von Abgasen und Fäkalien. Im nächsten
Moment ist der LKW nur mehr ein dunkelgrauer Punkt auf
Graublau zwischen Blau.

Stille kehrt ein mit dem Verklingen des Motorengeheuls.

Und die Wolken reißen auf.

Licht ist rücksichtslos. Es ist schamlos und verrät jeden. Es
zerstört den Schutz der Schatten. Licht ist zu meiden. Licht
war immer ein Gegner. Für alle Augen legt es bloß, was nur
den Blicken eines einzigen hätte zustehen sollen. Dabei trügt
es, damals wie heute. Was es nicht zeigen will, versteckt es
dreist. Und es stellt sich triumphierend in den Dienst der
Lüge, als sollte keiner anzweifeln, was offensichtlich ist.

Einsam steht das Haus wie im Halbschlaf, gelb glänzend im
Morgenlicht. Das ist nicht die Helle von Hoffnung. Dunkelheit alleine erlaubt den Kampf gegen den größten Betrug.

*

Sandra hatte mich abgefangen. Anders konnte ich es nicht nennen. Es war, als hätte sie an den Fenstern nach meinem Auto Ausschau gehalten, hinter dem Spion der Erdgeschosswohnung auf mich gelauert und ihre Tür aufgerissen, sobald die Haustür hinter mir zugefallen war. Erschrocken drehte ich mich um.

„Hallo Christa hast du Lust mit mir zu essen ach bitte."

Ich konnte das Weiße rund um ihre Iris sehen, als sie diesen Spruch explosionsartig ausstieß.

„Ich bin müde", teilte ich ihr mit, in der Hoffnung ich müsste nicht explizit ablehnen. Sandra schnappte nach Luft.

„Dann möchtest du nicht kochen. Das Essen ist fast fertig. Komm doch. Bitte."

Immerhin machte sie jetzt Pausen zwischen den Wörtern. Aber entgegen ihrer Behauptung, das Essen sei fast fertig, roch es nicht nach Gekochtem aus ihrer Wohnung. Ich versuchte es mit einer Wiederholung.

„Danke, aber ich bin müde."

Nun schien sie die Absage erfasst zu haben. Zu meinem Entsetzen glitzerten Tränen in den weiten Augen. Prompt meldete sich mein Gewissen mit den Stichworten Gefühllosigkeit und Egoismus. Ich seufzte.

„Okay, danke, Sandra. Ich esse gerne mit dir."

Das sei gar nicht gelogen, versicherte mir mein knurrender Magen. Ich versuchte, auch ihn zu ignorieren. Sandra hantierte in der Küche, derweil sah ich mich in ihrem Wohnzimmer um. Das Haus hatte anders als die meisten Häuser hier Rollläden an allen Fenstern, eben das solide Haus eines Bauunternehmers, der sich seinerzeit an der absoluten Peripherie niedergelassen hatte. Stur, wie ich war, verwendete ich sie in meiner Wohnung oben nicht, aber in der relativen Kühle des abgedunkelten Menserhagenschen Wohnzimmers schwante mir, dass sie anscheinend zur Temperaturregulierung beitrugen.

Durch die kleinen Ritzen im oberen Bereich der Rollläden fielen Lichtbahnen in den Raum. Der tanzende Staub ließ sie fast solide aussehen. Während Sandra ununterbrochen zu mir redete, wie sie wohl meinte, denn tatsächlich verstand ich kein Wort, trat ich an eines der Fenster und lugte durch die Ritzen hinaus. Hinter den Sträuchern des Vorgartens war der Patenbergsweg zu sehen. Ich blickte direkt auf mein dort abgestelltes Auto.

Ein wenig bestürzt, eine Bestätigung meines Verdachts gefunden zu haben, ging ich an den schattigen Wohnzimmermöbeln vorbei zur Terrassentür. Trotz der angenehmen Temperaturen, die sechsundzwanzig Grad auf dem Messingthermometer an der Wand empfand ich als kühl, zog ich es vor, an der freien Luft zu sein. Einzelheiten der Einrichtung waren wegen der herabgelassenen Rollläden nicht zu erkennen, aber der Raum fühlte sich an, als herrschten dicke Polster, weiche Teppiche und dunkle Holztöne vor.

So fühlten sich Wohnzimmer der Großelterngeneration an, von denen ich in den paar Wochen meiner Tätigkeit bei „Crea. Heim und Pflege" schon einige kennen gelernt hatte. Was ich ausmachen konnte, war massiv und rustikal, Glas und Messing dominierten bei den Dekorationen, dazu kam ein süßlicher Geruch, den ich aufgrund der speziellen Aspekte meines Elternhauses als bienenwachshaltige Möbelpolitur identifizieren konnte. Sandra lebte mit dem Mobiliar ihrer verstorbenen Eltern in deren Wohnung. Was aus ihren eigenen Möbeln in der Oberwohnung geworden war, ließe sich nur vermuten.

Draußen war es nur erträglich, weil inzwischen ein leichter Wind wehte. Er bewegte die Blätter der Birken und nahm der Welt den Anschein des Stillstands. Auf einem Nachbargrundstück wurde gegrillt. Kinderstimmen hallten über die Hecke.

Ich ging zurück zur Küchentür. Eben erst hatte Sandra die Nudeln aufgesetzt. Ihr schien nicht bewusst zu sein, dass ich sie bei einer Lüge ertappt hatte. Nun, da sie mich in ihrer Wohnung hatte, wirkte sie entspannter.

„Kann ich helfen?" fragte ich, wie es mir von klein auf eingetrichtert worden war. Sie schüttelte den Kopf.

„Nein, danke, Christa. Ruh dich aus. Schau, ich habe dir etwas zu trinken hingestellt. Trink, es ist heiß heute." Natürlich war es heiß. Ich war durstig. Trotzdem zögerte ich in einem Anflug von Misstrauen, lachte mich innerlich aus und trank.

„Kann ich nicht doch irgendetwas tun?" fragte ich wieder und sah mich um. An der Rückseite der Garage lag ein Gartenschlauch ordentlich zusammengelegt neben dem Wasseranschluss.

„Ich könnte den Garten sprengen. Vielleicht kühlt sich die Luft an der Terrasse dann etwas ab."

„Ja, das könntest du machen", erwiderte Sandra, als hätte sie keine Ahnung, wovon ich gerade gesprochen hatte. Aber da sie sich wieder dem Herd zuwandte, nahm ich es als Einverständniserklärung.

Der Garten der Menserhagens dehnte sich nach hinten aus. Zwar standen auch die benachbarten Häuser auf großen Grundstücken, es schien jedoch, als hätten Sandras Eltern ein zusätzliches Stück Land gekauft, denn Bäume und Hecken der Nachbarn endeten gut zehn Meter vor denen der Menserhagens.

Für die gebrechliche Sandra musste es eine Belastung sein, einen so weitläufigen Garten in Schuss zu halten. Beete gab es jedoch nur nahe der Terrasse. Ich an Sandras Stelle hätte diese auch eingesät und auf der Terrasse Kübel bepflanzt. Die konnte man notfalls auf einem Stuhl sitzend pflegen. Doch Sandra, die nicht nur im Wohnzimmer sondern auch in der Küche die Einrichtung der Eltern beibehalten hatte, wäre wohl kaum bereit gewesen anzuerkennen, dass manche Veränderungen zu ihrem Nutzen wären.

Auch sah es so aus, als schleppte diese zerbrechliche Person die Terrassenmöbel jeden Abend zurück an ihren Platz in der Garage. Die hatte zum Garten hin eine Art separaten Abstellraum, wo neben einigen Klappstühlen Gartengeräte sauber aufgereiht hingen.

Durch eine schwergängige Metalltür kam man in die eigentliche Garage. An deren Seite befand sich eine weitere Tür, vermutlich zum Haus. Dem Geruch nach zu urteilen, gab es hier schon länger kein Auto mehr. Wieder ermahnte ich mich, dass dies Sandras Angelegenheiten seien. Mir stünde die Frage nach dem fehlenden Auto in dieser gutbürgerlichen Garage nicht zu. Wenn Sandra es für nötig hielte, würde sie darüber reden, doch nichts verpflichtete sie.

Den Schlauch in der Hand wanderte ich über den Rasen. Ich sah mich ganz bewusst nach gärtnerischen Eindrücken um, damit meine Gedanken nicht auf Abwege gerieten. Bisher hatte ich nur vom Balkon aus auf die Anlage gesehen, ein langgezogenes grünes Rechteck, umrahmt von gezähmtem Strauchwerk.

In der Mitte der Rasenfläche befand sich eine Unregelmäßigkeit. Auf einer runden Fläche von etwa anderthalb Meter Durchmesser wuchs das Gras dunkler, als habe man vor einigen Jahren diese Stelle neu eingesät. Vielleicht hatte sich hier einmal ein Beet befunden. Von der Terrasse und von dem Balkon aus hätte es sicher attraktiv ausgesehen, aber alle echten Blickfänge waren längst pflegeleichterer Bepflanzung gewichen.

Trotzdem atmete der Garten Kühle. Die Luft war erfüllt von Wasserstaub und dem fauligen Geruch des Brunnenwassers. Vor mir im Strahl tanzte ein Regenbogen. Vom Nachbargrundstück ragte ein Kirschbaum in den Garten, dahinter wuchsen mehrere Kiefern so dicht, dass ich nicht erkennen konnte, welche bei den Nachbarn standen. Vor ihnen führte ein Pfad aus einzelnen Waschbetonplatten auf die Grundstücksverlängerung. Neugierig zog ich den Wasserschlauch auch dorthin.

Die Kiefern begrenzten den Garten der Menserhagens nur optisch. Direkt dahinter stand eine Kompostkiste, in der zuoberst frisch gemähtes Gras lag. Ich hatte vermutet, Sandra überließe schwere Arbeiten wie das Mähen einer Gärtnerfirma, aber die hätte den Rasenschnitt mitgenommen. Es passte zu ihr, dass sie den klobigen Rasenmäher selbst durch den Garten schob, obwohl es nicht gut für ihren Rücken war.

Mich ginge auch dies nichts an, nichtsdestoweniger fragte ich mich, ob ich ihr nicht die Übernahme der Gartenpflege anbieten sollte. Mein eigenes Interesse dafür war minimal, meine Kenntnisse allenfalls grundlegend. Sicher wäre es besser, dieses Angebot nicht zu machen. Sie war definitiv verrückt genug, es anzunehmen.

Offensichtlich hatten die Menserhagens das Stück Land nur unter Auflagen an ihren Garten anschließen dürfen. Gartenpflanzen wuchsen hier nicht, nur Erlen, Weiden und Gras, welches wachsen, blühen und Samen tragen durfte, wie es wollte. Jetzt stand es stellenweise hüfthoch. Die Luft brodelte vom Summen und Zirpen zahlreicher Insekten. Hinter den sachte wogenden Grasähren konnte ich den Zaun an der endgültigen Grundstücksgrenze gerade noch erkennen. Es erschien mir fraglich, ob ich hier gießen sollte. Unentschlossen betrachtete ich das Laub einer Erle. Meiner Ansicht nach hing es kraftlos herunter, vermutlich wäre es angezeigt, wenigstens den Bäumen Wasser zu geben. Der sandige Boden hielt kaum Feuchtigkeit zurück, und der letzte Regen war vor zwei Wochen gefallen. Schaden, so räsonierte ich, könnte es keinesfalls.

Gezielt hielt ich den Wasserstrahl auf den Wurzelbereich der Bäume. Meine Gedanken und Blicke schweiften ziellos, sie zeichneten entspannt auf, was meine Augen ihnen anboten. Abwechslungsreich war die Aussicht nicht. Hinter mir standen die Kiefern dicht und gerade, um mich herum wuchsen kleinere Laubbäume, die sich selbst hier angesiedelt hatten. Dazwischen wuchs hauptsächlich niedrigeres Gras, das zu den Kiefern hin dünner wurde. Unter der Kiefernreihe zeichneten sich Unebenheiten am Boden ab.

Verwundert betrachtete ich die kleinen Hügel, jeder vielleicht fünfzig bis siebzig Zentimeter lang und zu akkurat ausgerichtet für Ameisennester. Einer war frisch aufgeworfen, die Erde sandigbraun und locker. Mir fiel ein, dass Sandra vor einigen Tagen erwähnt hatte, gegen eines ihrer Fenster sei ein Vogel geflogen. Wahrscheinlich vergrub sie die Opfer solcher Flugunfälle lieber hier hinten als am Haus. Meine Eltern hatten auch so eine Ecke am Ende ihres Gartens. Von dieser Erklärung befriedigt nickte ich zu mir selbst und richtete den Wasserstrahl in eine andere Richtung. Hinter einer hochgeschossenen Birke, deren weißbespannter Stamm kaum den Durchmesser meines Arms erreicht hatte, endete das Grundstück in einem einfachen Maschendrahtzaun. Dahinter wuchs Gerste, in der Ferne von silbrigen Bäumen begrenzt. An einer Stelle war der Draht niedergedrückt.

Vor wenigen Tagen noch hätte ich mir einen eingedrückten Zaun durch Kinder erklärt, die es aufregend gefunden hatten, auf ein fremdes Grundstück zu klettern. Nachdem Andy mir die Spuren vergangener Einbruchsversuche an meiner Balkontür gezeigt hatte, fand ich den Anblick befremdlich. Unwillkürlich sah ich mich um. Spuren am Boden waren nicht zu entdecken, nicht nachdem ich einen Schlauch über das Gras gezogen und die leichte Erde bespritzt hatte. Andererseits sprach auch nichts dafür, dass jemand vor kurzem über den Zaun gestiegen war. Es hätte Wochen, Monate, sogar Jahre zurückliegen können, schließlich waren auch die Kerben an meinem Türrahmen wenigstens einmal überlackiert worden.

Sandra nahm meinen Bericht erstaunlich gelassen entgegen.

„Oh, das waren Kinder", winkte sie ab und tat mir Soße auf. Ich nickte und vermied sorgfältig jede Anspielung auf ihre Sorge wegen meiner offenen Fenster.

„Danke für das Gießen", sagte sie. Es war an mir abzuwinken.

7. KAPITEL

Am nächsten Morgen hatte Harry ein riesiges Pflaster an der Stirn.

„Was hast du denn gemacht?" entfuhr es mir, als er das Büro betrat. Er stöhnte und bewegte mit der Hand die kompakte Matte seiner Haare, die über das Pflaster lappte.

„Das glaubst du mir nicht. Ich bin nach dem Gießen auf dem nassen Gras ausgerutscht und gegen eine Beeteinfassung geknallt. Himmel, hat das gesuppt."

„Ich glaube dir", erwiderte ich, weil ich am Vortag in Sandras Garten auch ins Schlittern geraten war.

Als ich das erklärend hinzusetzte, betrachtete er mich väterlich. Seinem zeitlosen Erscheinungsbild zum Trotz ging er stramm auf das Alter meiner Eltern zu.

„Wo hast du denn gegossen? Bei Mama und Papa?"

„Nö", sagte ich etwas pikiert, „bei meiner Vermieterin. Die hatte mich zum Essen eingeladen, und während sie das Essen fertig gemacht hat, habe ich gegossen. Der Garten ist groß, und Sandra bewältigt das, glaube ich, nicht so gut."

„Sandra?"

„Sandra Menserhagen im Patenbergsweg."

„Die Tochter von dem Bauunternehmer?" Ich nickte. Er machte ein komisches Gesicht.

„Kennst du sie?" erkundigte ich mich. Alle Wardenburger kannten sich, ähnlich wie Oldenburger, nur dass in Oldenburg auch Neuzugezogene nach spätestens drei Jahren alle anderen Oldenburger kannten. Harry machte ein betont unbeteiligtes Gesicht.

„Ja. Sicher. Sie war mal meine Freundin. Ehrlich gesagt. Ist lange her. Vor dem Unfall."

Ich betrachtete ihn skeptisch. Dass auch Leute zwischen vierzig und fünfzig einmal jung gewesen sein mussten, war nicht von der Hand zu weisen, so unwahrscheinlich es erschien. Und alte Wardenburger kannten sich, wie gesagt. Zahlreiche Schülergenerationen waren durch das Schulzentrum am Everkamp gegangen, allein die gemeinsame Schulzeit verband Tausende. Aber dass Sandra Menserhagen mit ihrem altjüngferlichen Gehabe und dem irren Blick die Freundin von Harry Meinert, dem Ex-Faustballstar, gewesen sein sollte, hatte etwas Unglaubhaftes.

„Wie geht's ihr denn so?" fragte Harry nun beinahe dienstlich, fast so als bespräche er mit einer Tochter die Gebrechen der alternden Mutter, damit eine passende Wohnung gefunden werden konnte. Ich fühlte mich außerstande zuzugeben, dass ich Sandra für halb verrückt hielt.

„Gut." „Ah. Schön." Er sah seine E-Mails durch.

„Weißt du, Christa, ich hätte Sandra fast mal geheiratet."

Höflich betrachtete ich ihn. Seine Frau hatte ich schon kennen gelernt, eine Sozialpädagogin aus Oldenburg mit im Gegensatz zu ihm superkurzen seidigen Haaren, schmalen Schultern und breiten Hüften. Sie hatten zwei erwachsene Kinder, wie die Eltern anscheinend engagierte und aktive Leute. Sandra Menserhagen passte nicht ins Bild.

Harry blickte auf und lachte.

„Was guckst du so? Kannst dir wohl nicht vorstellen, dass ich alter Knabe mal mit deiner Vermieterin verlobt war? Doch, doch, das stimmt, auch wenn es weit über zwanzig Jahre her ist."

„Sandra ist so völlig anders als du", erläuterte ich den Zweifel in meinen Augen. Wieder lachte Harry.

„Klar. Und Maxi ist auch anders als ich." Maxi war seine Frau.

Er wurde ernst. Mit einem Mal war jede Heiterkeit aus seinem Gesicht verschwunden.

„Sandra war ein liebes Ding. Bis zu dem Unfall. Schreckliche Sache. Sie sagte, sie könnte es nicht verantworten, wenn ich unter den Umständen bei ihr bliebe. So schassen sonst Männer ihre Freundinnen. Das hat mir zu denken gegeben. Na, sie kam nicht damit klar, dass Leute umgekommen sind. Heute sehe ich das. Damals nicht. In deinem Alter versteht man das nicht, Christa." Er zuckte mit den Schultern.

Ich konnte es verstehen, aber das brauchte ich vor Harry Meinert nicht auszuführen. Ich wusste, wie es sich anfühlte, wenn man sich Tag für Tag, Augenblick für Augenblick einredete, ein früherer Blick aus dem Fenster, aufmerksameres Lauschen, schnelleres Laufen zum Telefon oder ähnliche Kleinigkeiten hätten sechs Menschen retten können. Seit Jahren suchte ich einen Ort, an dem ich meine Verantwortung offiziell übernehmen könnte, denn gegen mein besseres Wissen versicherten mir alle, ich trüge gar keine Verantwortung. Die anderen Leute im stillen Tal, meine Eltern, die Polizei, sie alle sagten, ich hätte nichts anders machen können.

Und doch wäre es mir leicht gefallen, nicht zu handeln oder zu reden, wie ich gehandelt und wie ich geredet hatte. Noch am Nachmittag vor dem Brandanschlag hatte ich zu Frerk Deepken gesagt, er solle nachdenken. Gemeint war, er solle einsehen, dass Leute, die in der Nachbarschaft wohnten, dort ganz einfach wohnten und nicht verschwanden, nur weil er sie nicht mochte. Frerk hatte daraufhin nachgedacht und anschließend, unterstützt von dem Sohn seines Nachbarn, Rasenmäherbenzin in leere Bierflaschen gefüllt, Putzlumpen hineingesteckt und angezündet. Diese selbst gebastelten Molotowcocktails hatten die beiden durch die Fenster des Reetdachhauses geworfen. Frerk hatte nur getan, was ich ihm aufgetragen hatte: nachdenken. Niemand würde mich je überzeugen können, dass ich ihn nicht praktisch angestiftet hatte.

Meinetwegen hatte Bea Mutter und Geschwister verloren, und auch den Mann, der ihrer Mutter von der Gemeinschaft Muh als neuer Ehemann zugeteilt worden war. Davon berichtete ich Harry nichts. Er würde genau wie meine Eltern, wie Andy Vosgerau und die anderen Polizisten behaupten, ich trüge keine Verantwortung. Doch ich tat es und ich konnte nachvollziehen, wieso Sandra Menserhagen wie nicht von dieser Welt durch den Tag irrte. Ich konnte mir sogar vorstellen, eines Tages so zu enden wie sie. Reden wollte ich nicht darüber.

Auch hatte ich plötzlich das Bedürfnis, nicht länger mit Harry im Büro zu sitzen. Eilig schob ich ein paar Akten zusammen und sprang ins Auto, ein paar Wohnungen einen Überraschungsbesuch abzustatten. Hinüber nach Achternmeer fuhr ich und nach Hundsmühlen, nach Tungeln und Sandkrug. Den Ort hatte ich mir bis zuletzt aufgespart, warum, war naheliegend und durfte doch nicht ausgesprochen werden. In Sandkrug hatte ich eine Muh gesehen.

*

Wenn immer alles so leicht ginge. Wenn immer der Mond den Anstand besäße, das bleiche Gesicht zu verbergen, wenn der Bauer das Feld immer abernten würde, wenn ...

Unter Schritten beschlagener Schuhe knicken Getreidestoppeln. Das Haus, die Nachbarhäuser, sämtliche Gärten liegen im Dunkeln. Über das Feld jedoch nähert sich ein Schatten, wittert, erschrickt vom Brechen der trockenen Stoppeln, setzt davon.

Vorsichtig überwindet man über den Zaun. Bäume und Erde duften aromatisch. Ohne die Bakterien gäbe es den Geruch nicht. Es ist ein Wohlgeruch des Vergehens. Das Gras indessen schluckt jeden Tritt. In der Tasche zappelt etwas. Eine schwarz behandschuhte Hand greift hinein, zieht das zappelnde Etwas heraus. Die Messerklinge ist nicht geschwärzt, auch ohne Mondlicht blitzt Metall und fährt nieder in den weichen Leib.

Ein langgezogener Schrei folgt, tierisch, unbedeutend, unbeobachtet. Trotzdem durchdringt er Mark und Bein. Die Hand hält inne. Schreie wie dieser verklingen nie. Die Ohren halten sie fest und spielen sie wieder und wieder ab, bei Tag wie bei Nacht. Nie hat man Ruhe vor ihnen.

Im zweifelhaften Licht sind dunkle Flecken auf den Steinen zu sehen. Das verendende Tier windet sich, klagt, schreit. Oben geht hinter den geschlossenen Rollläden Licht an. Der kleine Körper fällt aus der Hand. Ein Blatt segelt hinterher auf die Flecken. Jemand zieht den Rollladen auf. Ein Rückzug in Eile war nicht geplant, doch das Gelände ist dafür wie geschaffen. Als volles Licht aus dem geöffneten Fenster fällt, sind alle Schatten nur Schatten des Gartens.

8. KAPITEL

Manches bildet man sich ein, weil man es so sehr erwartet hat. Ich hätte schwören können, jemand wäre durch den Garten gelaufen. Außerdem glaubte ich, in dem Moment, als der Rollladen gerade über Augenhöhe hing, eine Bewegung wahrgenommen zu haben. Spontan öffnete ich die Balkontür.

Draußen war absolut nichts Ungewöhnliches und schon gar nichts Bewegtes zu entdecken. Vor mir lag der Garten, zu beiden Seiten waren ebenfalls Gärten, dahinter das abgeerntete Gerstenfeld, und über all dem glitzerten die abertausend Sterne einer sommerlichen Neumondnacht. Kein Wind wehte, kein Geräusch war zu hören. Ich trat vor zum Metallgeländer.

Unter mir ertönte ein halb erstickter Laut. An jedem anderen Abend hätte ich ihn einem Igel zugeschrieben, aber an diesem erinnerte ich mich daran, dass Igel kontinuierlich schnauften, nicht nur einmal, und dass ich vorher von einem ähnlichen Laut aufgewacht war. Erkennen konnte ich weiterhin nichts, aber auf unerklärliche Weise fühlte ich, dass auf der Terrasse etwas lag, sich etwas regte und nun wieder ein schwaches Geräusch verursachte.

Im Zweifel, wie ich mich verhalten sollte, starrte ich in das Dunkel, wo die Terrassenfliesen an den Rasen stießen. In meinem Auto lag die Taschenlampe, die mein Vater mir für Notfälle geschenkt hatte. Nicht, dass mir bei einer nächtlichen Panne Licht weitergeholfen hätte, denn ich besaß nur die vageste Vorstellung, wie ich beispielsweise einen Reifen hätte wechseln können, aber man konnte damit auch Hausnummern anleuchten, was bei uns auf dem Land, wo nicht wenige Häuser fernab der nächsten Laterne stehen, nützlich sein kann. Mit dieser Lampe hätte ich vom Balkon aus kontrollieren können, was dort unten los war.

Kurzentschlossen schlich ich im Nachthemd hinunter zu meinem Auto. Mit der eingeschalteten Taschenlampe tapste ich nicht etwa wieder hinauf in meine Wohnung sondern um das Haus herum. An der Giebelseite sprangen sofort Bewegungsmelder an. Geblendet von deren Licht lief ich weiter, bis ich auf der Rückseite des Hauses abrupt stehen blieb.

Hier war alles finster. Ich leuchtete die Terrasse ab. Dort schien tatsächlich etwas zu liegen. Vorsichtig trat ich näher, wich aber mit einem Japsen zurück. Ein kleines Tier, ein Hundewelpe, wie mir schien, wand sich hilflos. Aus der offenen Bauchdecke quollen Blut und eine glänzende dunkle Masse, die nur Därme sein konnten.

Gegen die aufsteigende Übelkeit anschluckend sah ich mich um. Das Licht der Bewegungsmelder am Giebel hatte sich wieder ausgeschaltet. Ich stand allein mit meiner Taschenlampe bei dem verwundeten Tier, das sich kaum an diesen Ort geschleppt haben konnte ohne auf Gras und Steinen eine Blutspur zu hinterlassen. Wer immer für diese Verletzungen verantwortlich war, hatte das arme Ding auf die Terrasse gelegt.

Eben wollte ich mich zum Garten drehen, falls sich dort Hinweise finden ließen, als etwas Weißes unterhalb des sich windenden Körpers meine Aufmerksamkeit weckte. Vorsichtig, wegen der Übelkeit immer noch eine Hand vor den Mund gelegt, trat ich näher. Es war ein Blatt Papier. „Ich krieg dich noch" las ich unter den Blutflecken.

Hinter mir an Sandras Terrassentür rasselte der Rollladen nach oben. Im nächsten Moment sah ich sie hinter der Glastür, wie ich im Nachthemd und mit wirren Haaren, die Augen, wie bei mir hoffentlich nicht, weit aufgerissen.

„Sandra!" brachte ich heraus. Trotz offensichtlicher Panik kam ein Anflug von Überraschung auf ihr Gesicht. Was immer sie vorzufinden geglaubt hatte, ich war es nicht gewesen. Nun öffnete sie die Tür. Ich lief zu ihr hinein und schloss die Tür wieder.

„Jemand war im Garten. Jemand hat ein Tier verletzt und auf die Terrasse gelegt. Sieh nicht hin. Es ist grässlich. Er könnte noch in der Nähe sein", plapperte ich heraus.

Sandra starrte immer noch, die Überraschung auf ihrem Gesicht rang mit anderen Empfindungen und trug einen kleinen Sieg davon.

„Was machst du denn hier unten, Christa?" fragte sie.

Beinahe klang sie neugierig. Ich berichtete ihr von dem seltsamen Geräusch, das mich, wie ich jetzt fest glaubte, geweckt hatte, von meinem Gefühl, ich müsste nachsehen, was im Garten vor sich ginge, und meiner Entdeckung.

Seltsamerweise schien das blutige Bündel jenseits der Glastür Sandra weniger zu beeindrucken als meine Entscheidung, alleine in den Garten zu gehen.

„Was du alles wagst", stieß sie atemlos hervor. Ihr Gesicht war so bleich, dass ich fürchtete, sie würde ohnmächtig werden. Fürsorglich führte ich sie zu einem Sessel, in den sie sich fallen ließ, als habe sie jede Kontrolle über ihre Gliedmaßen verloren.

„Was du alles wagst", wiederholte sie, jedenfalls nahm ich an, sie habe das gesagt, denn sie hatte kaum mehr Atem.

„Du brauchst einen Arzt", stellte ich fest. Sandra schüttelte den Kopf.

„Tabletten. In der Küche. Über dem Spülbecken. Zwei Stück."

Ich nickte und lief in die Küche. Im Schrankfach über der Spüle fand ich einen angebrochenen Folienstreifen mit Tabletten, daneben eine ganz neue Packung. Eilig drückte ich zwei Tabletten aus dem Streifen, suchte nach Gläsern und füllte eines mit Wasser. Der Anblick ihrer Tabletten belebte Sandra soweit, dass sie den Kopf anhob und die Hand nach dem Glas ausstreckte. Sobald sie die Tabletten geschluckt hatte, wirkte sie ruhiger, als habe sie die Verantwortung für ihr Befinden dankbar an die Tabletten abgegeben.

Während ich neben ihrem Sessel stand und besorgt wartete, ob es ihr besser ginge, sah ich mich im Wohnzimmer um. Bei Licht bestätigte sich mein Eindruck von gut gepolsterter Bürgerlichkeit. Mein Blick streifte über Möbel, Gemälde, Fotos, Teppiche, und kehrte zurück zu der zitternden Frau im Sessel.

„Da liegt ein Zettel neben dem Tier. Ich kriege dich, oder so ähnlich, steht darauf", informierte ich sie. Sandra winkte matt ab.

„Ein schlechter Scherz", flüsterte sie. Ich schnaubte.

„Ein reichlich makaberer Scherz. Und grausam. Wer macht denn so was?" Es war eine rhetorische Frage gewesen, die Sandra sich auch nicht bemühte zu beantworten. Mir war klar, dass ich es dabei belassen müsste.

Ein anderer Gedanke kam und verstörte mich erneut.

„Was machen wir mit dem armen Tier? Es quält sich so ..."

Sandra hob den Blick zu mir. Ich schluckte und ging auf die Terrasse. Dass man die arme Kreatur von ihren Qualen befreien müsste, hielt ich zwar für richtig, ich fragte mich jedoch, ob ich dazu in der Lage wäre. Aber meine Sorgen waren unnötig gewesen. Als ich die Taschenlampe auf den kleinen Körper richtete, bewegte der sich nicht mehr. Auch wirkte er kleiner als zuvor, als habe etwas das haarige Bündel verlassen. Der Welpe war tot.

Ich sah mich um, wie der Leichnam, Kadaver klang pietätslos, abzudecken wäre. Neben der Garagentür lag ein halbleerer Sack Erde. Den schleppte ich herbei und legte ihn über das Tier und den Zettel, der mittlerweile mit Blut vollgesogen war. In Sandras Küche wusch ich mir die Hände, dann lief ich zurück in meine Wohnung, warf das mit Erde verdreckte Nachthemd in den Wäschekorb und fiel nackt ins Bett. Es mag gefühllos klingen, aber ich schlief sofort ein.

*

Es war nun an Harry zu fragen, was ich getrieben hätte, als ich am Morgen ins Büro kam.

„Party nebenan. Jemand wurde achtzehn", improvisierte ich und musste mir anhören, dass jemandem in meinem Alter so etwas nichts ausmachen sollte. Dazu nickte ich und holte mir Kaffee. Vielleicht hätte ich ihm sagen sollen, was in der Nacht auf dem Grundstück der Frau, die er einmal hatte heiraten wollen, geschehen war. Aber Harry hatte Sandra nicht geheiratet, er stand in keinerlei Verhältnis zu ihr. Vermutlich wäre es ihm gleichgültig, was mit ihr geschähe.

Also ließ ich ihn in dem Glauben, Nachbarn hätten die halbe Nacht lang gefeiert und mich mit ihrer Musik wachgehalten. Zwar hatte ich wenig geschlafen, war aber, wie Harry gesagt hatte, jung genug, das wegzustecken. Vergessen konnte ich den Zwischenfall jedoch nicht, und ich hoffte sehr, es gäbe keine Wiederholung.

Dass ich nach der Arbeit ins stille Tal zu meinen Eltern fuhr, war reiner Zufall und hatte nichts mit den Ereignissen in Sandras Garten zu tun. Mir war eingefallen, dass noch einige Kartons in meinem alten Zimmer lagerten, und ich glaubte, mit dem Einräumen so weit vorangekommen zu sein, dass ich diese Kartons jetzt abholen könnte. Wenn ein Abendessen für mich abfiele, wäre das ein weiterer Bonus.

Als einige Jahre nach dem Brand im Bergerschen Haus die neuen Einfamilienhäuser hochgezogen wurden, hatten sich meine Eltern entschlossen, ihre Garage zu erweitern. Bis zum Tod des alten Herrn Berger, ehe die Familie Muh das Haus gekauft hatte, war meine Mutter zehn Jahre lang seine Haushälterin gewesen. Während dieser Zeit hatten meine Eltern nur ein Auto gehalten, welches hauptsächlich von meinem Vater genutzt und in der alten Garage geparkt wurde. Nachdem meine Mutter Arbeit in einem Mädchenwohnheim irgendwo hinter Harbern II gefunden hatte, benötigte auch sie ein Auto.

Anfangs hatte der zweite Wagen an der Straße gestanden, mit Beginn der Bauarbeiten und dem Verkehr schwerer Arbeitsfahrzeuge war dies unmöglich geworden. Nun zierte das Grundstück eine Doppelgarage mit angrenzendem Schuppen, und meine Eltern stellten beide Autos darin ab. Davor parkten Heidi und ich bei unseren pflichtschuldigen Besuchen, und jetzt stand dort ein dunkelblaues Fahrzeug, das bei flüchtiger Betrachtung als Geländewagen hätte durchgehen können. Beim Anblick dieses Autos entfuhr mir ein Stöhnen. In der Küche saß wie erwartet Momo mit einem Becher Tee, während mein Vater das Abendessen richtete.

„Hallo, Vati. Hi, Momo", begrüßte ich die beiden. Mein Vater drehte sich offenbar erleichtert zu mir um.

„Christa. Wolltest du heute kommen?"

„Brauche ich jetzt schon einen Termin?" erkundigte ich mich und setzte mich zu Momo, der mir auf der Küchenbank bereitwillig Platz machte. Mein Eintreffen war für ihn offenkundig kein Anlass zum Aufbruch.

„Gefällt es dir hier in Wardenburg nach deinem Abstecher in den sonnigen Süden?" wollte er von mir wissen. „Da, wo ich war, war es gar nicht so sonnig. Aber hier ist es okay. Sonne haben wir genug", bemerkte ich und wies mit der Hand auf das Fenster, durch das man Ausblick auf einen Teil unseres Gartens und die ordentlichen Beete der neuen Einfamilienhäuser hatte. Die Nachmittagssonne tauchte alles in goldenes Licht und ließ Geranien, Petunien, Hortensien, und Rosen leuchten. Momo warf einen traurigen Blick auf diese Farbenpracht.

„Ja. Ja, du hast Recht." Vor dem Schneidebrett verdrehte mein Vater die Augen.

Momo war der erste und einzige männliche Bekannte seiner Töchter, dem er ein Existenzrecht zugesprochen hatte. Dass Momo, bürgerlich Mathias Diez aus Achternmeer, auch sechs Monate nach dem Ende seiner Beziehung zu Heidi immer noch im stillen Tal vorbeikam, empfand er unterdes als unangemessen.

„Er leidet eben", pflegte meine Mutter zu sagen.

Ihr klagte Momo seit dem siebenundzwanzigsten Dezember des Vorjahres sein Leid und würde es nach derzeitigem Stand der Dinge wohl über den siebenundzwanzigsten Dezember dieses Jahres hinaus tun, wenn sich nichts Gravierendes änderte. Mein Vater wurde nicht müde zu erklären, er habe nichts gegen Mathias, den Namen Momo mied er als einziger der Familie, er sehe nur nicht ein, weshalb der ausgerechnet Heidis Eltern adoptieren wolle.

„Adoptieren will er uns nicht. Jedenfalls hoffe ich das", fügte meine Mutter besorgt hinzu. „Aber er hat doch sonst niemanden zum Reden."

Das traf insofern zu, als dass Momos eigene Eltern längst verstorben waren. Im stillen Tal wurde Momo niemals abgewiesen. Dort klingelte er wenigstens einmal pro Woche und zeigte sich damit öfter und regelmäßiger als Heidi es je getan hatte.

Obgleich sie fast drei Jahre mit ihm zusammen gewesen war, hatte ich Momo erst nach meiner Rückkehr im Mai näher kennen gelernt. Unsere Bekanntschaft gestaltete sich unproblematisch, zumal Momo mich zwangsläufig als die unbedeutendere Hemmentochter wahrnahm.

Sein mangelndes Interesse an meiner Person äußerte sich exemplarisch in der Standardfrage, ob ich mich in Wardenburg eingelebt habe. Die musste ich bei jedem Zusammentreffen beantworten, und ich hatte Heidi schon meine Überzeugung mitgeteilt, sein Verstand habe unter der Trennung gelitten.

Heidi zeigte sich ungerührt. Sie hielt Momos Besuche im stillen Tal für Manipulationsversuche, was ich bezweifelte. Momo wusste schließlich, dass Heidi die Nähe ihres Elternhauses als Begründung für seltene Besuche dort nutzte. Er gehörte meiner Ansicht nach einfach zu den Leuten, für die Leiden ein nicht unbedeutendes Lebensziel ist. Zwar fallen nur relativ wenige Männer in diese Kategorie, diejenigen, die so eingeordnet werden können, leiden dafür mit besonderem Gusto.

„Hast du denn jetzt eine eigene Wohnung?" erkundigte Momo sich, obwohl er mir beim Schleppen von Kartons behilflich gewesen war.

Aus Rücksicht auf Heidi war er nicht als regulärer Umzugshelfer angeheuert worden, nichtsdestotrotz hatte er bereitwillig mein Auto und die Autos meiner Eltern mit Habseligkeiten beladen. Mich tröstete, dass ein so starker Kerl das Schleppen von Bücherkisten verkraften konnte.

„Habe ich, Momo." „Wo denn?" „Im Patenbergsweg."

Mein Vater stellte zwei Teller auf den Tisch. Es war ein Signal an Momo.

„Bei Sandra Menserhagen", ergänzte er meine Antwort. Ich runzelte deswegen erstaunt die Stirn, hielt doch mein Vater Momo gegenüber meist mit Informationen hinterm Berg. Momo indessen betrachtete mich mit neuem Interesse.

„Ah. Bei der Tochter vom alten Chef", sagte er zu meiner Verblüffung.

„Wieso alter Chef?" fragte ich etwas aggressiv, weil ich immer angenommen hatte, Momo sei Elektriker, was er, wie er mir nun versicherte, auch war. Bei Menserhagen Bau arbeitete er als Bauelektriker.

„Kennst du Sandra denn?" wollte ich von ihm wissen. Momo hob die riesigen Hände.

„Vom Sehen. Sie macht die Buchhaltung. Walter Priem ist scharf auf sie, das weiß ich."

„Der neue Chef?" wandte mein Vater sein neues Wissen an. Momo nickte grinsend.

„Ja. Die Sandra hat alles geerbt. Nur in der Firma war Walter vorher schon gleichberechtigter Partner. Sie wollte ja das Geschäft nicht, und andere Erben gab's nicht. Da hat Walter zugegriffen, als der alte Chef ihn gefragt hat, ob er sein Nachfolger werden will. Aber das Geld möchte er natürlich auch haben." Ich dachte an die Fotos, die ich letzte Nacht in Sandras Wohnzimmer gesehen hatte.

„Wieso gab es keine anderen Erben? Hat Sandra nicht einen Bruder?"

Von einem Bruder wusste Momo nichts. Vielleicht empfand er dies als Niederlage, denn mit dem Hinweis auf eine Verabredung verließ er uns bald darauf.

„Gibt es denn in Wardenburg kein Mädchen, das so einen Kerl nehmen will?" fragte mein Vater allgemein.

Ich zuckte mit den Schultern. Über den Geschmack der Mädchen in Wardenburg war ich nicht informiert. Wir begannen mit der Mahlzeit.

„Wann kommt Mutti?" fragte ich. Mein Vater blickte zur Uhr.

„Oh, das kann noch dauern. Sie bleibt heute wegen einer Geburtstagsfeier länger. Eins von den Mädels wird dreizehn."

Als Mädels wurden von meiner Mutter die jugendlichen Bewohnerinnen des Wohnheims bezeichnet. Deren Betreuung gehörte nicht zu ihren Aufgaben, als Leiterin der Hauswirtschaft legte sie aber Wert darauf, die Ereignisse und Feste, bei denen sich eine Trennung von der Familie besonders schmerzhaft fühlbar machte, so angenehm wie möglich zu gestalten. Zu Geburtstagsfeiern blieb sie meistens länger, das wusste ich.

Während des Essens erzählte ich meinem Vater, dass ich meine letzten Kartons abholen wollte.

„Wie gefällt es dir denn im Patenbergsweg?" fragte er.

„Gut. Nur die Wohnung ist jetzt heiß", antwortete ich mit vollem Mund. Mein Vater nickte mit der Weisheit von fünfzig Lebensjahren

„Das ist nun einmal so im Sommer. Mach tagsüber die Rollläden herunter. Die halten Sonnenlicht ab und unerwünschte Besucher auch."

Mit einem Mal war ich misstrauisch. Zu viele Leute rieten mir, die Rollläden herunterzulassen, die Fenster zu schließen und die Sicherungen am Rahmen zu verwenden.

„Sag mal", begann ich, brach aber ab, weil mir die Frage peinlich war. Aber ich fühlte mich bevormundet und wollte diesen Punkt geklärt wissen. „Ist Andy eigentlich von selbst auf die Idee gekommen, die Sicherungen an den Fenstern zu kontrollieren oder hat Mutti ihn angespitzt?"

Das betretene Gesicht meines Vaters sprach Bände. Noch ehe er den Mund öffnete, glaubte ich, seine Antwort zu kennen. Doch das war ein Irrtum.

„Oh, das war von Anfang an Andys Idee, Christa. Nicht, dass wir etwas dagegen einzuwenden gehabt hätten. Als Polizist kennt er sich aus." Nicht ganz glücklich mit der Antwort saß ich vor meinem Risotto.

„Und wie kam er auf seine Idee? Wegen der Felder hinter dem Haus und dem nicht einsehbaren Garten?" hakte ich nach. Mein Vater schüttelte langsam den Kopf.

„Nein, Christa. Das heißt, deswegen auch. Andy hätte so oder so nach deinen Fenstern gesehen. Das hat er auch bei Heidis Wohnung gemacht und das macht er bei uns auch, regelmäßig. Also reg dich nicht auf. Aber ..." Mein Vater musterte mich prüfend. „Weißt du, Andy kennt das Haus dieser Frau Menserhagen. Dienstlich. Er sagte, allein in diesem Jahr wäre er schon zweimal nachts dorthin gerufen worden."

Ich starrte ihn an, sah aber zwischen seinen Augen den verendenden Welpen auf den Terrassenfliesen.

„Wieso hat er mir das denn nicht gesagt?" wollte ich wissen.

Meine Stimme klang in meinen Ohren viel zu schrill, als drohte Hysterie. Eilig trank ich etwas Wasser. Meinem Vater war der Tonfall nicht aufgefallen.

„Weißt du, anfangs kannte Andy deine neue Adresse nicht genau. Wir hatten ihm gesagt, du wolltest in den Patenbergsweg ziehen. Der ist bekanntlich lang. Aber als wir dann mit den Möbeln von Oldenburg zur Wohnung kamen, hat er das Haus erkannt. Erst drei Wochen vorher war er da gewesen, weil deine Vermieterin nachts die Polizei verständigt hatte. Angeblich war jemand im Garten." Mir wurde kalt.

„Und?" stieß ich hervor. Immer noch schien mein Vater mein Verhalten normal zu finden.

„Wir haben überlegt, ob wir dir das sagen sollten, Christa. Aber Andy meinte, es gäbe so viele Leute, die ständig die Polizei rufen, ohne echten Grund, einfach aus Panik oder weil sie alleine sind. Er wollte dir die Wohnung nicht madig machen. Deshalb hat er dir nichts gesagt."

„Aber Mutti", ergänzte ich seinen Satz. Mein Vater nickte.

Seiner Frau Kirsten hatte Andy natürlich ebenfalls gesagt, meine neue Wohnung befinde sich im Haus einer Verrückten, die sich von Unbekannten verfolgt fühlte und deshalb ständig die Polizei alarmierte. Wahrscheinlich hatte Kirsten ihn begleitet, um einen Blick auf diese Frau zu erhaschen.

Aber Andy hatte tatsächlich Einbruchspuren an meiner Balkontür gefunden. Ich selbst deutete die Kerben am Holzrahmen so. Und letzte Nacht war jemand auf dem Grundstück gewesen. Dieser jemand hatte ein unschuldiges Tier brutal verletzt, auf Sandras Grundstück, und dieser jemand hatte zudem eine schriftliche Drohung hinterlassen. Der Zaun im naturbelassenen Teil des Gartens war niedergedrückt. Dort hinter der Kiefernhecke waren kleine Gräber. Letzte Woche war ein Vogel gegen Sandras Fenster geflogen und verendet, falls er wirklich gegen die Scheibe geflogen und nicht auf andere Weise ums Leben gekommen war.

„Hat Andy euch denn auch gesagt, dass er Einbruchspuren an meiner Balkontür gefunden hat?" erkundigte ich mich sachlich.

„Ja", gab mein Vater zu. „Aber er sagte auch, die seien älter."
Dazu nickte ich.

„Sagt er sonst noch irgendetwas, was vielleicht auch ich
wissen sollte?"

„Nein. Wirklich, Christa. Es sieht doch alles nach Zufall
aus."

Ein Welpe mit aufgeschlitzter Bauchdecke neben einem
Drohbrief sah für mich nicht nach Zufall aus. Ich wägte ab
und entschied, meinem Vater nichts von letzter Nacht zu
erzählen. Er würde sich Sorgen machen und Andy alarmie-
ren, der sich ebenfalls Sorgen machen würde und wieder
einmal in Gewissenskonflikt zwischen seinen Pflichten als
Pate und denen als Polizist geriete. Aber mit Sandra wollte
ich noch einmal reden. Wir hätten noch in der Nacht die
Polizei verständigen sollen. Das könnten wir zumindest
nachholen.

Sandra ging es an diesem Abend gut. Sie hatte den Welpen
begraben, den blutverschmierten Plastiksack mit dem
Schlauch abgespritzt und entsorgt, die Terrassenfliesen mit
dem Hochdruckreiniger bearbeitet, noch einmal Fenster und
Rollläden gereinigt.

Wie ich feststellen musste, hatte sie sich auch an dem nieder-
gedrückten Maschendrahtzaun zu schaffen gemacht. Der
war aufgerichtet, die Maschenrauten auseinandergezogen,
und sah, wenn auch nicht wie neu, so doch unauffällig aus.

„Alles ein schlechter Scherz", versicherte sie mir mit einem
gekünstelten Lachen. „Glaub mir, Christa."

9. KAPITEL

Der Wetterbericht hatte Gewitter angekündigt. Frau von Geldern erzählte uns von der Unwetterwarnung für den Landkreis Oldenburg ab vierzehn Uhr. Harry deutete auf das Fenster, durch das die Sonne in unser Büro schien.

„Glauben Sie das wirklich, Frau von Geldern?"

„Jeder macht seine Arbeit, so gut er kann. Auch die Damen und Herren vom Deutschen Wetterdienst", bemerkte sie nur und ging. Mittlerweile wiederholten sich die Faltenröcke, aber ich hatte siebzehn verschiedene gezählt.

Aus irgendeinem Grund war Harry über ihre Erwiderung verstimmt. Grimmig telefonierte er mit Klienten, zwischendurch warf er mir dunkle Blicke zu. Als ich einige Ordner zusammenpackte und aufstand, machte er ein böses Gesicht.

„Machst du Feierabend? Wegen der Unwetterwarnung, etwa?" Ich schüttelte verwundert den Kopf.

„Quatsch. Wie kommst du denn auf die Idee? Ich muss drei Wohnungen ansehen."

Dazu nickte er bloß. Ich beschloss, ihn nicht weiter zu beachten und verließ grußlos das Büro. Im Flur begegnete mir erneut Frau von Geldern. Es war jetzt so heiß in dem Gebäude, dass die Klimaanlage in Nöte geriet, halbwegs angenehme Temperaturen zu schaffen. Trotzdem war mein Nacken unter den Haaren feucht. Ich hatte am Morgen vergeblich versucht, mir eine Hochsteckfrisur zu machen, doch bei meiner Haarlänge und dem mangelnden Geschick funktionierte das nicht. Frau von Geldern mit ihrer kurzen krausen Dauerwelle sah ebenso erhitzt aus. Ich sagte ihr, wohin ich fahren wollte und dass ich nicht wüsste, ob ich noch einmal ins Büro käme.

„Fahren Sie vorsichtig", rief Frau von Geldern mir nach, als wäre ich ein kleines Mädchen, das morgens bei Schnee und Glatteis zur Schule startete.

Die Vorstellung von Schnee gefiel mir so gut, dass ich sie mit hinunter auf die Straße nahm.

Beim Verlassen des Gebäudes traf mich die Hitze wie ein Schlag. Im Süden schien noch die Sonne, von Oldenburg im Norden schob sich jedoch eine graue Wolkenbank heran. Die Luft lag absolut still zwischen den Häusern. Kaum jemand war auf der Straße zu sehen, obwohl es auf halb vier zu ging, wenn die Wardenburger Geschäftsstraßen ansonsten ihrem Namen Ehre machten. Doch sogar auf der Oldenburger Straße, der Verbindung der Provinz zur Metropole Oldenburg, auf der sich an anderen Tagen die Werktätigen von der Stadt aufs Land und vom Land in die Stadt schoben, reihten sich weniger Autos in den Ampelschlangen auf.

Im Schatten der Häuser ging ich zum Hof der ehemaligen Post, wo mein Auto in der prallen Sonne brütete. Als ich die Türen öffnete, schlug mir noch heißere Luft entgegen. In diesem Glutofen wollte ich nicht sitzen, aber mir würde nichts anderes übrig bleiben. Mit heruntergelassenen Fenstern fuhr ich ungeachtet des Windes und des Staubs als Cabrio-Nachahmung. Neben mir auf dem Beifahrersitz rollte meine Wasserflasche, deren Inhalt von Schluck zu Schluck wärmer wurde.

Von Nordwesten her verdunkelte es sich immer mehr. Noch fand die Sonne Lücken zwischen den Wolken, doch sie erschien mittlerweile lediglich als schwefelgelber Fleck.

*

Als ich in Hatterwüsting die dritte Wohnung auf meiner Liste verließ, hatte die Sonne ihren Kampf gegen die Wolken endgültig aufgegeben. Nun zerrten auch heftige Windböen an den Bäumen, bogen die Äste weit auseinander und rissen büschelweise vorzeitig vertrocknetes Laub ab.

„Das sieht nicht gut aus", meinte die Eigentümerin der Wohnung, neben der ich über den Parkplatz ging. „Nein. Nicht wirklich", stimmte ich zu und verabschiedete mich.

Bei der ungebremsten Hitze hatte ich es gewagt, die Fenster auf Spalt offen zu lassen. Niemand, sagte ich mir, stiege freiwillig in dieses überhitzte Gefährt. Im Hintergrund grollte der erste Donner. Ich beschloss, direkt nach Hause zu fahren.

Von Hatterwüsting aus fuhr ich zügig Richtung Sandkrug. Auf der Straße, die diesen Ort mit Kirchhatten verbindet, rollte der Berufsverkehr aus Oldenburg entlang des Barneführerholzes. Bei einigen Böen neigten sich die Bäume so tief, dass ich mehrmals fürchtete, im nächsten Moment stürze einer auf die Straße. Jetzt war auch nachvollziehbar, weshalb man vor dem Unwetter gewarnt hatte.

Ich erreichte die Sandkruger Ortseinfahrt. In Höhe des Schilds kam mir ein roter Kleinbus entgegen. Die Person am Steuer trug die Haare sehr kurz. Für Augenblicke hatte ich den aufziehenden Sturm, sogar die anderen Autos vergessen. So einen Kleinbus hatte die Muh vom Verbrauchermarktparkplatz gefahren. Wagentyp und Farbe stimmten, da spielte es keine Rolle, dass ich ihr Gesicht nicht gesehen hatte. Die Frau, die ich für Bea hielt, fuhr so ein Auto, so ein Auto hatte gerade meines passiert, die Fahrerin musste Bea sein.

Nach einem vom Hupen anderer Fahrzeuge begleiteten Wendemanöver folgte ich dem Kleinbus. Bea, vielmehr der Kleinbus, in dem ich sie vermutete, hatte einen Vorsprung herausgefahren. Angestrengt hielt ich nach dem Wagen Ausschau, starrte vergeblich in Waldschneisen und auf Wanderparkplätze. Um mich herum schwankte der Wald im Sturm. Der Himmel war schwarz. Vereinzelte dicke Tropfen prallten auf meine Windschutzscheibe. Was mich eben noch beunruhigt hatte, ignorierte ich nun, obwohl ein rationaler Teil von mir Zweifel anmeldete, ob der rote Kleinbus noch vor mir fahren konnte. Ich spielte bereits mit dem Gedanken, wieder nach Sandkrug umzukehren, als ich ein den Kleinbus Richtung Sandhatten abbiegen sah.

Ich bog ebenfalls ab. Im nächsten Moment blinkte der Kleinbus nach rechts und folgte einem abzweigenden Weg. Ich tat es ebenso und fand mich auf einer unbefestigten Strecke wieder, die holpernd und staubig zwischen lichten Hecken an Feldern vorbeiführte. Unerwartet schwenkte der Kleinbus nach links und kam vor einer Hofanlage zum Stehen.

Eine Windhose saugte den Sand bis über den First des Wohnhauses. Durch den Staub sah ich jemanden aus dem Kleinbus steigen. Ich bremste scharf und sprang in die gelbe Wolke. Erschrocken drehte sich die Frau um. Über uns zuckte ein Blitz, es donnerte. Vor mir stand Bea. Ihre Haare waren wie früher kurz geschoren, sie trug Jeans und ein kariertes Hemd. Einen Moment starrten wir uns an. Gerade, als Erkennen über ihr Gesicht huschte, brach der Platzregen los.

Mit offenem Mund stand ich auf dem Sandplatz, in den tausende kleiner Krater gehämmert wurden.

„Christa?" hörte ich durch das Rauschen.

Während der Sand sich unter mir in ein Schlammbad verwandelte und meine Kleider an mir klebten, wagte ich einige Schritte auf sie zu, bis ich auf anderthalb Meter herangekommen war. Plötzlich stand jemand anders da, eine Frau mit langen grauen Haaren, hohen Gummistiefeln und einem riesigen rotgelben Regenschirm.

„Frau Muh? Ich habe Ihr Auto gesehen, aber Sie sind nicht zum Haus gekommen. Ist etwas passiert? Ein Unfall?"

Sie hatte Bea unter den Schirm genommen und starrte mich misstrauisch an. Bea schüttelte den Kopf.

„Nein. Ich bin nur überrascht." Sie lächelte. Die Frau sah von ihr zu mir.

„Kommen Sie ins Haus. Hier können Sie nicht stehen bleiben. Und Sie ... Ihr Auto ist noch offen." Ich sah über die Schulter. Tatsächlich stand die Tür sperrangelweit auf.

„Lassen Sie die Autos stehen und kommen Sie mit", befahl die Frau, anscheinend die Bäuerin.

Ich stürmte zu meinem Wagen, schloss die Fenster, zog den Zündschlüssel ab, knallte die Tür zu und rannte hinter den beiden her.

*

In der Wohnküche wurden wir erst einmal mit Handtüchern versorgt. Frau Bösche, so nannte Bea die Bäuerin, setzte uns dann Tee vor. Die ganze Zeit musterte sie mich voller Misstrauen. Während sie in der Küche umherlief, trafen mich immer wieder ihre Blicke, zugleich redete sie ununterbrochen auf Bea ein.

Nach ein paar Minuten konnte ich drei Stränge unterscheiden, die sie großzügig miteinander verwoben ausstieß. Bea sollte etwas abholen, was aus Gründen, die Frau Bösche zwar anscheinend aufführte, ich aber nicht verstand, nicht oder noch nicht möglich war. Bea und ich mussten wahnsinnig sein, bei diesem Wetter die Straßen zu benutzen, die Autos zu verlassen und im Regen zu stehen. Jemand hatte etwas verloren, war deshalb schlechter Laune, aber selbst schuld. Jene Person verweigerte derzeit die Arbeit, würde deswegen aber noch etwas von Frau Bösche zu hören bekommen.

Wann immer während ihres Berichts ihr Blick auf mich fiel, verdunkelte sich Frau Bösches Gesicht. Dann trat sie jedes Mal hinter Bea, rückte ihren Teebecher näher an sie heran oder weiter von ihr weg, reichte ihr das Handtuch, welches Bea über die Lehne des Stuhls neben ihrem gelegt hatte oder tat irgendetwas anderes, was Bea geduldig zuließ, um es anschließend wieder rückgängig zu machen. Schließlich fragte sie:

„Und wo ist Hajo nun?", woraufhin Frau Bösche rief:

„Gute Frage. Dem werde ich helfen! Jetzt sind Sie extra gekommen!" und aus der Küche eilte.

Draußen hatte sich das Unwetter ausgetobt. Es regnete stetig. Durch das Fenster sah ich Frau Bösche wieder ausgestattet mit Gummistiefeln und Regenschirm in den Oldenburger Farben zu einem anderen Gebäude laufen.

Nun war ich definitiv alleine mit Bea. Sieben Jahre hatte ich auf diesen Moment gewartet, jetzt fand ich keine Worte. Es fehlte mir sogar der Mut, sie anzusehen. Von ihr kam kein Laut. Ich hörte Frau Bösche laut auf jemanden einreden und eine schrille Stimme zurückschreien, ich hörte den alten Kühlschrank brummen und die Uhr ticken. Atmen, Bewegungen, ein Lebenszeichen von Bea nahm ich nicht wahr. Vorsichtig schielte ich zu ihr. Sie saß zurückgelehnt auf ihrem Stuhl und betrachtete mich ruhig, als wäre es unsere Gewohnheit, in dieser Küche zu sitzen.

„Ich bin froh, dich so wohlauf anzutreffen", teilte sie mir mit.

Natürlich sprachen Muh nicht wie normale Leute. Ich hatte das gewusst und inzwischen vergessen, bis die Erinnerung mit Beas einem Satz in voller Wucht zurückkehrte. Weiterhin sprachlos nickte ich. Eine etwas gängigere Formulierung ihrer ersten Äußerung hätte mich vielleicht zum Reden gebracht.

So konnte ich nur starren und versuchen, das Gesicht vor mir mit meiner letzten Erinnerung an Bea in Einklang zu bringen. Wie damals lag es völlig offen vor mir, Form oder Regungen wurden nicht durch Haare verdeckt. Freundlich und ausdruckslos erinnerte es an ein Puppengesicht, wenn auch ein Puppengesicht mit feinen Fältchen. Ihr genaues Alter kannte ich nicht, aber Bea hätte schon dreißig sein können.

Geduldig, Muh waren so geduldig, betrachtete Bea mich und wartete auf eine Entgegnung. Nachdem sie ausreichend Gelegenheit gehabt hatte, sich zu vergewissern, dass ich nichts herausbringen würde, lächelte sie und beugte sich zu mir.

„Ich habe mich gefragt, ob ich dich in dieser Gegend treffen würde. Es freut mich, dass es tatsächlich so gekommen ist."

Sieben Jahre hatte ich nur gehofft, mich dafür entschuldigen zu können, dass ich den Brand zu spät entdeckt hatte. Damit konnte ich jetzt nicht beginnen.

„Wie geht es dir, Bea?" fragte ich und wunderte mich, wie mühelos mir diese Phrase über die Lippen gekommen war.

Sie lächelte nun dieses spezielle Muh-Lächeln, das nicht dem Gegenüber gilt, nicht einmal dem Gegenstand des Gespräches.

„Gut. Danke. Dich brauche ich nicht zu fragen. Du siehst aus, als ginge es dir gut."

„Stimmt", gab ich zu, aber meine Gedanken galten den Umständen unserer letzten Begegnung und der Frage, die ich ebenfalls noch zu stellen hatte.

„Und deine Schwester? Wie geht es Greta?"

Greta, mit der zusammen Heidi entführt worden war, hatte der Entführer vergewaltigt.

Bea behielt ihr Lächeln bei. Sie war sehr viel mehr Muh als früher, aber auch anders als ich ihre Eltern erlebt hatte. Neo-Muh passte vielleicht als Beschreibung. Bei aller Reserviertheit ließ Bea nie den Eindruck mangelnder Emphase, ein Begriff, den ich in der letzten Zeit häufiger von Heidi gehört hatte, aufkommen.

„Greta erfreut sich bester Gesundheit. Als nächstes willst du bestimmt wissen, was sie jetzt macht. Sie lebt in Belgien auf einem Hof, der unserem Haupthaus zugeteilt ist. Dort ist sie für die Käseproduktion zuständig. Ihre Spezialität ist Ziegenkäse."

Ich nickte, wenn ich auch der Meinung war, die Antwort werfe weitere Fragen nach Greta auf. Wer sich aus freien Stücken mit der Herstellung von Käse beschäftigte, musste nach meinem Dafürhalten schwer gestört sein. Das aber konnte ich Bea nicht sagen.

„Und du? Was machst du hier?" fragte ich stattdessen.

Bea lehnte sich zurück. Gleichmut senkte sich über sie, als sie bescheiden antwortete.

„Mir ist die Aufgabe zugewiesen worden, die hiesige Zelle beim Aufbau eines Tagungshauses zu unterstützen."

Der Satz war von der Art muhischer Äußerung, die in unsere Alltagssprache übersetzt werden musste.

„Du arbeitest in dem Tagungshaus?"

„Nein, Christa. Ich darf den Mitgliedern der Gemeinschaft, die die Verantwortung für den Aufbau und die Leitung des Tagungshauses auferlegt bekommen haben, meine Kenntnisse zur Verfügung stellen. Aufgrund mir zugefallener

Vorteile besitze ich einen weiteren Überblick und tiefergehende Kenntnisse als die meisten Mitglieder. Außerdem benötigen sie Führung in der Lehre, die ich ihnen hoffentlich geben kann."

„Also, du leitest die Einrichtung und machst die ideologische Unterweisung", fasste ich meine Übersetzung zusammen. Bea lachte. Es klang spontan. „Oder so."

Die Tür flog auf, und Frau Bösche trug eine orangefarbene Kunststoffkiste herein. Die stellte sie neben Bea auf den Boden und zeigte auf den Inhalt, der vor mir hinter der Tischplatte verborgen lag.

„Sehen Sie. Ich habe alles nach Sorten getrennt. Und wenn Sie mir den Autoschlüssel geben, belädt Hajo den Wagen. Das brauchen Sie nicht zu tun, das kann der Mann machen. Geht auch schnell. Keine zehn Minuten."

Bea bedankte sich und versprach, zum Kleinbus nachzukommen. Frau Bösche legte den Schlüssel in die Kiste und trug sie mit ihrem unsichtbaren Inhalt hinaus. Bea warf einen Blick auf die Uhr über der Tür.

„Ich habe hier Pflanzen bestellt. Eigentlich verkaufen Bösches nicht an Endverbraucher, schon gar keine Pflanzen. Aber du weißt, Muh sollen möglichst direkt beim Produzenten kaufen. Ich glaube, sie waren ganz angetan von meiner Anfrage."

Sie stand auf. Ich folgte ihr hinaus auf den Hof, wo das Wasser bereits versickert war und den Boden gefestigt zurückgelassen hatte. Ein kompakt gebauter Mann lud junge Obstbäume in den Minibus. Frau Bösche stand daneben. Zum Schluss reichte sie ihm die orangefarbene Kiste. Der Mann zog die Tür zu und gab Bea den Schlüssel. Mich musterte er ebenso misstrauisch, wie seine Frau mich angestarrt hatte.

„Guten Tag, Herr Bösche", sagte ich von seinen Blicken irritiert.

„Moin", stieß er hervor und ließ uns stehen.

Aus einem der Hofgebäude kam nun ein Mädchen von vielleicht vierzehn Jahren in Shorts zu Gummistiefeln. Als es an uns vorbeiradelte, sah ich das verweinte Gesicht.

„Unsere Tochter", informierte mich Frau Bösche. „Hat schlechte Laune." Damit ging auch sie.

Bea und ich standen uns erneut auf dem Sandplatz gegenüber.

„Christa. Es freut mich, dass ich dich wiedergetroffen habe. Wenn irgend möglich möchte ich dich sehen, aber jetzt muss ich zurück zum Tagungshaus. Die Pflanzen müssen bei diesen Temperaturen sofort versorgt werden. Außerdem leite ich nachher die Sammlungszeremonie. Hier. Komm vorbei, wann immer du magst." Sie reichte mir eine Visitenkarte des Tagungshauses.

„Läuft der Betrieb denn schon?" fragte ich noch. Dazu nickte sie.

„Seit Anfang des Monats. Aber ohne Übernachtungen, dafür fehlen uns noch die Räumlichkeiten. Komm einfach vorbei, dann zeige ich dir alles."

So trennten wir uns. Es war, als wären keine sieben Jahre vergangen.

10. KAPITEL

Nachdem die Temperatur auf ungewohnt kühle fünfund-zwanzig Grad gefallen war, legte Frau von Geldern einen seidenen Schalkragen um, den sie mittels einer Perlenbrosche fixierte. Die Klimaanlage kühlte weiter in der Einstellung, in der sie die letzten Tage über gelaufen war. Am Ende des zweiten Tages nach dem Gewitter gab es bei „Crea. Heim und Pflege" eine Erkältungswelle. Ernst Loga kam schließ-lich nach oben, um sich zu beschweren.

„Meine Damen sind diesen Temperaturschwankungen nicht gewachsen, Frau von Geldern. Die Klimaanlage muss den tatsächlichen Temperaturverhältnissen angepasst werden. Bis heute liegen mir vier Krankmeldungen vor. Mehr kann ich wirklich nicht brauchen. Die ganzen Teilzeitmuttis sind schon sommerferienbedingt in Urlaub."

Frau von Geldern sah zu Simone, die, um einen Blick auf den Pflegedienstleiter zu erhaschen, in ihr Büro geschlüpft war.

„Sie kümmern sich darum, nicht wahr, Simone?"

„Natürlich, Frau von Geldern", flüsterte die, verstört von so viel gerechtem Zorn auf Ernst Logas Statuengesicht.

Harry hatte Ernsts Rede von der Teeküche aus, wo wir neben der laufenden Kaffeemaschine warteten, mit angehört. Nun schnaubte er so vernehmlich, dass Ernst den Kopf zur Tür hereinsteckte und uns ein strahlendes Lächeln gönnte. Neben mir wand sich Harry aus dem Streuungsfeld.

„Sind deine Stuten so kälteempfindlich? Kaum zu glauben, bei der Masse Fett, die die mit sich herumschleppen."

Er richtet sich zu voller Mittelgröße auf. Ernst Loga schlenderte auf uns zu. Ich spürte mich rot werden und tauchte eilig ab zur Kaffeemaschine, die gerade mit einem letzten Prusten das Ende des Brühvorgangs angezeigt hatte.

„Meine Mitarbeiterinnen vereinen fachliche Kompetenz mit zeitgemäßen Formen. Wenn sie erst einmal die Notwendigkeit absoluter Flexibilität in dieser Branche erkannt haben, nehmen sie automatisch mindestens fünfzehn Kilogramm zu. Daran sieht man, dass sie eingeritten sind, um bei deinem Bild der Stuten zu bleiben, Harald." Sein Lächeln konzentrierte sich auf mein Gesicht.

„Kaffee?" brachte ich heraus.

Ernst schüttelte das Haupt. Mit den Fingerspitzen der rechten Hand bauschte er die Tolle über seiner Stirn, dabei deutete unter dem Kasack ein Dehnen des Stoffes die Bewegung von Muskeln an.

„Das ist reizend von dir, aber nein danke, Christa", entgegnete er in einem melancholischen Bariton, als müsse er mir in Form einer Arie beängstigende Tatsachen eröffnen.

„Wir haben gleich Übergabe. Da versorgen mich meine Damen bestens mit Kaffee. Ich habe zur Feier des Tages Gebäck besorgt, schließlich muss man seine Mitarbeiterinnen manchmal etwas päppeln. Komm doch nachher runter und hol dir ein Stück Kuchen, Christa. Erdbeeren und Kirschen. Hier oben gibt es so etwas nicht. Ciao."

Ohne Harry zu beachten, verließ er die Teeküche. Auf seinem Weg zum Treppenhaus grüßte er nochmals Simone, die japsend in die Teeküche stürmte.

„Ihr Weiber spinnt", stellte Harry fest. Simone kicherte ihrem Alter unangemessen.

„Findest du den Kerl etwa auch so ungemein toll?" fauchte er mich an. Wieder errötete ich.

„Nun ja, er sieht gut aus", setzte ich zur Rechtfertigung an und balancierte meine volle Tasse in unser Büro.

Ich fand, ich hatte mich weitgehend neutral verhalten. Harry schüttelte den Kopf. Mit einer Hand bewegte er seine Filzmatte, mit der anderen zeigte er auf mich.

„Deine Generation ist viel zu sehr auf Äußerlichkeiten fixiert."

„Möglich", gab ich zu und kam nicht umhin zu sehen, wie dürr sein Arm aus der breiten Schulter ragte. „Aber es kann nicht jeder so ein Sportler wie du sein. Jeder hat andere Qualitäten." Besänftigt sank er auf seinen Stuhl.

„Du sagst es. Zu meiner Zeit hatte ich auch massig Verehrerinnen."

„Oh, ich glaube dir", beeilte ich mich zu versichern. Er sah mich fast so melancholisch an wie eben noch Ernst Loga.

„Wenn mein Meniskus mitgemacht hätte, wer weiß, was aus mir noch hätte werden können? Ich hatte bereits in der Bundesliga gespielt, Christa."

„Tragisch", gab ich zu. Nun witterte ich eine Gelegenheit, mehr zu erfahren.

„Was hat Sandra Menserhagen denn dazu gesagt?"

„Dass ich nicht mehr in der Bundesliga spielen konnte? Das war später. Nachdem wir uns getrennt hatten." Ich setzte mich ihm gegenüber auf meinen mobilen Schreibtischstuhl.

„Wie lange wart ihr zusammen?"

„Etwa zwei Jahre."

„Hat sie eigentlich Geschwister?" Harry schwieg einen Moment.

„Einen Bruder. Kurt. War auf dem technischen Gymnasium. Wollte Bauingenieur werden." Das musste der Kumpel des Ex-Freundes meiner Teenager-Mutter gewesen sein.

„Wo lebt er? Nicht in Wardenburg." Harry schüttelte den Kopf.

„Nein. Er ist tot. Hat sich mit seinem Motorrad um einen Baum gewickelt. Mit knapp zwanzig. Auf der Straße von Wardenburg nach Sage. Oh, Mann, das war schrecklich für die Familie. Man kann sich das nicht vorstellen."

Wahrscheinlich konnte man es nicht nachfühlen, aber eine Ahnung von einem solchen Schlag hatte ich durch Heidis Entführung vor sieben Jahren bekommen. Dennoch schüttelte ich den Kopf. Harrys Redebereitschaft war sprunghaft und musste wie Ernst Logas Damen gepäppelt werden. Ich wollte mehr über Sandra wissen, und er war meine einzige Quelle. Zwar ging mich ihre Vergangenheit nichts an, aber Sandra tat mir leid. Bei allem Geld, was zumindest Momo Diez und die anderen Mitarbeiter von Menserhagen Bau ihr unterstellten, hatte sie viel Pech gehabt. Sie hatte Bruder und Eltern verloren, und jemand legte ihr verendende Tiere und Drohungen auf die Terrasse.

Harry sprach weiter. Er schien Gefallen daran gefunden zu haben, über die letzten Züge seiner ersten längeren Beziehung zu referieren.

„Sandra war", fuhr er fort, „ihrem Bruder sehr ähnlich. Beide waren korrekte Leute, man hätte sie sich gut in einer Behörde vorstellen können. Sandra hat ja auch Buchhalterin gelernt. Sehr pflichtbewusst war sie. Deshalb ist es so fatal, dass beide, der Kurt und auch Sandra, solche Unfälle hatten. Der Kurt war keiner von diesen Motorradfahrern, die meinen, sie fliegen mit ihrem Schutzengel um die Wette. Aber", an dieser Stelle machte Harry eine ausholende Handbewegung, „es zeigt eben, dass Motorradfahren riskant ist. Er muss die Kontrolle über sein Motorrad verloren haben. Auf der Straße nach Sage, eine Strecke, die er im Schlaf fahren konnte."

„Und Sandras Unfall? War der auch mit dem Motorrad?" fragte ich.

Die Vorstellung von Sandra Menserhagen in Ledermontur und Helm war bei aller Unwahrscheinlichkeit reizvoll. Es hätte ihr sicher gut getan, aus sich heraus zu gehen. Harry schüttelte den Kopf.

„Das war ein Autounfall. Etwa ein Jahr später. Auch auf der Sager Straße. Sie sollte mich von einem Turnier in Ahlhorn abholen. Aber sie kam nicht. Schließlich habe ich bei ihr zu Hause angerufen. Da war gerade der Anruf von der Polizei angekommen."

„Was war passiert?" Harry trank seinen abgekühlten Kaffee.

„Konnte nicht geklärt werden. Zeugen sagten, sie hätte in hohem Tempo überholt. Das klingt so unwahrscheinlich, dass ich es mir bis heute nicht so richtig vorstellen kann. Zwei andere Autos waren in den Unfall verwickelt. Eine Frau kam ums Leben. Sandra ist fast nichts passiert. Aber sie kam mit dem Unfall nicht klar. Sagte, sie wäre unvorsichtig mit Menschenleben umgegangen. Das wollte sie nicht wiederholen. Und dann war Schluss. Sie wollte nicht mehr mit mir zusammen sein." Er sah mich an.

„Ich weiß nicht, ob sie darüber hinweggekommen ist." Ich zögerte.

„Ist sie nicht", entgegnete ich, obwohl der Unfall nur eine Teilerklärung für Sandras Verhalten bieten konnte.

Der Rest erklärte sich aus diesen merkwürdigen Ereignissen wie dem mit dem verblutenden Hund.

Aber, als ich später am Nachmittag nach Hause fuhr, fragte ich mich, wieso ich so sicher war, jemand anders, ein Fremder, habe das Tier tödlich verletzt und auf die Terrasse gelegt. Falls Sandra Menserhagen krankhaft unter Schuldgefühlen litte, könnte sie sich auf diese Weise selbst bestrafen. Solche Fälle kamen vor, wenn auch meistens nicht so drastisch. Bei meiner letzten Arbeitsstelle im Knast hatte eine Kollegin für Aufruhr gesorgt, bis sich zeigte, dass sie selbst ihre Habseligkeiten verschwinden ließ.

Bei Sandra konnte es sich ähnlich verhalten. Sogar die Einbruchspuren hätte sie selbst am Türrahmen anbringen können. Die Polizei hätte vermutlich sofort erkannt, dass es keine richtigen Einbruchsspuren gewesen waren, und sie fortan nicht mehr ernst genommen. Gerne dachte ich das nicht. Auch war ich mir nicht sicher, ob ich diese Erklärung bevorzugen sollte. Insgesamt war zu viel Blut, waren zu viele elend verreckende Tiere im Spiel. Nur wusste ich nicht, mit wem ich meine Befürchtungen besprechen könnte.

*

Am Freitagabend ging ich mit Heidi ins Kino. Zu meiner Verwunderung hatte sie mich gefragt, ob ich Lust hätte, mit ihr einen Film anzusehen. Es war mindestens zehn Jahre her, dass wir beide zusammen ins Kino gegangen waren. Ich war keine jener großen Schwestern gewesen, die ihre kleine Schwester in die weite Welt mitnahmen. Heidi hat, davon bin ich überzeugt, nicht sehr unter dieser Vernachlässigung gelitten. Sie bevorzugte sowieso die großen Schwestern ihrer Freundinnen, junge Frauen, die wussten, wie man sich anzuziehen hatte, selbst ein Auto fuhren oder einen meist männlichen Fahrer organisieren konnten. Nun lud Heidi mich ein, und wenn ich auch misstrauisch war und schon hinter ihrem Angebot, mich abzuholen, einen Affront vermutete, sagte ich zu.

Der Abend verlief nach dem üblichen Muster unserer gemeinsamen Auftritte. Männer verschiedenen Alters starrten Heidi nach, die männliche Bedienung in der Kneipe fragte sie zuerst, was sie trinken wollte und fand es angemessen, dass ich für uns beide zahlte. Während ich an ihrer Seite durch Oldenburg ging, erhielt mein Selbstbewusstsein bei jedem Schritt einen Dämpfer.

Hätte ich eine Vorstellung von ihren Motiven gehabt, wäre es mir vielleicht leichter gefallen, die Ruhe zu bewahren. Heidi tat so, als handelte sie aus schwesterlicher Zuneigung, was ich als Mitleid übersetzte. Ihre beiläufig eingestreuten englischen Vokabeln erfüllten mich zudem mit tiefem Misstrauen, wusste ich doch, dass sie sich als Schülerin fremdsprachenresistent erwiesen hatte.

Gegen halb zwei und damit viel zu früh nach geltenden Standards unserer Altersgruppe trafen wir wieder bei mir ein. Heidi kam noch kurz hoch in meine Wohnung, weil sie ihre Jacke dort gelassen hatte, dann brach sie auf. Keine zehn Minuten später rief sie an.

„Ist alles in Ordnung bei dir?" erkundigte sie sich.

Ihre Stimme klang besorgt. Ich hielt den Arm mit der tropfenden Zahnbürste so, dass der weiße Schaum meinen Arm hinunterlief und nicht den Teppich traf.

„Natürlich. Was soll denn sein?"

„Als ich eben bei dir aus dem Haus kam, war jemand unten im Garten." Ich biss mir auf die Lippe.

„Moment", sagte ich zu Heidi und eilte ins Bad, wo ich Zahnbürste und Schaum im Waschbecken entsorgte, ehe ich das Licht im Wohnzimmer löschte und mit dem Telefon in der Hand die Balkontür öffnete.

Den Rollladen hatte ich brav heruntergelassen, ehe Heidi und ich nach Oldenburg gefahren waren. Da aber der Gurt ein wenig ausgeleiert war, schlossen die oberen fünf bis zehn Lamellen nicht vollständig aneinander an, so dass Geräusche aus dem Garten unverfälscht bei mir ankamen.

„Was ist nun?" hörte ich Heidi an meinem Ohr.

„Pst", machte ich und lauschte nach draußen.

Wegen des Windes war es schwierig, die leisen nächtlichen Geräusche wahrzunehmen. Aber mir war, als hörte ich, wie etwas sachte über den Boden kratzte. Ihre Terrassenmöbel verstaute Sandra jedoch jeden Abend in der Garage, und von selbst hätten die sich auch nicht bewegt. Ich wich von der Tür ins Innere der Wohnung.

„Du hast Recht", flüsterte ich. „Da ist immer noch einer."

„Ruf die Polizei", sagte Heidi sofort.

Sie war durch ihre Entführung, aber auch durch ausfällig gewordene Heuerleute des Personaldienstleisters nicht zimperlich mit Anrufen bei der Polizei. Wenn mir jemand gegen den Schreibtisch getreten und anschließend dem Chef einen Kinnhaken versetzt hätte, würde ich auch nicht mit dem Absetzen eines Notrufes zögern. Im Falle von Schatten und Geräuschen aus Sandra Menserhagens Garten schien differenzierteres Handeln angebracht.

Ich sagte Heidi, ich würde sie gleich mit dem Handy anrufen und legte auf, ohne ihren Protest zu beachten. Dann schlüpfte ich wieder in meine schwarze Kleidung vom Kinobesuch und tappte barfuß ins Treppenhaus.

„Hast du die Polizei verständigt?" nahm Heidi das zweite Gespräch an.

„Noch nicht. Ich schaue mir erst einmal an, was da los ist."

„Du spinnst." Heidi klang nicht mehr aufgeregt, mehr so, als habe sie schon immer gewusst, dass mein Handeln zu exzentrisch war, um als normal durchzugehen.

„Ich nehme doch das eingeschaltete Handy mit. Sei einfach still und bleib dran, bis ich mit dir rede. Wenn du etwas Ungewöhnliches hörst, kannst du ja die Polizei rufen."

„Ich höre nur Ungewöhnliches", teilte sie mir mit, widersprach aber glücklicherweise nicht.

Die Treppenhausbeleuchtung schaltete ich nicht an, als ich die Stufen hinunterschlich. Von der Straßenlaterne fiel genügend Licht durch ein Fenster, dass ich mich orientieren konnte. Durch den Spion in Sandras Tür sah ich, dass bei ihr im Flur kein Licht an war, auch konnte ich aus ihrer Wohnung keine Geräusche wahrnehmen.

Die Haustür drückte ich sachte zu, ehe ich auf dem Rasen um das Haus herum schlich. Natürlich hatte ich die Bewegungsmelder an der Giebelseite vergessen. Auf den Überraschungseffekt vertrauend rannte ich in deren grellem Lichtschein um die Hausecke.

Für die Person auf der Terrasse kam mein Auftauchen trotz des Bewegungsmelders offenbar unerwartet. Ich sah die schwerfälligen Konturen eines Menschen über den Rasen davonsetzen. Der rückwärtige Garten war unbeleuchtet, dem heftigen Rascheln nach zu urteilen suchte der Eindringling sein Heil durch die Lücke in der Kiefernhecke.

Ich stand wie überrumpelt da. Nachdem ich halb befürchtet hatte, Sandra sei für die merkwürdigen Vorkommnisse auf ihrem Grundstück selbst verantwortlich, konnte ich nun zumindest sagen, dass jener Schatten viel zu groß und schwerfällig gewesen war, um von ihr zu stammen.

„Er ist weg", meldete ich Heidi.

„Wer? Der Kerl im Garten? Bist du echt da draußen? Hast du sie noch alle?"

„Still. Er ist ja weg. Ich will mal nachsehen, was er hier gemacht hat."

Seit Heidis Aufbruch aus meiner Wohnung mussten mindestens fünfzehn Minuten vergangen sein. Der Eindringling hatte Zeit gehabt, sein Vorhaben in die Wege zu leiten, wenn nicht zu Ende zu führen. Nachdem, was er in der Vergangenheit angerichtet hatte, musste ich mich auf einen wenig erfreulichen Anblick gefasst machen.

Merkwürdig erschien mir nur, weshalb Sandra hier hinten keine Bewegungsmelder installiert haben sollte. Nachdem sich die Bewegungsmelder am Giebel wieder ausgeschaltet hatten, sah man nicht die Hand vor Augen. Glücklicherweise hatte mein Handy eine Taschenlampe. Die richtete ich mit angehaltenem Atem auf die Terrasse.

„Oh, nein ..." „Was ist los?" rief Heidi.

Das konnte ich ihr nicht sagen. Ich war gerade noch in der Lage, mich umzudrehen und vor dem Anblick um das Haus herum in die Helligkeit von Bewegungsmeldern und Straßenlaternen zu flüchten. Wieder hatte ein Tier daran glauben müssen. Diesmal waren Innereien und Blut auf der gesamten Terrasse und an der Hauswand verteilt.

11. KAPITEL

Nach dem unschönen Ende des Freitags hätte ich am Sonnabend gerne Schlaf nachgeholt, doch meine Familie hatte sich gegen mich verschworen. Heidi war nach meiner Entdeckung schnurstracks zu mir gekommen. Erst hatte mich ihr unnötiges Auftauchen geärgert, sie erwies sich aber als große Hilfe mit Sandra Menserhagen, die einen Schreikrampf bekam, als ich ungefragt die Polizei alarmierte. Heidi hatte jedoch offenkundig auch, kaum dass sie in den frühen Morgenstunden bei sich zu Hause eingetroffen war, unsere Eltern über die Ereignisse bei meiner Wohnung informiert. Um halb acht standen die beiden besorgt vor meiner Tür.

„Seht mich an. Es ist nichts passiert. Weder mir, noch Heidi, noch Sandra", versuchte ich meine Mutter zu beruhigen.

Doch das war unmöglich. Nachdem beide Eltern mir eine halbe Stunde lang versichert hatten, ich sei mir des Ausmaßes meines Glücks überhaupt nicht bewusst, verzogen sie sich wieder.

Ich fiel zurück auf mein Bett und ließ mir ihre Worte durch den Kopf gehen. Es erschien mir zweifelhaft, dass ich zu irgendeinem Zeitpunkt in Gefahr geschwebt haben sollte. Auch Sandra war letzte Nacht vermutlich nicht in Gefahr gewesen.

Aber die Brutalität dieser nächtlichen Besuche nahm unzweifelhaft zu. Vielleicht galt dies auch für die Häufigkeit, da besaß ich jedoch keinen Einblick und erwartete auch nicht, von Sandra informiert zu werden. Eine Eskalation in Form eines Angriffs gegen Sandras Person konnte nicht länger ausgeschlossen werden. Die größte Gefahr für Sandra schien mir jedoch in ihr selbst zu bestehen. Ob sie nun organisch krank war oder psychisch, sie schien mir weiteren Attacken gegen ihre Selbstbeherrschung nicht gewachsen zu sein.

Hilfreich hatte ich auch die Einstellung der Polizei nicht gefunden. Als erste waren zwei Kollegen von Andy Vosgerau erschienen. Trotz der Nähe zu der Wardenburger Station waren nach meinem Anruf dort fast zwanzig Minuten vergangen. Beim Anblick des Kadavers, von Größe und Masse her ein ausgewachsener Rottweiler, dessen Innereien, Muskelfetzen, Blut und Knochen an Terrassenfliesen, Hauswand und natürlich auch Rollläden klebten, hatten sie beeindruckt Verstärkung angefordert. Aber ich konnte mich des Eindrucks nicht erwehren, dass Sandra in der Vergangenheit zu oft aus für die Polizisten nichtigen Gründen zum Telefon gegriffen hatte.

Wären Heidi und ich nicht mit unseren Aussagen zur Stelle gewesen, hätte Gert Tamminga sicher trotz des Blutdunstes über dem Garten versucht, den Vorfall herunterzuspielen, so wie er, wie ich sicher wusste, Schlägereien und Körperverletzungen herunterspielte, wenn er meinte, jugendlicher Leichtsinn allein komme als Anlass in Betracht. Er nannte seine Einstellung bürgernah, wie Andy uns einmal bitter versichert hatte.

Aber die Kombination unserer Nähe zu Andy, die Gert Tamminga durchaus bekannt war, unserer Aussagen und nicht zuletzt der anhaltenden Übelkeit seines Kollegen hatten Gert Tamminga zum Handeln getrieben. Es gab nun eine Akte über die Ereignisse des Abends. In das weitere Vorgehen setzte ich wenige Erwartungen.

*

Später an diesem Sonnabend, nachdem ich mich etwas ausgeruht hatte, suchte ich die Visitenkarte des Tagungshauses der Muh aus meiner Handtasche und gab die Adresse in einen Routenplaner ein.

Meine ursprüngliche Vermutung, die Muh hätten eine Zelle oder ein Zentrum in Sandkrug, erwies sich als Fehlschluss. Zwar hatte ich Bea auf dem Parkplatz des Verbrauchermarktes an der Sandkruger Straße gesehen, doch dabei musste es sich um einen Zufall gehandelt haben. Der Routenplaner zeigte mir eine Straße unweit des Hofs der Bösches an. Deren Hof hatte ich vorher nicht gekannt und die Straße, an der das Tagungshaus liegen sollte, kannte ich ebenfalls nicht. Meine Ahnungslosigkeit bewies nur wieder einmal, wie desorientiert man durch seine Heimat irren konnte.

Jener Gedanke meldete sich wieder, als ich kurz darauf in Sandhatten nach der Straße fahndete, die mich aus dem Ort heraus anscheinend mitten in den Wald führen würde. Tatsächlich versteckten sich hinter Wällen und hohen Bäumen Häuser, teilweise Wochenendhütten, aber auch richtige Wohngebäude.

Die Hausnummer des Tagungshauses hatte der Routenplaner nicht zuordnen können, und auch das Navigationsgerät wollte mich nur zu einer deutlich niedrigeren Nummer leiten. Unter der Mahnung, mein Ziel sei erreicht, folgte ich dem Asphaltband im Schritttempo an weiteren Grundstückszugängen vorbei zu einem kleinen Schild, das diskret auf das Tagungshaus Muh hinwies.

Vor einer Hecke parkten einige Wagen, ihrem Aussehen nach die Fahrzeuge ganz normaler Leute. Ich stellte mein Auto daneben und betrat das Grundstück der Muh durch ein offenes Tor. Die ganze Gegend hier roch nach Kiefernharz, überall lagen die kleinen Zapfen herum. Für mich waren die Grundstücke an dieser Waldstraße düster, auch hätte ich bei Sturm Angst vor umstürzenden Bäumen gehabt. An einem warmen Sommertag wie diesem tat es jedoch gut, im Schatten der ausladenden Äste zu gehen.

Das Haus der Gemeinschaft Muh erwies sich als ein älteres Gebäude, welches offensichtlich kürzlich erst modernisiert worden war und einen neuen Anbau erhalten hatte. Die Bezeichnung „Tagungshaus Muh" zeugte nicht von sprachlicher Inspiration, entsprach aber der dezidierten Bescheidenheit der Muh. Damit hatte ich gerechnet.

Was mich ansonsten erwartete, wagte ich mir nicht auszumalen. Die einladend offenstehende Eingangstür hatte ich mit Sicherheit nicht vorhergesehen, denn Beas Familie hatte sich im stillen Tal regelrecht verbarrikadiert. Natürlich war ein Tagungshaus offen für Teilnehmer der angebotenen Veranstaltungen.

Auch diesen Umstand hatte ich ausgeblendet. Eine Stelltafel hinter dem Eingang informierte Tagungsgäste über die Räume ihrer Seminare, es roch nach Kaffee und frischem Holz. Im Hintergrund war eine geschlechtsneutrale Stimme im Referatsmodus zu vernehmen.

Während ich mich noch umsah, kam eine Muh-Frau auf mich zu. Typischerweise waren ihre Haare geschoren, statt des Altkleiderschicks von Beas Mutter trug sie ein leuchtend petrolfarbenes Oberteil und ordinäre Jeans. Ein kreisförmiger Anstecker von der Größe einer Untertasse informierte mich dunkelblau auf Orange, vor mir stehe Inna Muh.

„Ich bin Christa Hemmen und möchte zu Bea Muh", teilte ich ihr mit, nachdem ich ihr bestätigt hatte, es gehe mir gut und der Tag sei tatsächlich schön.

Die Muh führte mich über eine Treppe in einen älteren Gebäudetrakt. In einem großen, durch deckenhohe Fenster an drei Seiten erhellten Raum stießen wir auf Bea. Die hockte im Schneidersitz auf den Holzdielen und studierte riesige Baupläne. Bis auf die Baupläne war der Raum leer. Beim Klang unserer Schritte sah sie auf.

„Christa", stellte sie fest und erhob sich.

Die Muh in Petrol zögerte und musterte mich noch einmal, ehe sie wortlos verschwand. Bea reckte sich zu einer Umarmung. Gewachsen war sie in den letzten sieben Jahren nicht.

„Was sagst du zu dem Haus? Das hätten wir gerne auch aus dem Bergerschen Haus im stillen Tal gemacht." Ich nickte unangenehm berührt.

„Gab es dieses Zentrum damals schon?" erkundigte ich mich, um etwas zu sagen.

„Nein, sonst wären wir nicht ins stille Tal gekommen. Ein Muh aus der Welt erfuhr von diesem Gebäude hier und meldete es dem Zentrum Muh in Nideggen. Du weißt, da sitzt die deutsche Zentrale. Vor zwei Jahren wurde es gekauft." Ich zögerte.

„Bist du so lange schon hier?"

Der Gedanke, sie hätte sich nicht gemeldet, ungeachtet der Tatsache, dass ich damals gar nicht in Norddeutschland lebte, ernüchterte mich. Bea schüttelte den Kopf.

„Nein. Ich bin seit zwei Wochen hier. Vor mir war hier ein Muh, der Erfahrung mit dem Umbau von Gebäuden hat. Nun habe ich von ihm übernommen. Ich soll das Zentrum als Tagungshaus aufbauen. Außerdem ... Die ideologische Seite, wie du es ausdrücken würdest, ist in den letzten beiden Jahren für die hier eingesetzten Muh zu kurz gekommen. Aber natürlich ist das ausschließlich meine persönliche Meinung und soll keinerlei Kritik an dem Muh vor mir bedeuten. Er war ein Fachmann für ... Nennen wir es weltliche Belange. Ich bin Fachfrau für die Organisation einer Gemeinschaft im Sinne unserer Lehre."

„Ah. Bist du das?" fragte ich trocken. Sie grinste.

„Ja. Klar. Lass uns Tee trinken."

Ich wurde in einen Raum geführt, der offensichtlich als Büro genutzt wurde. An einer Seite befand sich ein Durchgang zu einem kleinen Nebenraum, wo zwei Muh an einer Küchenzeile Tee in Thermoskannen abfüllten. Während Bea abseits des Geschirrwagens, den sie gerade für die Tagungsgäste vorbereiteten, Tee für uns aufgoss, fiel mir mehrmals auf, wie die beiden anderen Muh verstohlene Blicke auf mich warfen. Vermutlich war es ungewöhnlich, hier Außenstehende anzutreffen.

Nachdem sie die Teekanne in ihr Büro getragen hatte, zog Bea einen Vorhang über den Durchgang. Wir waren nun zwar für die beiden Muh unsichtbar, beiderseits des Vorhanges konnte dennoch gehört werden, was auf der anderen Seite geschah. Von drüben klang ein Kichern. Bea lächelte entschuldigend.

„Sie sind etwas nervös. Sieh es ihnen nach." Mir war nicht bewusst gewesen, dass es etwas nachzusehen gab.

„Besucher sind hier wohl selten", bemerkte ich. Bea schüttelte den Kopf.

„Nein, das ist es nicht. Das hier ist ein Tagungshaus. Alle Muh hier sind an die Anwesenheit Außenstehender gewöhnt. Aber du bist Christa Hemmen."

Ich nickte irritiert. Wiedersprechen konnte ich dieser Aussage nicht, doch fand ich sie nicht Anlass für Nervosität. Bea entzündete ein Teelicht. Nachdem sie die Kanne auf das Stövchen gesetzt hatte, sah sie mich mit dieser unbeschreiblichen muhischen Milde an.

„In unserer Gemeinschaft steht dieser Name für selbstlosen Mut im Einsatz für eine der unseren, Christa." Ich schnappte nach Luft.

„Was? Das ist doch Unsinn!" „Das ist es ganz und gar nicht, aber deine Bescheidenheit macht dich noch ... bewundernswerter."

Der Gedanke, in der gesamten Gemeinschaft Muh namentlich bekannt zu sein für die Rettung einer Muh, was in meinen Augen durch den Tod der anderen sechs bei dem Brandanschlag auf ihr Haus mehr als relativiert wurde, ließ mich kleinlaut auf meinen Schoß blicken. Bea schwieg taktvoll.

Vielleicht lag es an der unerwarteten Eröffnung meiner Berühmtheit unter den Muh, dass ich Bea von letzter Nacht erzählte. Zuvor hatte ich mir den Kopf über die Frage zerbrochen, ob ich sie mit solch unappetitlichen Schilderungen behelligen sollte. Ursprünglich war ich zu der Entscheidung gelangt, dies allenfalls gegen Ende meines Aufenthaltes zu tun. Dass ich die Ereignisse praktisch ansprach, ehe mir die erste Tasse eingeschenkt worden war, war wohl dem Versuch geschuldet, meine Verlegenheit zu überspielen.

„Von der Polizei erwarte ich nicht viel", gestand ich abschließend.

Meine Ohren brannten bei diesen Worten, erinnerten sie mich doch an meine eigenmächtige Suche nach den Entführten vor sieben Jahren. Damals hatte ich ebenso leichthin jedes Vertrauen in unsere Ordnungshüter von mir gewiesen. Wie damals blieb Bea gelassen.

„Nach deinen Schilderungen der ergriffenen Maßnahmen scheint dafür kein Grund zu bestehen." Das musste ich zugeben, doch es blieb ein Einwand.

„Gert Tamminga hat den Vorfall aufgenommen." Verständnislos musterte Bea mich.

„Wer ist das?" Ich seufzte.

„Du kennst ihn. Er war einer der Polizisten, die kamen, als man bei euch die Scheiben eingeworfen hatte."

Beas Mutter hatte Gert Tamminga gegenüber behauptet, jemand habe sich lediglich einen Scherz erlaubt. Zustimmung nickend war der fortgefahren. Erst im Zuge der Brandermittlungen hatte sich herausgestellt, wer für den Vandalismus verantwortlich gewesen war. Mir waren diese Ereignisse noch so präsent, als wäre ich gerade eben vom Vorhof des Bergerschen Hauses zurückgekehrt, Bea dagegen betrachtete mich ohne Anzeichen von Erinnerung.

„Damals hatten wir so oft die Polizei im Haus, Christa. Ich habe kein Bild von diesem Mann. Hältst du ihn für inkompetent?"

„Vielleicht nicht für inkompetent. Ich halte ihn für faul und fahrlässig", erklärte ich ihr, woraufhin sie nickte und das Thema wechselte.

„Wer hat denn dieses ganze Blut entfernt? Doch nicht Sandra Menserhagen selbst?"

„Walter Priem, das ist der heutige Inhaber des Betriebes ihres Vaters, hat Leute geschickt, die sich darum kümmern sollen."

Und dann erzählte ich Bea von dem Vorfall kürzlich, als jemand einen verendenden Welpen auf die Terrasse gelegt hatte, dazu von dem Drohbrief, den Einbruchspuren und den zahlreichen Notrufen, die Sandra nachts abzusetzen pflegte.

„Jemand will ihr etwas. Ich habe kurz geglaubt, sie steckt da vielleicht selbst dahinter. In dem Sinne, dass sie versucht sich für etwas zu bestrafen. Weißt du, vor Jahren hat sie einmal einen schweren Verkehrsunfall verursacht, bei dem eine Frau gestorben ist. Danach soll sie sich sehr verändert haben, sagen Leute, die sie schon vorher kannten. Da dachte ich, das könnte ein Grund sein. Aber heute Nacht, dieser Schatten, der hatte die Statur eines Mannes. Und Sandra kann es auch deshalb nicht gewesen sein, weil ich sie sofort danach drinnen angetroffen habe. Sie hatte auch kein Blut an sich. Wer immer das arme Tier so zugerichtet hat, muss voll mit Blut gewesen sein."

Bea sah nachdenklich in ihren Tee. Mit einem Mal fand ich es unpassend, ihr all dies mitzuteilen. In den wenigen Monaten, die sie mit ihrer Familie im stillen Tal verbracht hatte, war ihr so viel Verachtung und Gewalt entgegengeschlagen. Es musste ihr pervers erscheinen, dass jemand aus dem stillen Tal beunruhigt über das berichtete, was einer anderen Frau angetan wurde. Auch das sagte ich Bea in einem Anflug von Zerknirschung, woraufhin sie mich nachdenklich betrachtete.

„Du verstehst die Denkweise der Muh nicht, Christa. Nein, hör mich an. Muh sollen geduldig sein und hinnehmen, was geschieht. Bitte unterbrich mich nicht. Das heißt für uns, wir sollen nicht bewerten, weil wir niemals alle Umstände kennen und erfassen können.

Auf persönlicher Ebene heißt das, ich kann für mich feststellen, dass mir Dinge im Leben widerfahren, die gegen mich gerichtet erscheinen. Das finde ich nicht gut und sage es auch spontan. Aber ich darf meine Situation nicht zum Maßstab machen, denn, wenn ich dies tue, macht sich auch jeder andere zum Maßstab. Die Folgen wären egoistisches Handeln aller und das Ende jeder Gemeinschaft.

Für Muh ist die Gemeinschaft jedoch Fokus allen Handelns. Also nehme ich als Person meine Situation hin. Ich kann versuchen, sie zu ändern, das steht nicht im Gegensatz zu muhischem Hinnehmen. Aber ich muss dabei an meine Gemeinschaft denken und darf weder meinen Nachteil noch meinen Vorteil anderen Akteuren zuschreiben."

Sie unterbrach sich und sah mich an, vermutlich, weil ich endgültig aufgegeben hatte zu widersprechen. Eilig nickte ich.

„Ja, ja. Verstanden. Und wie geht's weiter?"

Verstanden hatte ich nur in dem Sinne, dass ihre Worte bei mir angekommen waren. Ich empfand die Idee des Hinnehmens nach wie vor als Bedrohung meiner handlungsorientierten Weltsicht. Bea senkte für einen Moment den Blick. Als sie die Augen wieder auf mich richtete, sah ich, dass sie versuchte, ihre gesamte Überzeugungskraft in diesen Blick zu legen.

„Ich habe gelernt hinzunehmen, was vor sieben Jahren im stillen Tal geschehen ist. Einfach war das nicht. Aber glaube mir, Christa, ich nehme hin, dass nichts rückgängig gemacht werden kann. Auch nicht Fehlverhalten unsererseits, meiner Familie, auch der Gemeinschaft als ganzer.

Heute glaube ich nicht mehr, dass Muh eine Zelle in Isolation führen sollten. Heute glaube ich, dass die Welt um die Zellen und Zentren als eine andere Art der Gemeinschaft hingenommen werden muss. Ich glaube auch, aber das ist meine persönliche Sicht wohlgemerkt, dass eine Zelle oder ein Zentrum mit der umgebenden Welt in etwas vergleichbar einer Gemeinschaft leben sollte. Die neue Führung unterstützt ebenfalls einen stärkeren Bezug zur Welt.

Was damals im stillen Tal mit meiner Familie passiert ist, hatte Auswirkungen auf das Leben aller Muh. Wenn du mir heute sagst, dass du, Christa, dieser armen Frau Menserhagen helfen willst, dann bin ich aus all diesen Gründen bereit, dich zu unterstützen, weil an ihr jeglicher Gemeinschaft Schaden bereitet wird."

Ich starrte sie an. Bea erwiderte meinen Blick ruhig, aber ich hatte den Eindruck, ein wenig wäre sie rot geworden.

„Danke", sagte ich.

Wofür ich mich bedankte, sah ich noch nicht. Soweit ich mich erinnerte, hatte ich Bea um keine Unterstützung oder Vergleichbares gebeten. Aber dann dämmerte Verstehen. Sie forderte mich auf, zu tun, was ich für richtig hielte.

Das war ein merkwürdiges Gefühl, denn, wenn ich es recht bedachte, hatte mein Leben bisher darin bestanden, auf andere Leute Rücksicht zu nehmen. Selbst Gesetzen und Verkehrsregeln war ich gefolgt, weil andere mich hätten schief ansehen oder von mir enttäuscht sein könnten, wäre ich nicht mit jenen Vorschriften konform gegangen.

Sozusagen auf eigene Rechnung zu handeln, lernte man nicht. Verantwortung zu übernehmen hieß meist, man sollte sich entschuldigen und von der Bühne des Handelns abtreten. Ich hatte mit angesehen, wie jemand Sandra Menserhagen tyrannisierte, obwohl sie schon genug Leid zu tragen hatte. Diesen jemand sollte ich, falls möglich, finden und daran erinnern, dass er dazu nicht berechtigt sei.

12. KAPITEL

Lange war ich nach dem Besuch in Sandkrug noch nicht zu Hause, als es klingelte. Ein Mann kam die Treppe hoch, in mittleren Jahren und teurem Sportjackett. Solche Leute kannte ich nicht.

„Frau Hemmen? Mein Name ist Walter Priem." Überrascht bat ich ihn herein. Er kam gleich zur Sache.

„Sie kennen ja Sandra Menserhagen. Sie hatte einen kleinen Unfall. Nichts Tragisches, aber sie muss ein paar Tage im Krankenhaus bleiben. Könnten Sie sich so lange um ihre Wohnung kümmern? Blumen gießen, Briefkasten leeren, all diese Sachen?"

Das versprach ich selbstverständlich und erhielt den Wohnungsschlüssel ausgehändigt. Ich wollte aber auch wissen, was Sandra zugestoßen war, und da flüchtete Walter Priem in wenig souveräne Halbsätze.

„Kein Grund zur Sorge; nur ein paar Kratzer; vielleicht eine Gehirnerschütterung; ausschließlich zur Beobachtung im Krankenhaus; Ärzte, die wollen immer sicher gehen; hahaha; viele Grüße natürlich ..."

Falls Sandra tatsächlich gesagt hatte, ich solle mir keine Sorgen machen, war ihr unter dem Eindruck des Unfalls wohl entfallen, dass in der letzten Nacht jemand auf ihrer Terrasse einen Hund ausgenommen und die Innereien überall verteilt hatte. Ich fand, Grund zur Sorge hätte nicht nur ich sondern auch die gesamte Nachbarschaft, außerdem stünde mir unter den Umständen auch Kenntnis darüber zu, weshalb Sandra mit, laut Walter Priem, ein paar Schrammen und Verdacht auf Gehirnerschütterung im Krankenhaus lag, nachdem ich sie in den frühen Morgenstunden sicher in ihrem Bett zurückgelassen hatte.

Das sagte ich ihm auch, was ihm offenkundig gar nicht recht war. Mir kam der Gedanke, Sandra habe sich eventuell in das ehemalige Landeskrankenhaus in Wehnen einweisen lassen, weil sie mit dem Schock der letzten Nacht nicht zurecht-kommen konnte. Sicherlich sollte so ein Schritt nicht an die große Glocke gehängt werden. Dafür hatte ich Verständnis. Walter Priems Antwort bestürzte mich jedoch noch mehr.

„Also, Frau Hemmen, um es kurz zu machen, Sandra Men-serhagen hatte einen Verkehrsunfall. Sie war bei mir zum Tee eingeladen Ein Auto hat sie angefahren, als sie mit dem Fahrrad Richtung Oberlethe fuhr. Ich hatte sie abholen wollen, aber sie meinte, eine kleine Radtour täte ihr gut. Sie hatte ja kaum geschlafen. Nun ja."

Diesen Bericht hörte ich, während sich vor meinen Augen ein Film entspann. Sandra hatte ihr Fahrrad aus der Garage geschoben, war vom Patenbergsweg in den Brooklandsweg abgebogen und zur Friedrichstraße gerollt, um auf dem Fahrradweg nach Oberlethe zu fahren. Jener Radweg war ein Asphaltband zwischen den Hecken am Feldrain und einem Grasstreifen, der die Grenze zur Fahrbahn markierte. An einem sonnigen Tag wie diesem fuhr man auf den meisten Abschnitten für Autofahrer gut sichtbar. Man konnte nicht übersehen werden.

„Wo ist es passiert?" verlangte ich zu wissen. Mein Ton war Walter Priem wohl zu resolut. Er kniff die Augen zusam-men.

„Ein Stück hinter dem großen Pferdehof an der Warden-burgstraße. Der Autofahrer muss von der Fahrbahn abge-kommen sein und Sandra gestreift haben."

„Behauptet er das?"

„Er hat Fahrerflucht begangen. Jemand vom Hof war auf der Einfahrt und hat den Aufprall gehört. Ein dunkles Auto soll es gewesen sein."

Mehr wusste man nicht über den Unfallhergang. Ich versprach nochmals, Sandras Blumen zu gießen. Walter Priem bedankte sich, murmelte etwas von Nachsehen, ob die Gebäudereiniger ihre Arbeit gemacht hätten, und eilte auf blank geputzten Schuhen die Treppe hinunter.

Ich setzte mich zum Nachdenken auf den Balkon. Keinen Augenblick glaubte ich an Zufall. Sandra war nicht von einem durch nervenaufreibendes Wochenendshoppen in Oldenburg orientierungslos gewordenen Menschen angefahren worden. Der Umstand, dass sie tagsüber und vor allem direkt angegriffen worden war, sprach für die Eskalation, die ich befürchtet hatte. Hoffentlich nähme die Polizei den Fall nun ernster.

Im Krankenhaus wäre Sandra sicher, es sei denn, die Verzweiflung des Unbekannten wüchse unkontrolliert weiter. So lange Sandra jedoch unter den Augen von Schwestern und Ärzten weilte, könnte ich im Rahmen der Betreuung ihrer Wohnung, nicht etwa in ihren Schränken schnüffeln, viel mehr in der Atmosphäre ihrer privaten Räume auf Eingebungen hoffen.

*

Kurz entschlossen ging ich hinunter in die Menserhagensche Wohnung. Als die Wohnungstür hinter mir zufiel, überkam mich der Eindruck, ich träte in eine vergangene Welt. Es war keineswegs so, dass hier die verstaubten Erinnerungen früherer Zeiten lagerten. Im Gegenteil war alles absolut staubfrei. Holz, Metallleisten und Glasflächen glänzten, sobald Licht darauf fiel, und die warme Luft roch stark nach den jeweiligen Pflegemitteln.

Dieser Geruch ließ mich innerlich resigniert den Kopf schütteln. Vor nicht einmal vierundzwanzig Stunden hatte Sandra laut weinend in Heidis Armen gelegen. Aber in der kurzen Zeit bis zu ihrem Unfall hatte sie das Wohnungsinnere gereinigt.

Es war wohl eine symbolische Handlung gewesen, als ob sie mittels der Putzlauge auch Angst und Ekel hätte abwaschen können. Außen hatten sich die von Walter Priem angeheuerten Leute zu schaffen gemacht, waren aber jetzt fort. Das Ergebnis ihres Blitzeinsatzes würde ich gleich in Augenschein nehmen. Zuvor wollte ich in Ruhe jedes Zimmer ansehen.

Ich fand ein mit neueren Möbeln eingerichtetes Schlafzimmer, vermutlich der Rest von Sandras Hausstand aus der Oberwohnung. Diese Möbel waren zeitlos nach der Auffassung von Designern von vor dreißig Jahren. Das Arbeitszimmer sah aus, als habe es der verstorbene Bauunternehmer gerade erst verlassen. Sogar der Computer stammte noch aus seiner Zeit. Lange war er noch nicht tot, vielleicht wäre sein Rechner noch nicht völlig veraltet.

Die Ablagekästen auf dem ansonsten aufgeräumten Schreibtisch waren einfache Kunststoffausführungen. Im Postausgangskorb befand sich kein einziger Brief, auf dem geschlossenen Kalender klebte eine gelbe Notiz in Sandras Handschrift. Neben dem Telefon glänzte ein bronzener Goethekopf. Entgegen meiner Erziehung, in fremden Häusern nichts anzufassen, nahm ich ihn hoch. Unerwartet schwer lag er in meiner Hand. An der Unterseite befand sich noch das verblichene Klebeetikett eines Büroausstatters mit einem Preis in Deutscher Mark.

Ich wusste nicht, ob ich weinen oder lachen sollte, der Versuch von Sandras Vater, seinen Kunden und sich selbst Zugehörigkeit zum Bildungsbürgertum vorzugaukeln, hatte etwas Anrührendes. Aus meiner Zeit am Gymnasium in Oldenburg und den ersten Jahren an der Universität wusste ich um den nagenden Verdacht, man könne mit den anderen nicht mithalten, weil zu Hause im Regal nicht die Standardwerke deutscher Universalbildung standen.

Einen Goethekopf als Tarnung hätte ich jedoch nie gewählt, eher schon, jedenfalls vor meinem zweiundzwanzigsten Geburtstag, einen echten menschlichen Schädel. Da man heutzutage an so etwas nur schwerlich auf legalem Wege kommt, blieb es bei der Überlegung. Jedenfalls brandmarkte dieser bürgerliche Kitsch das Arbeitszimmer als das eines älteren Mannes. Dazu kamen Kopien alter Stiche, wahrscheinlich bei demselben Büroausstatter erworben.

In den Regalen stieß ich aber ausschließlich auf Akten von Sandra und Fachliteratur für Verwaltung und Finanzen. Trotzdem entfiel mir am Ende jeder Reihe Ordner, dass sie selbstständige Buchhalterin war, und nahm bei jeder Schranktür erneut an, dahinter befänden sich Unterlagen von Menserhagen Bau.

In der Küche gab es vierzig Jahre alte Möbel und relativ aktuelle Geräte, der Hauswirtschaftsraum war ähnlich ausgestattet, das Bad avocadogrün gefliest und in flauschigem Apricot ausgelegt, dann folgte das mir schon bekannte Wohnzimmer. Durch diese Räume ging ich eilig, ehe ich den Rollladen an der Terrassenseite hochzog. Instinktiv hielt ich die Augen geschlossen, öffnete sie dann zaghaft und war erleichtert, dass nichts aus der vergangenen Nacht zu entdecken war.

Langsam trat ich hinaus. Bodenfliesen und Rollläden waren längst abgetrocknet, die Wand jedoch fühlte sich noch feucht an. Über allem lag ein starker chemischer Geruch von Spezialreinigungsmitteln. Immer noch langsam drehte ich eine Runde über die Terrasse, sah, dass man aus den Beeten einen

Teil der Bepflanzung samt Erde entfernt hatte, ging dann zu der Seite des Hauses, von wo aus kommend ich in der Nacht den unbekannten Mann aufgeschreckt hatte. Eine Nachbarin eilte auf mich zu.

„Was war denn heute Nacht bei euch los? Man sagt, bei Sandra wollte einer einbrechen?"

Es erschien mir sinnvoll, die Aufmerksamkeit der Nachbarschaft mit dieser Version der Ereignisse zu schärfen.

„Ja. Da ist einer vom Feld her über den Zaun gekommen und war schon auf der Terrasse. Ich hatte noch Besuch von meiner Schwester gehabt. Als die ging, sind ihr Geräusche im Garten aufgefallen. Da hab ich nachgesehen und den Kerl überrascht. Der ist dann abgehauen."

„Meine Güte", sagte die Frau sichtlich betroffen. „Ich muss ja zugeben, ich habe auch immer Angst, dass einer von den Feldern in unseren Garten kommt. Was sagt denn die Polizei?"

„Gar nichts. Die ermittelt noch", erwiderte ich diplomatisch. Die Frau nickte skeptisch, ehe sie ihre nächste Frage stellte.

„Wie geht es denn Sandra?"

„Der ging es schon wieder ganz gut. Aber eben habe ich erfahren, dass sie einen Unfall hatte. Sie wurde auf dem Weg nach Oberlethe von einem Auto angefahren. Der Fahrer ist einfach weitergefahren. Sie liegt im Krankenhaus. Hat Glück gehabt."

Betroffen wanderte die Frau davon, nicht ohne mir mit der Bemerkung, ich sei ja jetzt ganz allein in dem Haus, einen leichten Dämpfer zu verpassen. Ein paar Minuten später sah ich sie im Gespräch mit einer anderen Nachbarin, beide gestikulierten zum Menserhagenschen Haus hinüber.

Betont gemessen setzte ich meinen Inspektionsgang durch Sandras Garten fort. Ängstigen wollte ich mich keinesfalls, also zwang ich mich zur Ruhe. Für Hast war es sowieso zu warm. Hinzu kam das Gefühl, nur bei langsamer Bewegung könne ich klar denken. Der männliche Schatten war in der Nacht durch die Kiefernreihe geflohen. Vorsichtig trat ich zwischen den Bäumen hindurch in das abgetrennte Areal. Dort sah ich nichts Auffälliges, lediglich das Grab vom vorletzten Kadaver.

Ich stand eine Weile einfach da, dann holte ich resigniert den Gartenschlauch. Beim Rasensprengen entdeckte ich dann zufällig den Bewegungsmelder, der eigentlich den hinteren Garten erhellen sollte. Er stand gemütlich hinter einer Azalee. Ich legte den Schlauch unter den nächsten Busch und versuchte vergeblich, die Lampe anspringen zu lassen, bis ich entdeckte, dass die Birne herausgedreht worden war. Es war fraglich, ob Gert Tamminga sich überhaupt die Mühe gemacht hatte, den dunklen Garten zu durchsuchen. Vielleicht sollte ich mit Andy Vosgerau über diesen Einsatz sprechen.

Nachdem die Pflanzen im Garten versorgt waren, ließ ich den Rollladen wieder herunter und goss in Sandras Wohnung. Als ich mir anschließend am Spülbecken die Hände wusch, fiel mein Blick auf den Oberschrank, aus dem ich für Sandra Tabletten geholt hatte.

Ohne nachzudenken öffnete ich ihn. Anscheinend bewahrte Sandra ihre Hausapotheke dort auf, ein unpassender Ort, wie mir als Tochter einer Hauswirtschaftsleiterin sofort klar war. Nachsichtig betrachtete ich die gängigen Kopfschmerztabletten, das Fieberthermometer und die Pflaster. Der Folienstreifen, aus dem ich ihr noch in der letzten Nacht zwei Tabletten gegeben hatte, lag nicht mehr dort. Vielleicht hatte Sandra sie heute bei sich gehabt. Aber ich erinnerte mich genau, dass es von diesen Tabletten auch eine neue Packung gegeben hatte.

Inzwischen hatte Sandra die Folienstreifen darin herausgenommen und mit einem Gummiband gebündelt. Daneben stand eine braune Tropfenflasche, wie man sie für in der Apotheke zubereitete Mixturen bekam, mit dem handgeschriebenen Namen des Mittels und einem Datum. Nach kurzem Zögern steckte ich diese Flasche und einen der Folienstreifen ein. Ich würde Ernst Loga fragen, worum es sich bei diesen Medikamenten handelte.

Ein wenig unwohl fühlte ich mich schon, als hätte ich Sandras Vertrauen ausgenutzt und sie bestohlen. Selbstverständlich wollte ich die Medikamente bis Montagabend wieder zurückbringen. Diebstahl, sagte ich mir, sei das nicht. Aber beruhigen konnte mich das kaum. Was ich tat, geschah hinter Sandras Rücken.

Da half es wenig, wenn ich mir resolut in Erinnerung rief, ich wollte ihr helfen. Sie sähe das anders. Aber ich redete mir ein, es sei notwendig, gegen die Regeln, die mich davon abhalten sollten, die Schränke meiner Vermieterin zu durchsuchen und Gegenstände darin an mich zu nehmen, zu verstoßen, weil ich Sandra nur so helfen könnte.

Nach einer Weile hörte ich meinen inneren Protest nicht mehr so störend laut. Ich ging in Sandras Arbeitszimmer und sah mir die Akten im Regal näher an. Es waren Unterlagen über Kunden, allesamt uninteressant. Allerdings hatte es einen gewissen Reiz, die Namen zu lesen. Außer Menserhagen Bau zählten tatsächlich auch Hasso Vondenlinden, ein Sohn von Nachbarn meiner Eltern mit seinem Malerfachbetrieb und Beas Landwirt Hajo Bösche zu Sandras Kunden.

Überheblich schüttelte ich den Kopf über die Unfähigkeit der Leute, ihre eigene Buchhaltung zu machen, wenn sie schon niemanden für diese Aufgabe einstellen wollten. Aber gebrechliche Leute wie Sandra fanden auf diese Weise ein Auskommen, und das Geld blieb im Fluss und die Wirtschaft wurde angekurbelt, so dass auch Leute wie ich bei Firmen wie „Crea. Heim und Pflege" arbeiten konnten.

Der Schrank neben dem Regal war abgeschlossen, doch der Schlüssel steckte. Dort befanden sich Familiendokumente, Urkunden, Kopien, Zeugnisse. Ein dicker Lederband offenbarte mir eine Münzsammlung, außerdem gab es einige Fotoalben. Die nahm ich heraus und blätterte darin, bis mir die unschuldig lachenden Gesichter von Leuten, die mittlerweile alle nicht mehr lebten, leichte Übelkeit verursachten.

Beim Zurückstellen der Alben stellte ich fest, dass an der Rückwand des Schrankfaches ein Karton stand. Also nahm ich das soeben an seinen Platz gestellte Album wieder aus dem Schrank und zog auch den Karton heraus. Er war bis zum Rand mit gefalteten Papierbögen gefüllt, teilweise steckten diese in aufgerissenen Briefumschlägen. Ich faltete den obersten Bogen auseinander, doch er glitt aus meinen Fingern und fiel auf den Teppich. „Ich kriege dich noch" war in ausgeschnittenen Buchstaben darauf geklebt.

So verhielt es sich mit dem nächsten und dem übernächsten, bis ich einen dicken Stapel ähnlich schlicht formulierter Drohungen vor mir liegen hatte. Einige enthielten Fragen wie „Bist du nun zufrieden?", andere die Feststellung „Ich kann noch mehr". Einer der älteren variierte mit dem Hoffnung erweckenden „Wer dir hilft, stirbt". Viele Bögen waren vergilbt, von hellgelb bis ockerbraun, alle zerknickt von der Lagerung, einige mysteriös gesprenkelt oder verschmiert. Nun war mir richtig übel.

*

Es war einmal. So fingen Märchen an. Früher fingen sie so an, als es noch Träume gab, jetzt gab es keine mehr. Einmal war Licht gewesen. Einmal hatte es hellen Raum gegeben und Stimmen. Es gab keine Räume mehr. Die Stimmen waren verstummt.

Hinter Vorhängen hatten sie gesprochen. Man konnte lauschen und den Klang der Stimmen atmen. Man konnte warten, bis ein Spalt zwischen den Stoffbahnen für Momente der Stimme ein Gesicht gab. Man konnte warten, bis das Gesicht an anderen Orten erschien. Und dann konnte man es betrachten und sich daran erfreuen. Damals gab es noch Freude.

Jetzt krampften sich die Finger manchmal in unwillkürlichem Schmerz zu Fäusten. Es geschah auch vor anderen, die nannten einen dann Blödmann oder ähnliche Worte und lachten einem hinterher. Manchmal krampften die Finger vor Wut. Diese Wut hatte eine Fraßspur hinterlassen, durch den Schädel, hinunter durch den Hals, von der Brust in den Bauch. So weit reichte sie schon in Form eines ausgezackten Tunnels, durch den die Wut sich fraß, gefressen hatte und immer, immer weiter fressen würde.

Manchmal blieb nur Schreien. Rennen und Schreien halfen, aber nur gemeinsam, und nie trat durch sie dauerhafte Erleichterung ein. Rennen und Schreien und Schlagen und Stechen, die befreiten, und wenn Blut spritzte, wenn Knochen brachen, wenn der rasende Puls unter den Fingern nicht länger zu fühlen war, wenn der hastende Atem stoppte, dann, und nur dann, trat ein Augenblick der Stille ein. Und es begann von vorne.

13. KAPITEL

Am Montag ging ich direkt in Ernst Logas Büro.

„Kannst du mir sagen, wofür das ist?" fragte ich und legte ihm meine Beute aus Sandras Medikamentenlager auf den Schreibtisch.

Überrascht musterte er mich, dann griff er in die oberste Schreibtischschublade. Mir stockte der Atem. Seine konzentrierte Schönheit vertrug sich nur schlecht mit der dickrandigen Hornbrille, die Ernst unversehens hervorgezaubert und auf seinem butterkeksbraunen Nasenrücken platzierte, als gehörte sie dort hin. Glücklicherweise hatte ich rechtzeitig auf dem Besucherstuhl Platz genommen, andernfalls wäre ich vor Schreck ins Wanken geraten.

„Meine Kontaktlinsen sind aus." Ernst warf mir einen entschuldigenden Blick zu, als wüsste er um meine durch seine Brille ausgelöste Enttäuschung, ehe er sich mit gerunzelter Stirn Sandras Medikamenten widmete.

„Diese Tropfen sind ein pflanzliches Beruhigungsmittel. Rezeptfrei, soweit ich weiß. Ich kann das gleich für dich überprüfen. Aber die Tabletten, Christa, das ist ein anderer Schnack. Man bekommt sie nur gegen Rezept, und sie gehören nicht zu den Mittelchen, die man wie Bonbons konsumieren sollte. Woher hast du das?"

Er sah tief in meine Augen, wie es mir nur selten widerfuhr. Ich versuchte, seinen Blick kühl zu erwidern, was mir, glaube ich, gelang. Seine Brille half mir dabei. Nur meine Ohren glühten unter dem Sichtschutz der Haare.

„Würdest du mir glauben, ich hätte es im Schrank einer Bekannten gefunden?" Langsam nickte er.

„Das würde ich dir glauben, Christa." Ich überlegte.

„Was würdest du mir raten? Was sollte ich mit dieser Bekannten machen?" Er verzog keine Miene.

„Sie freundlich fragen, weshalb sie dieses Zeug in ihrem Schrank hat." „Okay."

Ich streckte die Hand nach Tropfenflasche und Folienstreifen aus. Zögernd gab er sie mir. Während dieses Moments spielte ich mit dem Gedanken, ihm zu versichern, ich konsumierte weder die Tabletten als Ersatz für Bonbons noch besserte ich mein Gehalt durch illegalen Medikamentenhandel auf.

„Das braucht hier im Haus nicht jeder zu wissen", teilte ich ihm jedoch nur mit, woraufhin er den Mund verzog. Hätte er nicht die Hornbrille auf dem Nasenrücken balanciert, wären mir beim Anblick dieses überlegenen Halbgrinsens die Sinne geschwunden.

„Das hatte ich mir schon gedacht. Ach, Christa?"

An der Tür drehte ich mich um. Sicherheitshalber lehnte ich eine Schulter gegen den Rahmen.

„Da du gerade hier bist, hättest du heute Zeit, mit mir einen Klientenbesuch zu machen? Eine Dame, die „Crea" schon pflegt, spielt mit dem Gedanken, eine von uns betreute Wohnung zu beziehen."

„Vermittlung ist Harrys Sache", wehrte ich in Hinblick auf dessen penetrantes Einfordern klar abgegrenzter Kompetenzbereiche ab.

„Stimmt", gab Ernst zu. „Aber du bist mir lieber. Außerdem müsstest du die Wohnung wahrscheinlich erst organisieren. Die Dame hat einen eigenen Kopf, was Ausstattung et cetera angeht. Da wäre es für dich doch vorteilhaft, sie persönlich zu kennen."

Ich nickte nur. Für Gefallen muss man bezahlen, für Schweigen sowieso.

„Dann mache ich einen Termin mit ihr aus und wir fahren zusammen hin? In Ordnung?"

„Ja." Erleichtert verließ ich sein Büro.

In der Verwaltungsetage reagierte Harry erwartungsgemäß mit verstimmtem Knurren auf die Nachricht, ich wollte mit Ernst Loga eine Klientin besuchen.

„Soll er mir doch einfach die Telefonnummer geben, damit ich einen Termin ausmachen kann. Mit den Wohnungen hat der Typ nichts zu tun. Und deine Aufgabe ist es, Wohnungen zu finden. Ich mache Beratung und Vermittlung. Mein Job."

Indem er seine Filzmatte zurechtrückte, fixierte er mich böse. Hinter ihm zogen graue Wolkenfetzen über einen weißen Himmel. Die Sonne hatte sich verzogen, Regen lag in der Luft. Ich krempelte die Ärmel meiner Bluse bis zum Ellenbogen.

„Harry, du bist eifersüchtig", stellte ich fest. Er sprang beinahe im Sitzen auf.

„Was bin ich?" „Eifersüchtig. Niemand nimmt dir Arbeit weg." Schmollend drehte er sich um.

So verbrachte er die nächsten zwei Stunden, nachdem er seinen Computer auf den Nebentisch geräumt hatte, und so fand ihn auch Frau von Geldern vor, die mit einem amtlich aussehenden Briefbogen in der Hand in unser Büro marschierte.

„Was sind das denn für neue Moden, Herr Meinert?"

„Das ist besser für meinen Rücken", verkündete er von dem niedrigen Tisch aus, der ursprünglich für den Drucker vorgesehen gewesen war.

Frau von Geldern schob ihre Brille den langen Nasenrücken hinauf.

„Auf Ihren Rücken sollten Sie gut aufpassen. Es entstehen bundesweit hohe Fehlzeiten aufgrund von Rückenproblemen. Die Statistiken sind alarmierend. Apropos Alarm, lesen Sie sich das Schreiben hier einmal durch. Da behauptet ein amtlicher Vormund, diese Dame sei bei Abschluss des Mietvertrages nicht geschäftsfähig gewesen. Bei Gelegenheit möchte ich über den Vorgang informiert werden. Sagen wir um fünfzehn Uhr?"

Vor sich hin murmelnd rief Harry die Datei der betreffenden Klientin auf. Ich hielt den Mund und entwischte eilig zu Ernst Loga. Bei Harrys schlechter Laune kam mir dieser Außentermin nicht ungelegen.

Aber die Aussicht, ein oder zwei Stunden mit Ernst zu verbringen, machte mich nervös, denn kaum jemand möchte wirklich so viel Zeit in Gegenwart eines Halbgotts weilen. Außerdem sah ich zahlreiche Stolpersteine für einen reibungslosen Ablauf unseres gemeinsamen Termins. Da war die Frage der Autos. Sofern wir keinen Wagen von „Crea. Heim und Pflege" benutzen konnten, was mir äußerst unwahrscheinlich erschien, mussten wir mit unseren Privatautos fahren. Mein treues Gefährt eignete sich zwar für meine Zwecke, ich befürchtete jedoch, einem so hinreißenden Mann in beinahe mittleren Jahren sei eine Fahrt darin nicht zuzumuten.

Nachdem ich vor dem Toilettenspiegel den Lidstrich korrigiert und meine aus der Fasson gewachsenen Haare sorgfältig gebürstet hatte, fand ich Trost in der Überlegung, Ernst werde wohl für seinen Termin sein eigenes Auto anbieten. Ich hoffte es sehr.

*

Selbstverständlich fuhren wir in Ernsts Auto. Als wir darauf zu gingen, erkannte ich es intuitiv. In den letzten Wochen hatte ich beim Überqueren des Hofs von „Crea. Heim und Pflege" oft überlegt, wie der Hersteller so eine Lackierung wohl bezeichnete. Meine Favoriten waren Mango Chutney Metallic und Burning Crystal Coral, was aber alles eher nach Nagellack als nach Auto zu klingen schien.

Selbstverständlich lag der Wagen sehr tief auf breiten Reifen und hielt mich sicher in seinem sportlichen Sitz. Obwohl ich ungern so tief saß, fand ich es beeindruckend, wie ruhig der Motor lief und wie gut die Unebenheiten beim Verlassen des Hofes von „Crea. Heim und Pflege" abgefangen wurden. Ernst lächelte über meine Bemerkung und schaltete Musik an.

Unter einschmeichelnder Fahrstuhlbeschallung brausten wir die Oldenburger Straße gen Süden, umfuhren den Kreisverkehr und folgten der Straße aus Wardenburg hinaus Richtung Sage und Ahlhorn.

„In der Straße da wohnen meine Eltern", sagte ich, als wir das stille Tal passierten.

„Wohnst du noch bei den Eltern?" erkundigte er sich mit dieser Andeutung eines Lächelns, die auf jedem anderen männlichen Gesicht eine Provokation gewesen wäre.

Gegen den leicht pikierten Unterton konnte ich nichts machen, es musste sich dabei um einen Automatismus handeln.

„Nein. Ich habe natürlich meine eigene Wohnung."

„Und immer sturmfreie Bude." Dazu sagte ich nichts. Einer Unterhaltung mit Ernst sah ich mich nicht gewachsen.

Dazu fiel es mir schwer, nicht auf die kleinen Bilderrahmen zu starren, die am Armaturenbrett klebten. Sie alle enthielten Fotos einer nicht mehr ganz jungen Frau in den verschiedensten natürlichen und unbefangenen Posen, wie dem Streicheln eines äußerst haarigen Hundes, dem Striegeln eines Esels mit Strohhut, dem Füttern von Enten auf einem Steg mit Segelbooten und ähnlichen Szenen. Dabei war die Frau jedes Mal so leger hergerichtet, als käme sie genau wie Ernst Loga selbst aus einem amerikanischen Film über moderne Leute auf einer Ranch.

„Ist das deine Frau?" konnte ich nicht umhin zu fragen, weil meine Blicke kaum unbemerkt geblieben sein dürften.

Ernst lächelte in einer automatisierten Bitte um Verzeihung für die Offenbarung, die er mir zu machen hatte.

„Josepha ist meine Lebensgefährtin. Sie leitet die Wellnessabteilung in einem Bad Zwischenahner Hotel."

Dazu lächelte ich und machte ein Kompliment, denn natürlich sah diese Josepha so aus wie jemand, der sich professionell um Schönheit und Wohlbefinden anderer Leute bemüht.

Glücklicherweise war unser Ziel bald erreicht. Das Haus an der Sager Straße hatte einen kleinen Parkplatz, keine Zufahrt vor einer Garage. Schneeweißer Kies bedeckte die Fläche zwischen einer dichten Lärmschutzhecke und dem Gebäude aus der ersten Hälfte des vergangenen Jahrhunderts. Meine Füße in den schmalgeschnittenen Pumps rutschten bei jedem Schritt zwischen den Steinen weg, weshalb Ernst zuvorkommend eine Hand an meinen Ellenbogen legte.

Seine Geste irritierte mich, als ich mir die wenigen Fakten über die potentielle Klientin vergegenwärtigte. Ich wusste nur, dass sie weit über Achtzig war und seit einem Unfall vor einigen Jahren nicht mehr gut zu Fuß. „Crea. Heim und Pflege" betreute sie seit zwei Jahren.

„Wohnt die Frau hier allein?" fragte ich Ernst, als ich auf der untersten Stufe der Treppe stehend an dem Gebäude hochblickte.

Die Fassade war wie der Kies schneeweiß mit Bogenfenstern. Bis auf die blauen Fensterrahmen im Erdgeschoss fühlte ich mich an ein Kloster erinnert.

„Soweit ich weiß, nur mit einem Sohn. Aber es kommt jemand zum Putzen."

Dieser Jemand hätte viel zu tun und verlangte sicher ein Aufgeld wegen der Anfahrt, sagte ich mir.

In diesem Augenblick wurde die Tür geöffnet. Der Mann war im Alter meines Vaters, eventuell auch älter. Wegen der ungewohnten Kühle trug er karierte Wollhosen und eine gelbe Strickjacke, deren tiefer V-Ausschnitt Hemd und Krawatte zeigte. Seine Schuhe, die sich in etwa in Höhe meiner Augen befanden, glänzten phänomenal. Während er Ernst begrüßte, erklomm ich die Stufen und wurde oben angekommen vorgestellt.

„Dies ist meine junge Kollegin, Christa Hemmen. Sie würde die Wohnung für Ihre Frau Mutter ausfindig machen, sollte sie sich entscheiden, zu uns zu kommen." Der Mann schüttelte meine Hand mit festem Händedruck.

„Sehr erfreut, Frau Hemmen. Thamke ist mein Name, aber für Sie bin ich Ricky. Kommen Sie, Mama wartet. Sie ist kolossal gespannt, wen der Herr Loga wohl für sie mitbringen mag."

Er führte uns durch eine schneeweiße Halle, deren Boden mit einem dicken königsblauen Teppich ausgelegt war, eine ebenfalls königsblau bespannte Treppe hinauf. Sämtliche Türen, an denen wir vorbeikamen, waren in dieser Farbe lackiert und glänzten mit Rickys Schuhen um die Wette. Ernst Loga, der das Haus offensichtlich kannte, zwinkerte mir zu.

Bei der zweiten Treppe begann ich zu verstehen, weshalb die ältere Dame sich für eine Wohnung mit Lift interessierte.

Durch das Fenster am Treppenabsatz sah man über die Baumreihe hinweg auf die Sager Straße. Die blauen Vorhänge raschelten im Luftzug, von dem noch kaum Kühlung für das Gebäude zu erwarten war. Warum Ricky hier im Haus eine Strickjacke zu benötigen glaubte, blieb sein Geheimnis.

Hinter der letzten lackierten Tür endete die Dominanz von Blau und Weiß, dafür war nicht zu übersehen, dass die alte Frau Thamke Rosen schätzte. Große und kleine Rahmen mit Zeichnungen, Fotos und Gemälden von Rosen bedeckten die Wände, der Teppich war pink, die Vorhänge ein pudriges Rosé, die Sofagarnitur mit ausladenden Blüten übersät. In einem der Sessel thronte eine korpulente Dame. Farben und Muster der Umgebung wiederholten sich an ihr, so dass sie trotz des für jedes Alter außergewöhnlichen Arrangements wie in einem Tarnkleid dasaß.

„Meine Liebe", empfing sie mich und wedelte mit einer erstaunlich straffen Hand, die gleich drei Brillantringe zierten.

„Mama, das ist Christa Hemmen. Die junge Dame, von der der Herr Loga berichtet hat." Sie winkte seinen Hinweis beiseite.

„Ich weiß, Ricky. Mach mal Tee für uns. Du trinkst mit. Willkommen!" begrüßte sie mich dann, tätschelte meine Wange und stieß mich beinahe in den Sessel neben dem ihrigen, während ihr Sohn vermutlich in die Küche entschwand und Ernst Loga auf ein weiteres Winken der beringten Hand hin in sicherem Abstand auf dem Sofa Platz nahm.

„Mein Kind", brachte Frau Thamke das Gespräch unvermittelt auf den Punkt, nachdem sie meine jugendlich glatte Haut und den natürlichen Fall meiner Haare bewundert hatte.

Im Zuge dieser sichtlich unangemessenen Schmeichelei war mir der Gedanke gekommen, eine Frau in ihren Jahren, die sich kleidete, wie Frau Thamke sich kleidete, und trotzdem über meine weiße Hemdbluse in Verzückung geraten konnte, leide vielleicht an einer Form der Altersverwirrung. Nun trat ein kalkulierender Ausdruck zwischen ihre Augenbrauen. Selbst ihre Stimme klang so, als umrahmten kleine Euro-Zeichen jedes ihrer Worte, als sie mir die Attribute einer Wohnung aufzählte, in der sie glaubte leben zu können.

„In diesem Haus mag ich nicht mehr wohnen bleiben", setzte sie dann hinzu. „Ich sitze hier oben wie eine Gefangene in einem goldenen Käfig. Dazu habe ich keine Lust mehr, dazu bin ich zu jung. Ich will noch etwas vom Leben haben."

Mein höfliches Lächeln begleitete ihr schallendes Gelächter über den eigenen Witz. Gleichzeitig schoss Frau Thamkes Blick zu Ernst, der ihr freilich beipflichtete.

„Außerdem ist es dem Jungen nicht zuzumuten, dass sein Leben um die Mutter kreist. Ein nettes Mädel soll er sich wieder zulegen. Macht er doch, wenn die alte Mutter aus dem Haus ist. Was, Junge?" Der Widerspruch des Jungen wurde brüsk abgewürgt.

„Ach, und, Schätzchen, einsam sollte die Wohnung nicht liegen. Ich brauche Nachbarn. Hier habe ich keine. Ja, und der Parkplatz sollte nicht zu schmal sein. Ricky fährt ein großes Auto, und seine Augen sind nicht mehr die besten und sein Nacken ist auch steif."

Ricky widersprach milde und ließ sich erneut unterbrechen.

Nach einer Stunde Tee und Gebäck und einer langen Liste Anforderungen an die neue Wohnung geleitete er Ernst und mich die blaue Treppe hinunter. Draußen hatte böiger Wind die Lufttemperatur merklich gesenkt, aber es regnete immer noch nicht.

„Mama ist eine bemerkenswerte Person. Sie war fest entschlossen, hierzubleiben und sich selbst um alles zu kümmern. Nachdem sie merkte, wie eingeschränkt sie dennoch ist, hat sie entschieden zu handeln. Man kann nur hoffen, im Alter auch einmal so zu sein."

Ernst murmelte etwas von einer beeindruckenden Dame. Die Tür schloss sich hinter uns und wurde verriegelt. Trockene Blätter jagten im Zickzack über den Kies.

„Was sagst du?" fragte Ernst grinsend. Ich hob die Schultern.

„Sie hat ihren Sohn gut im Griff."

„Das will ich meinen." Aber ich hatte den Eindruck, er hätte etwas Anderes hören wollen.

Ich ging voran zum Auto. Vor unserer Parkbucht öffnete sich die Baumreihe zur Ausfahrt. Am Fuße des letzten Baumes der Reihe war ein kleines Holzkreuz in den Boden gesetzt. Davor standen eine Grablaterne mit brennendem roten Grablicht und eine Steckvase. Die weißen Rosen darin waren kaum welk. Neugierig beugte ich mich vor zu lesen, für wen an dieser Stelle ein Kreuz errichtet worden war. „Minnie und Waldi: 16.06.1985" stand in blutroter Schrift auf einer Metallplakette. Seufzend richtete ich mich auf. In diesem Haus setzte man Kreuze für angefahrene Hunde.

*

„Hast du wirklich keine Ahnung, mit wem wir da gesprochen haben?" erkundigte sich Ernst Loga auf der Rückfahrt nach Wardenburg.

Ich hatte gerade Josephas Gesicht neben dem Strohhut des Esels betrachtet.

„Frau Hedwig Thamke und Sohn Richard, der sich Ricky nennen lässt", erwiderte ich gelangweilt.

„Richtig. Und?" „Was, und?" Ernst seufzte tief. „Daran sieht man wahrscheinlich, dass du einer anderen Generation angehörst. Wir waren soeben in der Blauen Orchidee. Die Adresse für niveauvolle Unterhaltung mit jungen Damen und fast legales Glücksspiel. In meiner Jugend. Na, da vielleicht auch schon nicht mehr."

Fassungslos drehte ich mich zu ihm um. „Du hast mich mit in eine Spielhölle genommen? Oder gar in ein Bordell?" rief ich.

Vor allem über meine glühenden Ohren ärgerte ich mich. Aber auch meine Wortwahl schien vor allem mangelnde Weltläufigkeit zu verraten. Ich konnte meine Mutter den exakt gleichen Satz ausrufen hören.

„So weit ist selbst die Polizei nie gegangen", wehrte Ernst ab. „Und es ist ein eingesessenes Familienunternehmen. Der Großvater hat 1945 gleich nach der Kapitulation von Wardenburg sein Privathaus für die Kanadier geöffnet. Na, nach verborgenen Nazis durchsucht hatten sie es vorher natürlich schon. Du weißt aber, was ich meine. Unser Ricky hat den Laden mit der geistig moralischen Wende Anfang der Achtziger von seinem Vater übernommen. Den nannten sie bei uns den Wirtschaftswunder-Kalli. Vorher hat Ricky übrigens an der Verwaltungsfachhochschule in Oldenburg studiert."

„Geistig-moralische Wende? Was heißt das denn?" fragte ich in dem starken Gefühl, er nehme mich auf den Arm. Meine Frage wurde übergangen.

„Das Licht war seitdem höchstens hellrot. Die Bauernjungs trafen auf Mädels mit sauberen Fingernägeln, was ihnen sicher nicht geschadet hat. Und die Herren von der Bezirksregierung spielten in einer familiären Atmosphäre Backgammon. Jeder weiß, dass in Familien noch andere Sachen laufen. Aber dann hält immer jemand die Hand drüber."

„Du meinst, jemand mit Einfluss hat Ricky Thamke gedeckt?" Ich staunte immer mehr, was in meiner Heimat alles möglich war. Ernst hob eine Hand vom Lenkrad.

„Hab ich das gesagt? Davon abgesehen, dass alles furchtbar legal war, manche behaupten es. Bist du sauer?"

„Nein, nein", beeilte ich mich zu versichern, ehe ich kurz nachdachte.

Sauer war ich nicht, nur irritiert, dass in einem Haus wie der Blauen Orchidee die auffälligsten Gerüche Teppichspray und Politur gewesen sein sollten, kaum anders als bei meinen Eltern. Dazu kam das Kreuz für die beiden Hunde. Enttäuscht war ich, das definitiv.

*

Weitere Illusionen raubte man mir im stillen Tal. Mein Vater und Andy Vosgerau, denen ich am Abend auf der Terrasse von meinem Besuch bei Ricky Thamke erzählte, lachten schallend. Kirsten sah die beiden an und seufzte.

„Witzig ist das nicht. Eher traurig", bemerkte ich trocken. Meine Mutter stimmte mir zu.

„Als ich in Wardenburg an der Realschule war, schwärmten da viele Mädchen für Ricky. Die waren neidisch auf seine Freundin. Eine Melanie Irgendwas. Die kannte hier jeder. Haare wie Zuckerwatte und Schulterpolster wie ein Gladiator. Dabei wussten wir alle, was in der Blauen Orchidee sonst noch so vor sich ging."

„Du auch? Und hast du sie auch bewundert?" fragte ich, gleichzeitig wies Andy darauf hin, dass Gladiatoren keine Schulterpolster getragen hatten. Meine Mutter drückte meinem Vater die leere Salatschüssel in die Hand.

„Habe ich, Christa. Jedenfalls die Frisur", erklärte sie.

Mein Vater folgte ihr in die Küche. Ich sah Andy und Kirsten an.

„Was war die geistig-moralische Wende?" fragte ich. Kirsten antwortete, während Andy „Ja, was war das noch mal?" murmelte.

„Mit dem Regierungswechsel 1982 sollte diese Wende vollzogen werden. Wahrscheinlich alles moralischer, sauberer, christlicher. Keine Ahnung. Für die Details habe ich mich damals nicht interessiert. Ich war zu jung."

Andy nickte, als hätte er es nicht besser sagen können, und goss seiner Frau und mir Wasser ein.

„Du führst ja ein ereignisreiches Leben, seit du wieder in Wardenburg bist", stellte er fest.

Ich nickte und erzählte den beiden von dem Freitagabend in Sandras Garten. Kirsten wirkte nicht zu Unrecht fassungslos. Aber sie schwieg und musterte mich, als hoffte sie, die grausigeren Teile der Geschichte seien meiner Fantasie entsprungen. Der aus meiner Sicht brisantere Aspekt stand noch aus.

„Ich glaube nicht, dass dein Kollege sich im Garten sonderlich aufmerksam umgesehen hat. Sonnabend habe ich den Bewegungsmelder für das Gartenende gefunden. Da war keine Lampe drin."

Wenn ich erwartet hatte, Andy werde anfangen, über Gert Tammingas Nachlässigkeit zu schimpfen und sofort loseilen, Versäumtes nachzuholen, wurde ich enttäuscht.

„Sandra Menserhagens Bewegungsmelder sind ein Kapitel für sich, Christa. Niemand außer deiner Vermieterin ruft jemals die Polizei, weil angeblich am Bewegungsmelder manipuliert wurde. Okay, wenn man sich die Dinger anguckt, sind tatsächlich keine Leuchtmittel drin. Aber es gibt Kollegen, die behaupten, sie spielte selbst daran herum." Er sah mich an.

„Ich wäre nicht überrascht gewesen, wenn sich herausgestellt hätte, dass diese Kollegen Recht haben. Nur, seit Freitag sieht es nicht mehr so aus. Du willst einen Mann in ihrem Garten gesehen haben, heißt es."

„Das hab ich auch", gab ich zurück und überlegte, ob ich ihm auch von meiner Entdeckung in Sandras Arbeitszimmer erzählen sollte.

Skrupel oder Angst vor Vorwürfen wegen meiner Schnüffelei ließen mich stattdessen auf jenen Freitag, um den sich alles zu drehen schien, zurückkommen.

„Dieser jemand war schon im Garten, als Heidi von mir weggefahren ist. Und ich habe jemanden aus dem Garten weglaufen sehen. Im nächsten Moment kam Sandra von der anderen Seite. Das waren zwei verschiedene Personen."

Kampfeslustig sah ich ihn an, doch er nickte nur und sah entschuldigend zu Kirsten. Meine Eltern kamen mit hoch befüllten Gläsern Eis zurück. Es war eine der Spezialkreationen meines Vaters, die im Restaurant so viel wie ein Hauptgericht kosteten. Vor Begeisterung vergaß ich zu erwähnen, dass Sandra nach einem mysteriösen Unfall im Krankenhaus lag.

14. KAPITEL

Ich hatte meiner Mutter vom Hof der Bösches erzählt, ihr allerdings unterschlagen, wer außer mir dort gewesen war. Meiner Ansicht nach existierte kein Grund, weshalb sie über die neuen Muh in der Region oder Beas Aufenthalt in der Nachbargemeinde hätte informiert werden müssen. Ich deutete mir das Verschweigen dieser Tatsachen als Schutz für die sensiblen Nerven meiner Eltern zurecht. So bräuchten sie nicht an die Vorfälle von vor sieben Jahren zu denken und müssten auch nicht befürchten, dass Beas wegen weitere unangenehme Erfahrungen auf unsere Familie zukämen.

Meine Rücksichtnahme auf die elterlichen Gefühle ließ das Zusammentreffen mit den Bösches während des Gewitters allerdings etwas exzentrisch aussehen. Mir war während des Berichts, als müsse meine Mutter zwangsläufig nachfragen, wieso ich von Hatterwüsting über Sandhatten nach Wardenburg hatte fahren wollen. Aber sie fragte nicht. Zwar gab sie zu, es seltsam zu finden, dass ich auf einem fremden Bauernhof abseits der Straße das Unwetter abgewartet hatte, machte sich aber nicht die Mühe, nach meinen Motiven zu fahnden.

Erst, als ich mich beinahe verplapperte und erzählte, man könne bei Bösches Jungpflanzen kaufen, wurde sie hellhörig.

„Meinst du, man bekommt da auch Saatkartoffeln?" fragte sie, die sich mit einer vollen Arbeitsstelle und eigenem Haushalt nicht ausgelastet fühlte.

Seit Heidis Auszug gab es im Haus nur noch wenig zu tun. In ihrer freien Zeit arbeitete meine Mutter im Garten und hatte längst einen Teil unserer früheren Spielflächen in Nutzgarten umgewandelt.

„Bis ich von euch Enkel bekomme, kann ich den Platz anders nutzen", soll sie zu Heidi gesagt haben.

„Ich kann ja mal fragen", meinte ich in der Hoffnung, dass Bösches, nachdem ich einmal in Beas Gefolge auf ihrem Hof erschienen war, ausnahmsweise auch mir Pflanzen verkaufen würden.

In den nächsten Tagen kam ich jedoch nicht zu einem Abstecher nach Sandhatten. Das Gewitter war andernorts niedergegangen. Als die Sonne in alter Kraft hinter den Wolken hervortrat, brannte sie auf staubtrockene Erde. In Sandras Garten verbrachte ich nach der Arbeit täglich fast eine Stunde mit Gießen. Mir wäre diese Arbeit als Zeitverschwendung erschienen, hätte ich nicht die Gelegenheit zur Abkühlung genutzt. Ich zog einfach einen Bikini an und spritzte mich zwischendurch selbst ab. Das Brunnenwasser roch muffig, da ich aber anschließend in meiner Wohnung duschte, konnte ich meine Wasserkur im Garten genießen.

Von Sandra hatte ich nichts mehr gehört. Nachdem bis zur Wochenmitte auch Walter Priem weder persönlich noch als Ansage auf dem Anrufbeantworter in Erscheinung getreten war, rief ich im Oldenburger Klinikum an, wo Sandra liegen sollte. Dort erfuhr ich nur, sie habe keinen Anschluss. Ich ließ ihr ausrichten, sie solle mein Handy anrufen, was aber nicht geschah. Vielleicht hatte man ihr meine Nachricht gar nicht übermittelt.

Zum Ende der Woche wanderte plötzlich Momo Diez in den Garten. Natürlich hatte ich ihn nicht bemerkt und fuhr erschrocken zusammen, als er mich aus nächster Nähe ansprach. Den Gartenschlauch konnte ich gerade noch in eine andere Richtung schwenken.

„Entschuldigung, Christa", rief Momo aus sicherer Entfernung zum Wasserstrahl. Ich legte den Schlauch unter einen besonders bedürftig aussehenden Busch und ging zu ihm hin. Mein nasser Bikini eignete sich nicht für den Empfang von Gästen, aber ich musste feststellen, dass Momo nach kurzer Inaugenscheinnahme meiner Körperformen völlig ungerührt zum Thema kam. Bei Heidi hätte er sich anders verhalten, aber an mir war nicht interessiert.

„Der Chef schickt mich", teilte er mir mit. „Er lässt ausrichten, Sandra Menserhagen kommt morgen aus dem Krankenhaus und bleibt ein paar Tage bei ihm."

„Bei ihm?" vergewisserte ich mich. Momo grinste.

„Ich hab dir doch gesagt, er ist scharf auf sie."

Zwar konnte ich mir nicht vorstellen, dass Sandra derartige Gefühle für Walter Priem oder sonst jemanden hegte, dazu erschien sie mir zu altjüngferlich, aber es fiel mir ein Stein vom Herzen zu hören, sie käme nicht sofort wieder in ihre Wohnung. Vom Tierblut war nichts mehr zu sehen, aber in dem Karton hinter den Fotoalben lagerten all diese Drohbriefe. Ich konnte mir vorstellen, dass sie ähnlich wie radioaktiver Abfall von ihrem Lager im Arbeitszimmer aus die gesamte Wohnung mit Angst verseuchten. In diese Atmosphäre sollte Sandra nicht zurückkehren.

„Okay, kein Problem. Ich kümmere mich weiter um die Wohnung", sagte ich zu Momo und erwartete, er werde nun gehen. Stattdessen kratzte er sich am Kopf.

„Ja, also, der Chef sagt, die Sandra braucht ein paar Sachen aus der Wohnung. Den Schlüssel hat er dir gegeben, also ... Wenn du für Sandra die Sachen raussuchen würdest ... Ich hab' da einen Zettel bekommen."

Während ich noch etwas perplex und unter der Sonneneinstrahlung abtrocknend da stand, durchwühlte Momo seine Hosentaschen. Mit denen an den Beinen hatte er acht, die allesamt vollgestopft waren, so dass sein Hosenbund, der sowieso prekär unterhalb der Bauchwölbung gegurtet hing, vom Gewicht der Ladung Gefahr lief, gänzlich hinunter gezogen zu werden. An seinem linken Knie fand er tatsächlich einen kleinen Zettel in weiblicher Handschrift.

„Jetzt?" fragte ich.

Mir kam das Ansinnen schon reichlich dreist vor, andererseits mochte Walter Priem wahrscheinlich noch weniger gern Sandras Wäscheschubladen durchwühlen. Momo nickte.

„Ja. Also ... Ich soll die Sachen zum Klinikum fahren."

„Warum ausgerechnet du? Warum kommt dein Chef nicht selbst?"

Momo verzog das Gesicht, dabei glühten seine Wangen auf. Resigniert verfolgte ich die Entwicklung fülliger Rosenbäckchen auf seinem schon ziemlich runden Gesicht.

„Du hast es ihm angeboten, weil du gehofft hast, Heidi hier anzutreffen, was?"

„Ja", murmelte er mit hängendem Kopf. Ich seufzte.

„Okay. Kommst du mit rein oder wartest du hier draußen?"

„Lieber hier draußen. Ich kann ja für dich weitergießen."

Ich zeigte ihm, welche Bereiche noch nicht gegossen waren, und ließ ihn im Garten zurück. Mein letzter Blick zeigte ihn mir bei der konzentrierten Bewässerung eines Margeritenbusches. Kopfschüttelnd trug ich Sandras Liste in ihre Wohnung. Immerhin hatte sie daran gedacht zu notieren, wo ich eine Tasche finden könnte.

Während ich diese Tasche mit den angeforderten Kleidungsstücken füllte, musste ich ständig an den Karton im Arbeitszimmer denken. Er schien mich zu locken. Unentschlossen blieb ich an der Tür zum Arbeitszimmer stehen. Ein Teil von mir wollte den Karton öffnen und die darin aufbewahrten Briefe näher untersuchen, doch ich konnte nicht umhin festzustellen, dass dies nur ein weiterer Vertrauensbruch wäre. Ich hatte schon die Medikamente an mich genommen und Ernst Loga gezeigt, den Karton durfte ich nicht ein weiteres Mal öffnen.

Immer noch im Zweifel, was richtig wäre, trug ich Sandras Reisetasche auf die Terrasse, wo Momo gerade den Schlauch aufrollte.

„Ich weiß nicht, wie ich es sagen soll, aber da hinter der Hecke hat sich jemand zu schaffen gemacht. Gegraben, sozusagen."

Er machte ein etwas merkwürdiges Gesicht und fingerte an einem Goldkettchen, das sich im Kragen seines Polohemdes verfangen hatte. Der Anhänger war immer noch ein H.

„Gegraben? Wer sollte da graben?" Momo hob die Schultern.

„Ich wollte es dir nur sagen. Äh, sieh es dir lieber an, Christa. Aber nicht erschrecken."

Verständnislos folgte ich ihm hinter die Kiefernreihe, die den Garten von dem naturbelassenen Grundstücksteil abtrennte. Verwesungsgeruch empfing uns bereits am Durchgang. Jemand hatte die kleinen Erdhügel aufgeschaufelt und die Überreste der vergrabenen Kadaver freigelegt. Glücklicherweise war von den meisten nur eine Sammlung grauer Knochen übrig. Der Welpe, den ich verendend gefunden hatte, und das Tier, welches angeblich als Vogel gegen eine Fensterscheibe geflogen war, hatten dieses Stadium aber noch nicht erreicht. Fliegen bedeckten die Reste ihrer Körper und krabbelten über gelbliche Maden.

Ich zwang mich, den mutmaßlichen Vogel näher zu betrachten. Was immer es gewesen war, das Tier hatte keine Federn gehabt und war höchstwahrscheinlich auch ein Opfer dieses schattenhaften Mannes.

Von Momo kam ein Geräusch. Als ich mich umdrehte, hatte er eine ungesunde Gesichtsfarbe.

„Was ist das denn hier?" fragte er jedoch und versuchte zur Aufrechterhaltung seiner männlichen Überlegenheit ein Grinsen.

Diese nutzlose Schauspielerei ärgerte mich, dennoch beschloss ich, die Wahrheit zu sagen. Man wusste nie, wozu es nützlich sein könnte, wenn Momo eingeweiht wäre.

„Du weißt doch, was letzten Freitag hier passiert ist? Es war nicht das erste Mal. Hier vergräbt Sandra Menserhagen die toten Tiere, die man ihr vor das Haus legt." Momo glänzte grünlich.

„Aber ... wer hat die ... das ... das alles ausgegraben?" Eine Antwort hatte ich nicht, nur einen Verdacht, und der nahm plötzlich ein Gesicht an.

„Derjenige, der die Tiere ursprünglich getötet und hierher gebracht hat."

„Das ist krank." „Ja", stimmte ich zu. Das konnte sogar von noch weiterer Krankheit zeugen.

Doch ehe ich mich näher mit dieser Überlegung befassen konnte, musste etwas mit den Kadavern geschehen. Die Nachbarn brauchten nicht zu wissen, was hier vergraben lag.

Ich reichte Momo Sandras Schlüsselbund, den ich die ganze Zeit umklammert gehalten hatte.

"Hol einen Spaten und eine Schaufel aus der Garage. Wir können das so nicht liegen lassen."

Gehorsam trabte er davon. Offensichtlich fand er es normal, dass ich eine erneute Beerdigung der Kadaver angeordnet hatte. Betrachtete man es aus seiner Sicht, die vermutlich schlicht die Sicht Außenstehender war, fiele meine Entscheidung nicht aus dem Rahmen. Alle Nachbarn hätten die

Kadaver erneut vergraben. Hier wurde nichts geheim gehalten.

Als Momo zurückkam, sah er besser aus. Die frischere Luft jenseits der Kiefern hatte ihm gut getan. Zu zweit hatten wir die Überreste der Tiere schnell eingegraben. Weil es so trocken war, bedeckten wir die leichte Erde sicherheitshalber mit abgeschnittenen Kiefernzweigen, die wir außerdem mit Steinen, welche vom Bau einer Beeteinfassung übriggeblieben waren, beschwerten.

Nachdem Momo sich die Hände gewaschen hatte, nahm er Sandras Tasche an sich.

„Sag Walter Priem, was hier passiert ist", gab ich ihm mit auf den Weg. Dann schloss ich die untere Wohnung ab, um bei mir oben zu duschen.

Vielleicht hatte ich durch das Graben einen so großen Appetit bekommen. Ich aß eine riesige Portion Nudeln und Salat, ehe ich es zuließ, dass meine Gedanken wieder auf Wanderschaft gingen.

Walter Priem hatte sich nicht gemeldet. Vielleicht genügte ihm Momos Bericht, dass die Kadaver wieder unter der Erde lagen. Ich war nicht sicher, wie ich mich an seiner Stelle verhalten würde, bemühte ich mich um die Gunst einer labilen wie wohlhabenden Frau. Man konnte die Labilität befördern, indem man unangenehme Zwischenfälle inszenierte und sich selbst als Fels in der Brandung bewies. Dadurch entstünde eventuell bei der labilen wie wohlhabenden Frau der Eindruck, man sei Garant für Sicherheit.

Aber man konnte dieses Vorgehen übertreiben. Die Kadaver auszugraben wäre eine Übertreibung, wenn die labile wie wohlhabende Frau nicht zu Hause weilte und nur deren langweilige Mieterin den Garten versorgte.

Ich nahm mir ein Glas Wasser und trat auf den Balkon. Der längste Tag, die kürzeste Nacht waren vorüber, doch noch merkte man nichts von den wieder kürzer werdenden Tagen. Über mir wölbte sich der graue Himmel. Wetterleuchten tanzte unter dem Grau. Trockene Blätter an den Baumwipfeln raschelten, ansonsten war der Wind nicht wahrnehmbar. Weiter unten im Garten war alles stockdunkel. Ich fragte mich, ob jemand im Schutze der Kiefern das Haus beobachtete und mich hier oben stehen sah. Diese Vorstellung gefiel mir nicht. Eilig ging ich hinein und ließ den Rollladen vor der geöffneten Tür herunter.

*

Am nächsten Nachmittag fuhr ich zu Bea. Einen Grund hatte ich nicht, auch keine Verabredung. Sie hatte gesagt, ich sollte kommen, wann immer ich Lust hätte, und, obwohl ich nicht wirklich Lust verspürte, brauchte ich jemanden, mit dem ich den gestrigen Nachmittag besprechen konnte.

Ich fand Bea vor dem Tagungshaus mit einem Gartenschlauch bei der Arbeit. Unter den Kiefern war es zwar den gesamten Tag über schattig, doch der sandige Boden bemühte sich nicht einmal, Feuchtigkeit für die weniger genügsamen Pflanzen zurückzuhalten. Wie zuvor zeigte Bea keinerlei Überraschung über mein Auftauchen. Ich leistete ihr beim Gießen Gesellschaft, dann meldete sie sich bei einer anderen Muh ab und spazierte mit mir durch den Wald.

„Glaubst du, Frau Bösche würde mir Saatkartoffeln verkaufen?" wollte ich von ihr wissen.

„Fragen wir sie", entgegnete Bea und schlug einen anderen Pfad ein.

Während wir unter den Kiefern an Heide und Blaubeerbüschen vorbei auf Sandhatten zu wanderten, erzählte ich von den zerstörten Tiergräbern.

„Wie unappetitlich", lautete Beas Kommentar.

„Ja. Und so sinnlos. Ich meine, sinnlos sind zwar alle diese Anschläge auf Sandra, aber dieser ist besonders sinnlos, weil sie gar nicht im Haus war."

„Wusste er das?"

„Wenn er derjenige war, der sie angefahren hat." Bea nickte.

„Ich finde übrigens, dieser Walter Priem ist etwas zwielichtig", fuhr ich fort. „Momo, das ist ein Ex-Freund von Heidi, der bei Menserhagen Bau arbeitet. Also, Momo sagt, Walter Priem wäre hinter Sandras Geld her. Er hat die Firma übernommen, als der alte Menserhagen noch lebte. Bei dessen Tod hat Sandra das restliche Vermögen geerbt."

„Und du glaubst, dieser Walter Priem inszeniert diese makaberen Situationen, damit deine Vermieterin sich von ihm beschützen lassen möchte und ihn deshalb heiratet?"

„Wieso nicht?" fragte ich Bea.

Die ging nachdenklich weiter. „Ich merke, dass ich eure Denkweise nur mit Mühe nachvollziehen kann", teilte sie mir dann mit.

Sie sah tatsächlich aus, als ringe sie immer noch um Einsicht in die von mir dargelegte Logik der Ereignisse.

„Aber, wenn man den Standpunkt akzeptiert, dass eigener Nutzen über anderen Anliegen steht, dann könnte man so handeln, wie du es diesem Bauunternehmer unterstellst. Bleibt immer noch das Ausgraben der Kadaver, obwohl er genau wusste, dass die Frau nicht im Haus war." Darüber hatte ich mittlerweile nachgedacht.

„Walter Priem weiß, dass ich den Garten versorge. Von mir glaubt niemand, ich wäre halb verrückt und arrangierte solche Zwischenfälle selbst. Das denken nämlich viele bei der Wardenburger Polizei über Sandra. Und der arme Momo wurde durch seinen Auftrag, die Reisetasche mit Wäsche abzuholen, zum Zeugen. Das war bestimmt nicht geplant, wäre aber sicher in Walter Priems Sinne. Oder meinst du nicht?" Bea schüttelte den Kopf.

„Doch, doch. Gewiss. Aber das wäre wirklich makaber."

„Ziemlich krank", tat ich meine Definition kund. Bea nickte.

Unser Pfad mündete nun in einen sandigen Weg, den ich hinter der nächsten Windung als die Zufahrt zum Hof der Bösches erkannte. Von der Familie begegnete uns als erstes der missmutige Teenager in seiner bevorzugten Kombination aus Top, Shorts und Gummistiefeln. Auf Schultern, Nacken und Brust glühte ein vollentwickelter Sonnenbrand.

„Guten Tag, Minerva Katrin. Ist jemand von deinen Eltern da?" grüßte Bea.

„Im Haus", knurrte das Mädel und verschwand in einem der Außengebäude.

„Danke!" rief Bea ihr nach. Wir gingen weiter.

„Heißt das arme Ding wirklich Minerva Katrin?" vergewisserte ich mich. Bea nickte gleichmütig.

„Mir scheint, der Name führt zu Differenzen. Die Mutter kürzt ihn auf Mina ab. Der Vater besteht auf der vollständigen Variante. Er reagiert sehr unbeherrscht auf Abkürzungen. Die Tochter hört auf gar nichts, jedenfalls nichts von ihren Eltern. Merkwürdig, denn eigentlich ist sie ein ganz zugängliches Geschöpf."

Letzteres hätte ich nie vermutet. Auch schien Bea die Problemlage innerhalb der Familie Bösche nicht bewusst zu sein.

„Ist Bea eigentlich eine Abkürzung?" versuchte ich sie vorsichtig an den Streitpunkt heranzuführen.

„Nein. Muh sollen schlichte Namen tragen. Wer seinem Kind einen längeren Namen gibt, darf den nicht aus Bequemlichkeit verändern. Kosenamen, Spitznamen, all so etwas ist für uns, ja, eine Herabwürdigung der Person. Insofern kann ich Herrn Bösche verstehen. Aber er übertreibt. Da besteht kein Zweifel."

Sie nickte bekräftigend, und ich ließ es dabei bewenden. Minerva Katrin Bösche musste mit ihrem vollständigen Namen leben.

Bea führte mich durch einen ehemaligen Pferdestall in die Küche, in der wir während des Gewitters gesessen hatten. Frau Bösche legte gerade Wäsche zusammen.

„Was Waschmaschinen alles fressen", begrüßte sie uns, als Bea die Tür öffnete.

„Was hat sie sich denn diesmal geholt?" erkundigte Bea sich ernsthaft, während ich mich beeilte, den Mund zu schließen.

„Strümpfe. Diesmal drei. Und was nicht alles in der letzten Zeit. Und nichts im Flusensieb. Ein schwarzes Loch, leibhaftig."

Frau Bösche verstaute die Wäschestapel in einem riesigen Weidenkorb, den sie um die Ecke in einen anderen Flur stellte.

„Was kann ich euch Gutes tun?" fragte sie dann und stellte Gläser vor uns hin.

Zusammen tranken wir Wasser. Die ganze Zeit redete Frau Bösche nur mit Bea. Anscheinend hatte es Differenzen mit Nachbarn wegen streunender Tiere gegeben. Die Reaktion ihres Mannes war Frau Bösche undiplomatisch erschienen und nun suchte sie moralische Unterstützung bei Bea. Mich schien sie vergessen zu haben, denn, obgleich auch ich ein Glas Wasser erhalten hatte, warf sie keinen ihrer dunklen Blicke in meine Richtung.

„Christa Hemmen hier möchte gerne Saatkartoffeln kaufen. Ist das möglich?" fragte Bea schließlich. Nun richtete Frau Bösche kurz die Augen auf mich.

„Ich schau mal nach, Frau Muh. Am besten gleich." Mit diesen Worten eilte sie aus der Küche.

„Ich mag Frau Bösche", erklärte Bea entschuldigend. „Man sollte sich nicht irgendwelchen Sympathien hingeben, das weiß ich. Aber sie ist einfach sehr hilfsbereit."

„Sie hat einen Narren an dir gefressen", bemerkte ich kurz angebunden. Solche Äußerungen von Bea trafen mich. Ich spürte, wie sich Teile von mir zusammenkrampften, weil sie es nicht tolerierten, nur hingenommen zu werden. Ehe Bea reagieren konnte, kam Frau Bösche wieder in die Küche. Diesmal sah sie mich direkt an.

„Kein Problem, Frau. Ich mach Ihnen eine Kiste fertig. Wie viele Kartoffeln wollen Sie? Bezahlen brauchen Sie nicht. Die Kiste stell ich gleich raus. Nehmen Sie sie dann einfach mit. In einer halben Stunde, ja?"

Damit erklärte ich mich einverstanden. Bea und ich spazierten zurück zum Tagungshaus, wo mein Auto parkte. Als ich eine halbe Stunde später auf den Hof fuhr, stand die Kiste an der Tür. Frau Bösche hatte zwar gesagt, dass ich nichts bezahlen sollte, ich fand es aber peinlich, die Kiste unbemerkt vom Hof zu tragen. Während ich überlegte, ob ich nach Frau Bösche rufen sollte, bog ihr Mann um die Hausecke.

„Sie!" knurrte er. Eloquent war er nicht. Ich trat einen Schritt zurück. Sein Ton sprach ebenso wenig für Leutseligkeit, und ich wusste nicht, ob er über meine Vereinbarung mit seiner Frau informiert war.

„Moin, Herr Bösche", stammelte ich. „Christa Hemmen bin ich. Ihre Frau hat die Kiste für mich hingestellt."

„Hat sie? Ja, Frau. Weiß schon, weiß schon."

Damit machte er kehrt und verschwand wieder um die Hausecke. Eilig trug ich die Kiste zum Auto. Beim Wenden erhaschte ich noch einen Blick auf Minerva Katrin, die in Begleitung eines schwerfälligen Rottweilers aus einem Außengebäude kam. Die Fäuste an den dürren Hüften starrte sie mir nach.

15. KAPITEL

Sonnabend hatte ich das Bedürfnis nach Stadtluft. Außerdem spürte ich den Wunsch, mich am Ende der Arbeitswoche wieder als Mensch fühlen zu dürfen. Nach einer halbherzigen Putzaktion in meiner Wohnung fuhr ich nach Oldenburg. Wieder brannte die Sonne, doch der Himmel war weiß, und die gesamte Innenstadt erinnerte an ein Gewächshaus, durch das kleine bunte Ameisen krabbelten.

Gegen vier Uhr befand ich mich wieder auf dem Weg zu meinem Auto, als ich auf Heidi stieß. Ich hatte sie nicht kommen sehen und auch nicht mehr an sie gedacht, seit sie am frühen Sonnabendmorgen vor mittlerweile einer Woche meine Wohnung verlassen hatte. Nun standen wir uns am Rande des Marktplatzes vor der Lambertikirche gegenüber.

„Du bist in der Stadt?" fragte sie, als sei mir ein solches Wagnis nicht zuzutrauen gewesen und sie einzig deshalb nach Oldenburg gekommen.

Möglicherweise hatte auch der Mann neben ihr mit der Reaktion zu tun. Heidi blieb einem gewissen Typ treu. Im ersten Moment noch hatte ich verblüfft gedacht, sie sei mit Momo unterwegs, doch der trauerte ihr in Achternmeer vergeblich nach. Ihr aktueller Begleiter entsprach jedoch den Vorgaben eines Momo Diez: nicht zu groß, aber durch die erstaunliche Breite des Brustkorbs größer erscheinend, hellhaarig, in diesem Falle flachsblond und beinahe muhisch kurz geschoren.

Ansonsten fiel der Mann hinter Heidi optisch nicht auf, was auch dem Muster entsprach. Durch seine Unscheinbarkeit wurde sie besser wahrgenommen.

„Ja, ich bin in der Stadt", bestätigte ich und sah an Heidi vorbei auf ihren Begleiter, der mich fachkundig musterte. Heidi betrachtete mich mit gerunzelter Stirn.

„Na, dann kann ich euch ja bekannt machen", entschied sie ungnädig, als stünde ich im Ruf, anderen Frauen die Männer auszuspannen.

„Das ist meine ältere Schwester Christa", dass ich älter war, hätte sie nicht zu erwähnen brauchen, „und das ist Andrej Schelupa."

Der so bezeichnete Mann schüttelte wortlos meine Hand.

„Wir haben es eilig", informierte Heidi mich und zog ihren Begleiter hinein in das Getümmel vor den Cafés.

Ich trottete durch die Massen zum Auto. In meiner Plastiktüte schaukelte eine weiße Bluse, keine richtige Hemdbluse, da sie ärmellos war, aber mit Kragen, meine Schwester lustwandelte währenddessen mit einem, wenn auch wortkargen Begleiter ihrer Wahl. Wahrscheinlich hatte sie es besser getroffen.

*

Am Sonntag rief ich Bea an. Sie kam bald darauf, und weil mir nichts Besseres zu ihrer Unterhaltung einfiel, spazierten wir den Patenbergsweg entlang Richtung Marienkirche und Ortsmitte. Ich wusste nicht, ob Muh den Genuss von Speiseeis guthießen, aber Bea fand den Vorschlag akzeptabel, also schlenderten wir bis zum Eiscafé an der Oldenburger Straße, wo um diese Mittagszeit der Andrang gering war.

Dem Café gegenüber auf dem Parkstreifen stand ein Polizeiwagen, die dazugehörigen Polizisten schleckten im Schatten der Reinigung dahinter ihr Eis. Es waren Andy Vosgerau und Gert Tamminga in einer Diskussion über die Vorteile von Waffel und Becher für den mobilen Eiskonsum. Ich hätte sie ignorieren sollen, aber in solchen Dingen bin ich nicht besonders gut. Meine Augen wanderten ausdauernd in Richtung der schleckenden Gesetzeshüter, zogen schließlich das Kinn herum, bis es für Andy so aussehen musste, als spähte ich zu ihnen. Folglich winkte er. Ich überquerte mit Bea im Schlepptau die Straße.

„Mahlzeit", grüßte Andy und musterte Bea unverhohlen. Ich war sicher, dass er ahnte, wer sie war.

„Mahlzeit", entgegnete ich.

Wie ich mit Gert Tamminga umgehen sollte, war schwierig zu entscheiden. Im Dienst kannte ich ihn, ich war ihm auch auf Andys Geburtstag begegnet, aber in einer privaten, ein Gespräch nahelegenden Konstellation war ich bisher nie auf ihn getroffen.

„Wie war denn dieser Freitag? Ruhiger als der letzte?" fragte Andy grinsend.

Das Grinsen verging ihm, als ich erzählte, was Momo auf dem naturbelassenen Grundstücksteil entdeckt hatte.

„Warum habt ihr nicht die Polizei gerufen? Warum hat diese Sandra Menserhagen wegen der Tiere nie die Polizei eingeschaltet? Immer diese Anrufe, weil angeblich Leute durch ihren Garten schleichen, und wegen angeblicher Spielereien an ihren Bewegungsmeldern. Dann diese ekelhafte Geschichte letzte Woche. Und jetzt erfährt man so nebenbei, dass das mit den toten Tieren seit Jahren so geht. Wahrscheinlich hätte sie auch letzte Woche nichts unternommen, wenn du nicht zufällig dabei gewesen wärst und selbst die Polizei gerufen hättest."

Er sah auf Gert, der seinen Eisbecher gerade in einem kommunalen Mülleimer entsorgte.

„Die Sache mit dem Unfall letzten Sonnabend ist auch faul", redete ich weiter.

Von dem Unfall wussten die Wardenburger Polizisten nichts. Sie ließen sich berichten, was ich über Walter Priem von dem Ablauf erfahren hatte.

„Das ist eine komische Sache. So ein Trend in der Familie. Fing an mit ihrem Bruder", meinte Gert plötzlich. Wir sahen erstaunt auf ihn.

„Wieso mit ihrem Bruder?" fragte Andy.

„Ja, Andy", warf ich ein, „Sandras Bruder ist bei einem Motorradunfall ums Leben gekommen."

„Genau", bestätigte Gert. Andy starrte ihn an. Sein Gesichtsausdruck reizte zum Lachen, so ungläubig war er, dass Gert über solche Dinge informiert war.

„Das werde ich nie vergessen. Der junge Bursche war mein erster Toter in Wardenburg. Erste Woche im Dienst war ich hier. Sieh dich um, hier erwartet man doch keine Toten. Und dann gleich so etwas. An der Sager Straße war es. Viel war nicht von ihm übrig. Nicht an einem Stück."

„Danke, ich habe gerade gegessen", unterbrach ihn Andy mit einem warnenden Blick in Beas und meine Richtung. Gert redete unbeirrt weiter.

„Später hatten wir dann die Schwester am Baum. Im Auto, sonst wäre sie auch tot gewesen."

„Du warst bei Sandras Unfall am Unfallort?" entfuhr es mir.

So ungläubig hätte ich nicht klingen sollen, denn Gerts einziger Fehler war seine Neigung zur Bequemlichkeit. Doch im Grunde glaubte ich fest, jemand wie Gert tauche nie an wichtigen Orten auf und fungiere höchstens als Bremse bei Ermittlungen. Entsprechend gekränkt sah er mich an, sprach aber weiter.

„Andere Verkehrsteilnehmer hatten die Polizei gerufen, wahrscheinlich von einem Haus an der Sager Straße. Handys gab es ja damals nicht. Einige haben nicht über 110 sondern über Amt angerufen. Deshalb sind Martin Everz und ich hingefahren. Du hast den Martin doch auch noch gekannt, Andy." Andy nickte. Gert sprach weiter. „Lange hab' ich nicht daran gedacht. Aber jetzt, wo ihr alle von der Frau redet, kommt es mir wieder. Drei Autos waren in den Unfall verwickelt. Die eine Beifahrerin war tot. Aus dem Fahrzeug geschleudert. Ihr Mann hat gesagt, jemand wäre aus dem Wagen von der Menserhagen ausgestiegen und in den Wald gelaufen. Das war, bevor er das Bewusstsein verloren hat. Jedenfalls behauptete das der Ersthelfer, der den Unfall nicht selbst gesehen hatte. Aber er sagte, als er ankam, wäre die Beifahrertür offen gestanden. Später hat der Ehemann sich nicht an diese Sachen erinnert. Wusste gar nichts mehr von dem Unfall. Die Aussage vom Ersthelfer ... Ich glaube, das ist damals gar nicht zu den Akten gekommen."

„Wieso nicht?" wollte Andy nun wissen. Gert hob die Schultern.

„Keine Ahnung. Ich weiß es auch nicht mehr sicher. Ich weiß nur noch, ich hab' damals nichts mehr von dieser Tür gehört. Vielleicht steht es ja doch in den Akten, keine Ahnung. Jedenfalls ..."

Das Funkgerät im Streifenwagen meldete sich. Andy lief hinüber. Gert schickte sich an, ihm zu folgen. Im Gehen drehte er sich noch einmal zu uns um.

„Der Martin kannte den Ersthelfer vom Unfall des jungen Menserhagen. Der wohnte in der Nähe vom Unfallort." Andy streckte den Kopf zur Fahrertür heraus.

„Gert! Einsatz!" Er winkte uns zu und rief etwas von einem schönen Sonntag, während Gert Tamminga in den Wagen stieg. Andy wendete, und sie fuhren die Oldenburger Straße Richtung Norden hinauf.

*

Bea und ich blieben vor dem sonntagsdunklen Schaufenster der Reinigung zurück.

„Das ist ja eine schaurige Geschichte", stellte Bea fest. Ich nickte. Wann immer ich etwas über Sandra hörte, ging es um ein Unglück.

„Ich kann mir nicht vorstellen, dass sie danach je wieder glücklich war", murmelte ich.

„Wohl nicht", gab Bea zu.

Wir gingen hinüber zum Eiscafé und kauften ungeachtet jener Tragödien um Sandra Eis. Uns ging es schließlich gut. Es war Sonntag, und die Sonne schien. Als wir dann die Huntestraße hinunterschlenderten, um zum Huntedeich zu gelangen, sinnierte Bea über Selbstvorwürfe.

„Ich hatte Probleme mit der Tatsache, dass ich überlebt hatte. Greta und ich waren nicht in unserem Haus im stillen Tal, als es abbrannte. Aber man lernt, es hinzunehmen. Ich lebe. Außer Greta und mir sind alle tot. Ich kann mir vorstellen, dass diese Sandra fürchterliche Gewissensbisse hat. Erst kommt ihr Bruder bei einem Unfall um, dann verursacht sie einen und bewirkt den Tod einer anderen Frau."

„Aber für den Unfall ihres Bruders konnte sie nichts", widersprach ich.

Auch mochte ich nicht an den Brand im Bergerschen Haus denken. Bea wiegte den Kopf.

„Ich kann mir vorstellen, dass sie sich trotzdem Vorwürfe machte. Besonders nach ihren Unfall. Du darfst nicht vergessen, dass es oft als Schande empfunden wird, überlebt zu haben."

Mit dieser Thematik wollte ich mich nicht weiter auseinandersetzen.

Als wir an Gloysteinsfuhren, dem kleinen Waldstück umrahmt von Wohnstraßen und dem Schulzentrum, vorbeigin-
gen, sah ich bewusst weg von den dunklen Bäumen. In
diesem Wald waren vor sieben Jahren Heidi und Beas
Schwester Greta entführt worden. Seit damals hatte ich
Gloysteinsfuhren nicht mehr betreten. Nach Möglichkeit
mied ich sogar die Huntestraße. Bea, das sah ich an ihrem
Gesicht, wusste nicht, wo wir uns befanden. Erst, als wir
Gloysteinsfuhren passiert hatten und es rechts zum Schulzentrum abging, blieb sie stehen.

„Ist das der Wald, wo damals ...“ „Ja“, unterbrach ich eilig.

Sie ging weiter, als wäre nichts gewesen. Ich warf mehrere
Blicke auf ihr Profil. Selbstverständlich erinnerte sie sich.
Aber sie schwieg. Erst, als wir die neuen Gebäude des Schul-
zentrums an der Huntestraße und einige Firmengelände
hinter uns gelassen hatten, begann sie von Greta zu erzählen.
Vermutlich wollte Bea mir beweisen, dass auch ihre
Schwester die schrecklichen Erlebnisse verwunden hatte, ich
mich ihretwegen nicht beunruhigen sollte. Beunruhigt fühlte
ich mich auch nicht, ich fühlte mich schuldig. Mit diesem
Gefühl schlich Sandra Menserhagen seit zwanzig Jahren
durch die Welt.

Auf dem Deich gingen wir der Hunte flussaufwärts nach.
Dort, wo zuletzt Schafe geweidet hatten, war das Gras kurz
und grün, an den unbeweideten Abschnitten stand es hoch
und kratzte ausgeblichen an unseren nackten Beinen. Auf
dem Wasser überholten immer wieder Kanus. Seit kurzem
wurde der Kanutourismus gefördert, deshalb war es bei
heißem Wetter ein wenig so, als ginge man entlang einer
Straße.

„Hast du jemals überlegt, dass diese Drohbriefe, die toten
Tiere und, wer weiß, was außerdem, Racheakte sein könnten?“ Ich überdachte Beas Frage.

„Doch, das ist vorstellbar."

„Der Ehemann der getöteten Beifahrerin zum Beispiel."

„Möglich."

Aus Wut und Trauer und der eigenen Scham, überlebt zu haben, konnte ein Rachefeldzug entstehen. Opfer konnten Täter werden. Davon hörte man. Der Mann der Beifahrerin hatte Sandra die Schuld am Tod seiner Frau gegeben. Ungeschoren wäre Sandra damals sicher nicht davon gekommen, die Strafe hätte nur niemals ausgereicht, einen toten Menschen zurückzubringen.

„Rache ist ein Motiv", gab ich zu. Anscheinend kannten auch Muh dieses Gefühl, ehe sie lernten hinzunehmen.

Bea ging langsam weiter. Plötzlich blieb sie stehen.

„Du musst mit deiner Vermieterin sprechen, Christa. Wenn du ihr helfen willst, kannst du das nicht hinter ihrem Rücken und ohne ihr Wissen tun."

Von dem Vorschlag war ich alles andere als begeistert, ich sah jedoch, dass sie Recht hatte. Vielleicht wäre Sandra eher bereit, über ihren Unfall und die Drohungen zu sprechen, wenn ich ihr in Aussicht stellte, die Verfolgung durch den Unbekannten nähme dann ein Ende. Mir war nur zweifelhaft, wie ich das erreichen sollte.

*

Warum sind überall Augen? Die Frage drängte sich auf. Sie waren neu. Neues war gefährlich. Die Augen waren gefährlich. Anders konnte es nicht sein. Man musste sie schließen.

Der eigene Atem schlägt laut in den Ohren, lauter als das Knistern der Getreidestoppeln, lauter als das Reiben des Zaunes am Stoff der Hose. In der Brust schlägt ein Herz so laut, so hart, als wollte es den Rippen und der Haut darüber entkommen. Eines Tages hört es auf zu schlagen. Eines Tages, doch bis dahin macht es noch viele tausend Schläge.

Wann die Augen gekommen sind, kann man nicht sagen, doch da sind sie. Sie lauern. Sie hängen überall, Augen ohne Blicke. Sie kommen einzeln, in verschiedenen Größen, schimmernd in verschiedenen Farben. Ihr Starren ist wie blankes Metall, auf das Licht fällt. Keinen Ausdruck haben sie, die glühenden Einzelaugen. Keinen Vorwurf. Keine Kritik. Sie sind nur da. Überall in den Ästen, zwischen den Stämmen, unter dem Laub, im Asphalt, überall Augen.

Sie sehen alles.

Fort müssen sie, so wie diese kleinen Augäpfel, die so weit starren, die man tief in den Schädel drücken kann, bis das Blut spritzt und das Schreien in den Ohren gellt. Aber dann ist Ruhe. Und die Augen sind weg. Diese Augen sind weg.

Die anderen, die sind immer da. Die müssen auch weg.

16. KAPITEL

Wieder war es heiß. Doch diesmal hatte sich die Luft so sehr mit Feuchtigkeit angereichert, dass man kaum atmen konnte. Das Papier im Drucker wellte sich. Auf der Friedrichstraße bewegten sich die Leute wie in Zeitlupe. Jemand hatte einen Regenschirm aufgespannt und schritt gemächlich unter dessen Schatten an den Schaufenstern vorbei. Ich wies Harry darauf hin, der entschlossen verkündete, auch er werde seinen Schirm vorläufig als Sonnenschirm verwenden.

Seit einigen Tagen vertrugen wir uns wieder, sein Computer stand sogar wieder auf dem Schreibtisch. Aus diesem Grunde hatte ich mich zu fragen getraut, in welchem Jahr Sandras Unfall geschehen war. Harry hatte mir das exakte Datum genannt, ohne seinerseits zu fragen, weshalb ich es wissen wollte. Als Rechtfertigung genügte ihm anscheinend der Umstand, dass ich im Menserhagenschen Haus wohnte.

Ernst Loga allerdings hatte sich erlaubt, nach meiner Bekannten mit dem Medikamentenlager zu fragen.

„Ist sie in guten Händen?" wollte er wissen.

Da ich Walter Priem in einiger Hinsicht so einschätzte, in anderer dagegen nicht, blieb mir nur ein ausweichendes „Das hoffe ich", woraufhin Ernst ohne das übliche angedeutete Lächeln nickte.

„Das ist ihr sehr zu wünschen, Christa."

Mehr sagte er nicht, dennoch war es ihm gelungen, mich nachdenklich zu stimmen.

Tatsächlich hatte ich Sandra Menserhagen seit Heidi und ich sie am vorletzten Sonnabend gegen vier Uhr zu Bett gebracht hatten, nicht mehr gesehen und auch nicht mit ihr telefoniert. Was ich von ihr wusste, wusste ich von Walter Priem, von einer namenlosen Frauenstimme aus dem Oldenburger Klinikum und von Momo Diez. Lediglich drei kurze Informationen waren das gewesen, alle drei aus der vergangenen Woche. Die laufende Woche war schon bis zum Mittwochvormittag fortgeschritten, ohne dass neue Nachrichten von Sandra bei mir eingegangen wären.

Unter normalen Umständen, wenn Sandra Menserhagen einfach meine Vermieterin und ich ihre Mieterin gewesen wäre, hätte ich mich lediglich gewundert, eventuell auch geärgert, da ich die Verantwortung für ihre Wohnung und ihren Garten trüge. Die Umstände, die Sandra aus ihrer Wohnung geführt hatten, waren jedoch keinesfalls normal zu nennen. Deshalb machte ich mir Gedanken über ihren Verbleib, und aus demselben Grunde fand ich es seltsam, dass ihr selbst ernannter Beschützer auch nichts mehr von sich hören ließ.

Meine Mutter hatte mir geraten, Walter Priem bei Menserhagen Bau anzurufen. Momo sei als Zwischenhändler ungeeignet, weil er als Angestellter auf diese Weise in eine peinliche Position seinem Chef gegenüber geraten könnte. Dem stimmte ich zu. Nachdem ich den halben Vormittag hin und her überlegt hatte, wann die beste Gelegenheit für den Anruf wäre, entschied ich spontan, nun sei der einzig richtige Augenblick gekommen. Nachdem ich mir die Nummer herausgesucht hatte, ließ ich keine Zeit mehr verstreichen. Seine Sekretärin stellte mich auch sofort zu Walter Priem durch. Der hatte die Freundlichkeit, sich an mich zu erinnern.

„Sandra ist in meinem Haus. In den nächsten Tagen kommt sie zurück".

„Kann ich mit ihr sprechen?" Er zögerte.

„Sie geht nicht ans Telefon. Tut mir leid. Aber, wie gesagt, in den nächsten Tagen ist sie wieder da. Vielleicht schon morgen. Sie ist Ihnen sehr dankbar, dass Sie sich um alles kümmern."

Fast hätte ich gesagt, das wäre mein Job. Ich konnte mich jedoch zurückhalten.

Tatsächlich war Sandra, als ich am frühen Abend von der Arbeit kam, schon wieder in ihrer Wohnung. Ich sah es sofort an den hochgezogenen Rollläden. Nach einem Gespräch mit ihr war mir nicht, ich sagte mir aber, dass es sich so gehörte und ich mich bei der Gelegenheit auch ihres Schlüssels entledigen könne. Also klingelte ich und wurde so schnell eingelassen, dass ich wieder glaubte, sie hätte auf der Lauer gelegen. Zumindest hatte sie sich etwas erholt. Auf den Wangenknochen lagen noch grünlich die Reste des Brillenhämatoms, welches von ihrer Gehirnerschütterung herrührte, insgesamt wirkte sie erschöpft, aber wenigstens nicht so zitterig wie bei unserer letzten Begegnung.

„Danke für alles", sagte sie, und wieder nickte ich, denn solchem Dank war nichts zu erwidern.

In meinen Augen hatte ich nichts erreicht, was ihr wirklich geholfen hätte.

*

Da sich Sandra Menserhagen nun wieder in ihrem Haus am Patenbergsweg befand, konnte ich weiter nach dem Urheber der makabren Anschläge suchen. Einem Gespräch mit Sandra über den fatalen Autounfall fühlte ich mich nicht gewachsen. Ich tröstete mich damit, dass sie es auch nicht wäre und ich gut daran täte, vorläufig Abstand davon zu nehmen.

Nachdem ich alles, was mir über den Unfall an der Sager Straße bekannt war, noch einmal durchgegangen war, hielt ich es für besser, Gert Tamminga nicht auf die Protokolle von damals anzusprechen. Ich wusste nicht, ob man ihm Zugang zu den alten Akten gewähren würde. Auch schien es mir sinnvoller, zuerst zu prüfen, ob die fehlenden Informationen nicht anders zu erhalten wären. Nur im größten Notfall wollte ich auf ihn zurückkommen.

Die Quelle meiner Wahl waren die Zeitungen des Jahres. Das Datum des Unfalls kannte ich, also hoffte ich, die nötigen Informationen rasch zu finden. Den halben Donnerstagnachmittag verbrachte ich vor dem Lesegerät in der Oldenburger Landesbibliothek. Nach einem Termin in Sandkrug war ich direkt dorthin gefahren. Urlaub konnte ich mir nicht nehmen, weil die Probezeit noch nicht abgelaufen war, aber ein Überstundenausgleich war möglich. Der lohnte sich auch.

Den Artikel über den von Sandra Menserhagen verursachten Unfall fand ich sofort. Bei allen überflüssigen Details wurde keine offene Beifahrertür an Sandras Wagen erwähnt. Ein wenig enttäuscht war ich deswegen schon, aber es wäre ein unglaublicher Zufall gewesen, hätte der Reporter mir ausgerechnet diesen Hinweis geliefert, dessen Wahrheitsgehalt so zweifelhaft und doch so interessant war.

Eine offene Beifahrertür hätte bedeuten können, eine zweite Person wäre in Sandras Auto gewesen. Aber der Hinweis kam von dem Ersthelfer, der das Gemurmel eines Schwerverletzten wiedergegeben hatte. Nach all den Jahren wäre es unmöglich zu klären, ob wirklich jemand aus Sandras Auto ausgestiegen war, als es an dem Baum klebte.

Ich verfolgte die Berichterstattung, die von der Titelseite zu kleinen Notizen auf den Landkreisseiten wanderte. Nebenbei fiel mir auf, wie viele Unfälle an der Straße nach Sage geschahen, auch gerade in demselben Abschnitt. Für mich war das befremdlich, mündete das stille Tal doch in diese Straße, obwohl dies weiter nördlich war, wo sie noch Oldenburger Straße hieß.

Nicht bei allen Unfällen waren Menschenleben zu beklagen gewesen, die Überlebenden würden den Unfall jedoch nie vergessen können. Erstaunlich war auch die Zahl der Unfälle, die mit Tieren in Zusammenhang standen. Rehe, Wildschweine, Dachse, sogar Kühe sorgten allein in dem Jahr von Sandras Unfall für zahlreiche Unfälle, die ganzen zermalmten Igel, Kaninchen, Hunde und Katzen, die man oft genug an der Fahrbahn sah, blieben unerwähnt.

Da ich schon einmal ein Lesegerät zu meiner Verfügung hatte, wollte ich auch den Bericht über Sandras Bruder ansehen. Von diesem Unglück kannte ich nur das Jahr. Im ersten Durchgang des wahrscheinlichsten Monates übersah ich jedoch die wenigen Zeilen, die über Kurt Menserhagens Ableben berichteten, weshalb ich sicherheitshalber die entsprechenden Monate der beiden Vorjahre querlas.

Erst, als auch dort kein Hinweis auf einen verunglückten Motorradfahrer anzutreffen war, kehrte ich zurück in das Jahr vor Sandras Unfall. Diesmal sah ich mir auch die an den Seitenrändern versteckten Fünfzeiler an. Unter denen fand ich die Notiz denn auch, kurz, knapp, ohne Namen, aber ansonsten wie Gert Tammingas Bericht.

Ich hielt inne und überflog die Ausdrucke neben mir. Jeder Mensch strebt insgeheim nach Ruhm. Wenn dieser Ruhm aus solchen Zeitungsberichten stammte, verzichtete man besser. Die Menge der Unfälle, die Zahl der vergeudeten oder beschädigten Leben ließ mich niedergeschlagen zurück. Dabei hatte ich mir nur die Ausbeute einer Straße angesehen, einer Straße jedoch, vor der Andy Vosgerau Heidi und mich vor der ersten Fahrstunde gewarnt hatte. Auch nächtliche Fußgänger wanderten dort in Lebensgefahr, wie eine Notiz mich wissen ließ. Aber all meine eigene Vorsicht würde im

Ernstfall nichts gegen die Rücksichts- oder Gedankenlosigkeit anderer bewirken können.

Solche Überlegungen vertrugen sich nur schlecht mit dem sonnigen Wetter draußen. Der Wind presste sich am Gebäude der Landesbibliothek vorbei und trieb trockene Blätter in die Donnerschweer Straße. Ich überquerte den Pferdemarkt zur 91er Straße, wo ich unter der Eisenbahnbrücke geparkt hatte.

Als ich die letzte Ampel des Pferdemarktes an den Betonpferden überquert hatte, kamen mir jenseits der Eisenbahnbrücke in der Heiligengeiststraße Heidi und ihr schweigsamer Begleiter Andrej Schelupa entgegen. Der betrachtete mich wieder wohlwollend, schwieg aber für die gesamte Dauer des Gesprächs zwischen Heidi und mir, so dass ich mit der wahnwitzigen Idee weiterging, Heidi habe sich diesmal einen stummen Mann zugelegt. Sollte ihm dieser Andrej Schelupa jemals vorgestellt werden, würde mein Vater wahrscheinlich vollends verzweifeln, denn, obgleich es meiner Mutter zufiel, im Falle einer Trennung Heidis abgesetzte Freunde zu trösten, musste mein Vater sich um den amtierenden bemühen.

*

Heidi hatte zugesagt, am Sonntag ins stille Tal zum Mittagessen zu kommen. Ich nahm an, sie wollte den Neuen bei der Gelegenheit präsentieren. Dann würde sich zeigen, ob er zu reden in der Lage wäre. In der Zwischenzeit fing mich Sandra Menserhagen beim Nachhause kommen ab.

„Danke, dass du dich um alles gekümmert hast. Um den Garten ...“

„Das ist okay. Ich wohne hier. Alles keine Belastung. Du hast dich schon bedankt.“

„Komm morgen Abend zum Essen“, unterbrach sie mich.

Ich zögerte. Pläne hatte ich nicht gemacht. Oben lag ein Stapel Bügelwäsche, hauptsächlich natürlich meine weißen Hemdblusen, um den ich mich hätte kümmern sollen und der ebenso großen Reiz auf mich ausübte wie ein Essen mit Sandra. Rücksichtsvoll, wie ich war, entschied ich mich für Sandra, mit dem Hintergedanken, ihr die eine oder andere Frage nach den Unfällen in ihrer Familie zu stellen.

Nach der Sonne am Vortag hatte der Freitag unter einer weißen Hitzeglocke gelegen. Den ganzen Tag war kein Blau am Himmel zu sehen gewesen, dafür gewann der Wind im Laufe des Nachmittags an Stärke. Er zerrte an den Marquisen vor den Geschäften, riss die Äste der Bäume auseinander und verteilte trockene Blätter, abgerissene Zweige und leere Getränkeverpackungen auf den Straßen oder sammelte sie in Hausecken. Eine kleine Windhose im Hof von „Crea. Heim und Pflege" bedeckte Autos und Menschen mit grauem Sand, der so hoch gewirbelt wurde, dass wir in der zweiten Etage die Fenster schließen mussten. Als ich später mein Auto holte, hatte der Wind in Böen Sturmstärke erreicht. Der Himmel verdunkelte sich vor meinen Augen zu einem tiefen Bleigrau. Bis ich nach fünf Minuten Fahrt zu Hause ankam, goss es wie aus Kübeln.

Ich blieb im Auto sitzen und wartete auf einen günstigen Moment, zum Haus zu laufen. Innerhalb von Minuten kühlte der Innenraum auf passable Temperaturen herunter. In meiner Wohnung, die ich nach einem mutigen Sprint erreichte, stand die Luft zwischen den heruntergelassenen Rollläden. Als ich die hochzog, tröpfelte es nur noch. Ich machte Durchzug, ging duschen, startete eine Maschine Wäsche, die ich im Wohnzimmer zum Trocknen auf einen Wäscheständer hängte. Bis es Zeit war, hinunterzugehen, räumte ich ein wenig auf, in Gedanken ganz bewusst bei meiner Arbeit.

An Sandra wollte ich nicht denken, genauso wenig wie ich Zeit mit ihr verbringen wollte. Schließlich raffte ich mich auf. Unten war es kühler. Sandra hatte drinnen aufgedeckt. Das erste Mal seit zwei Wochen aß man lieber in geschlossenen Räumen. Ebenfalls zum ersten Mal seit über zwei Wochen hatte man Lust zum essen.

Während der Mahlzeit unterhielten Sandra und ich uns über normale Themen und taten so, als geschähe im Umkreis dieses Haus im Patenbergsweg nie Anormales. Die üblichen Nachrichten aus dem Fernsehen und den Zeitungen boten Gesprächsstoff, lebhaft war unser Gespräch trotzdem nicht. Hin und wieder kam es mir vor, als sei das Reden anstrengend für Sandra. Vor knapp zwei Wochen hatte sie sich eine Gehirnerschütterung zugezogen, die Folgen mussten sich noch auf sie auswirken. Aber Sandra Menserhagen überspielte ihre Erschöpfung. Auch wollte sie nichts davon hören, dass ich ihr half, die Teller in die Küche zu tragen.

Ich saß wie auf heißen Kohlen, hin- und hergerissen zwischen dem Wunsch zu gehen und ihr Ruhe zu gönnen und dem Warten auf eine Gelegenheit, Sandra auszufragen. Als sie mit Kaffee zurückkam, wagte ich eine erste Frage zu ihrem Unfall vom Sonnabend vor zwei Wochen, doch an den besaß sie keine Erinnerung.

„Ich bin auf dem Radweg gefahren. Und ich glaube, ich war bis zu dem großen Pferdehof gekommen. Mehr weiß ich nicht mehr."

Das Auto hatte sie von hinten angestoßen, wahrscheinlich wäre ihr auch ohne Gehirnerschütterung nicht viel aufgefallen.

Angestrengt blickte ich um mich. Der Esstisch stand in dem großen Wohnzimmer bei der Terrassentür. Von meinem Stuhl aus blickte ich auf einige Fotografien.

„Wie lange sind deine Eltern eigentlich schon tot?" fragte ich für mich selbst unerwartet.

Momo hatte es mir wahrscheinlich gesagt, aber daran besaß ich keine Erinnerung mehr, und das ohne Gehirnerschütterung. Sandra blickte ebenfalls zu den Fotografien.

„Jetzt ziemlich genau zwei Jahre. Mein Vater hatte einen Herzinfarkt. Nicht sein erster. Meine Eltern kamen gerade aus Döhlen zurück. Sie hatten einen Geschäftsfreund meines Vaters besucht. Mein Vater fuhr. Und da hatte er einen Herzinfarkt. Meine Mutter sagte, er hätte sich plötzlich über irgendetwas furchtbar aufgeregt."

„Auf der Einladung?" fragte ich, weil sie nicht weitersprach.

Sandra sah mich überrascht an, als wäre ihr meine Anwesenheit kurzzeitig entfallen.

„Nein", meinte sie dann stirnrunzelnd. „Das heißt, ich glaube nicht. Ich habe den Geschäftsfreund so verstanden, dass es ein netter Abend gewesen war. Und, was meine Mutter sagte ... Für mich klang es jedenfalls so, als wäre etwas auf der Fahrt geschehen."

Sie betrachtete mich, als könnte ich ihr weiterhelfen, doch ich konnte nur fragen:

„Was ist denn geschehen?" Sie schüttelte den Kopf.

„Ich weiß es nicht. Ich war nicht dabei. Und meine Mutter konnte es nicht so ausdrücken, dass ich es sicher verstanden hätte ... Sie sind von Döhlen aus auf die Sager Straße gefahren und Richtung Wardenburg. Nicht lange, nachdem sie die Sager Straße erreicht hatten, fing mein Vater an zu schimpfen."

„Weswegen?" „Keine Ahnung. Sie meinte, er hätte vielleicht etwas am Straßenrand gesehen ... Sie hat nichts gesehen. Aber er schimpfte, sprach von Geschmacklosigkeit ... Und dann verlor er die Kontrolle über das Auto. Glücklicherweise sind sie in einem Gebüsch gelandet. Es kamen auch gleich Leute, die geholfen haben. Da müssen Häuser gewesen sein. Aber der Herzinfarkt meines Vaters war schwer. An dem ist er gestorben. Verletzt war er kaum."

„Und deine Mutter?" fragte ich nach einer Pause. Sandra betrachtete ihre Tasse, in der noch ein Schluck kalter Milchkaffee stand.

„Hatte eigentlich nur eine Gehirnerschütterung. Aber es gab Komplikationen. Bei ihr gab es immer Komplikationen, weißt du, im Leben und eben auch mit der Gesundheit ... Sie ist dann nach zwei Tagen gestorben. Unerwartet für die Ärzte, glaube ich. Aber es passte in das Muster ihres Lebens. Immer eine unvorhergesehene Wendung ins Negative. Damit niemand behaupten konnte, sie habe es gut getroffen."

Sandra sagte das sehr gefasst und mit einem beinahe ironischen Unterton, den ich mir aber vielleicht nur einbildete, weil ich so gesprochen hätte, säße ich an ihrer Stelle. Dann aber fiel mein Blick auf ihre andere Hand, die sie so fest geballt hielt, dass die Fingerknöchel weiß unter der angespannten Haut herausragten.

„Es ist immer diese Straße", sagte sie und sah mich mit aufgerissenen Augen an, als wollten ihre Augäpfel gleich herausfallen.

„Es ist immer die Straße nach Sage."

17. KAPITEL

Wie verabredet fuhr ich am Sonntagmittag zu meinen Eltern. Den ganzen Sonnabend über hatte es geregnet, und ich hatte mir die Zeit damit vertrieben, die vor Wochen aus meinem Zimmer im stillen Tal abgeholten Kartons auszuräumen. Am Abend hatte ich mit einer Freundin aus Süddeutschland telefoniert, der ich mehrfach versicherte, die Rückkehr in meinen Heimatort nicht zu bereuen. Ich sagte es sehr überzeugt, aber nach dem Telefonat ging mir doch die Frage, ob das wirklich zutraf, nicht aus dem Kopf.

So vieles sprach für diese Rückkehr, und so viele Vorteile hatten sich für mich ergeben, dass ich nicht guten Gewissens behaupten konnte, meine Entscheidung zu bereuen. Es musste an den Ereignissen in diesem Haus liegen, dass ich meine Aussage nicht mit vollem Herzen traf. Blut und tote Tiere hätten jeden abgeschreckt, und die Gewissheit, ein unbekannter, unerkannter, schattenhafter Mann, verschaffte sich immer wieder Zugang zum Garten, beruhigte auch nicht. Wenn es mir gelänge, diese unappetitlichen Vorfälle abzustellen, wäre es mir mit Sicherheit möglich, voll und ganz zu meiner Rückkehr in den Norden zu stehen.

Dieser Sonntag hatte ebenfalls regnerisch begonnen. Der Wetterbericht sagte jedoch den Beginn einer neuen Hitzeperiode voraus, und die begann gegen halb zwölf, als die Sonne ein Loch in die Wolken brannte. Wieder fiel grelles Licht aus einem weißen Himmel. Erst blendeten die nassen Straßen wie Spiegel, trockneten dann aber zusehends ab.

Als ich gegen Viertel vor zwölf ins stille Tal aufbrach, dampfte der Asphalt im Patenbergsweg. Ich bog in den Brooklandsweg, wo von den Grashalmen Dunstschwaden aufstiegen, und fuhr links in die Friedrichstraße. Nach dem Abbiegen in die Oldenburger Straße fuhr ich gegen die Sonne, die an dem glühend weißen Himmel gar nicht zu lokalisieren war. Möglicherweise lenkte mich die seltsame Beleuchtung ab, jedenfalls fuhr ich am stillen Tal vorbei gen Süden, Richtung Sage. Geplant war dieser Exkurs nicht, aber da ich nicht den Drang umzukehren verspürte, musste ein Teil von mir sich etwas vom Weiterfahren erwarten.

Die Sager Straße erstreckte sich grell überbelichtet vor mir. Gelegentlich sah ich Häuser nahe der Fahrbahn, manchmal ragte ein Kreuz aus der Badezimmeratmosphäre und zeigte an, wo Menschen bei Verkehrsunfällen ihr Leben gelassen hatten. Immer noch empfand ich nicht die Notwendigkeit zu wenden. Meine Mutter würde ihre Töchter kaum punktgenau um zwölf am Esstisch erwarten, sagte ich mir und fuhr weiter. Um mich herum lösten sich die Dampfschwaden allmählich auf. Ich passierte Hengstlage und den Abzweig nach Döhlen. Bei Haschenbrok wendete ich.

Nun fuhr ich mit der Sonne im Rücken wieder nach Norden. Die Straße lag abgetrocknet vor mir. Rechts hinter seiner Hecke stand das weiße Haus von Ricky Thamke, die blaue Orchidee, ohne jedes Schild oder Leuchtsignale, schlicht und diskret. Ein paar äußerst seriöse Limousinen parkten auf dem weißen Kies, der wie Schnee leuchtete. An der zweiten Auffahrt befand sich das kleine Kreuz.

Irgendwo nahe diesem Haus war der ehemalige Bauunternehmer Menserhagen mit seinem Wagen von der Straße abgekommen. Helfer waren schnell zur Stelle gewesen. Vielleicht kamen sie aus der Blauen Orchidee, ein anderes Gebäude konnte ich nicht sehen. Ein knappes Vierteljahrhundert zuvor war an dieser Straße und, wenn ich es recht bedachte, nahe dieses Hauses Kurt Menserhagen mit seinem Motorrad gegen einen Baum geprallt. Sandras Unfall war etwas weiter nach Süden gewesen, kurz vor Bissel. Zuvor hatte sie die Blaue Orchidee passieren müssen. Vielleicht existierte auch ein Kreuz für die Frau, die durch Sandra ums Leben gekommen war.

Es war albern. Ich hielt rechts an, dachte nicht lange nach, wendete und fuhr zurück. Mit klopfendem Herzen bog ich auf den Parkplatz der Blauen Orchidee ab. Neben den riesigen dunklen Schlitten dort wirkte mein kleines Auto äußerst bescheiden. Ich stieg aus und blickte zum Haus. Schweigend, blütenweiß und feiertäglich ernst lag es im Sonnenlicht. Niemand war zu sehen, bis auf die säuselnden Bäume und einzelne Autos auf der Sager Straße war nichts zu hören. Das Haus schien zu schlafen und mit ihm seine Bewohner und die Besitzer der beiden Luxuskarossen. Seltsamerweise roch ich etwas, was mich an Goulasch erinnerte.

Möglichst leise lief ich über den Kies zu der zweiten Ausfahrt, wo das kleine Kreuz mit seinem Blumenschmuck stand. Wieder waren es weiße Rosen, die aussahen, als hätte man sie erst an diesem Morgen geschnitten. Für zwei Hunde war das unglaublich. Man mochte Ricky Thamke und seiner Mutter nicht zutrauen, fast drei Jahrzehnte hinter Hausgenossen her zu trauern, die lediglich Tiere gewesen waren.

Hinter mir knirschten Schritte auf dem Kies. Ich richtete mich auf. Ricky Thamke überquerte den Parkplatz direkt auf mich zu. Instinktiv sah ich zur Haustür. Die war geschlossen und sah so aus, als öffnete sie sich nie. Inzwischen hatte Ricky Thamke mich erreicht. Erkennen huschte über seine Züge. In dem gleißenden Licht sah man erst richtig, wie alt er sein musste.

„Die junge Frau Hemmen! Moin, moin. Kann ich irgendwie helfen? Ich habe ein Auto kommen hören, aber niemand hat geklingelt. Haben Sie Probleme mit Ihrem Wagen?"

Er schüttelte meine Hand und sah mir tief in die Augen. Schnell zog ich meine Hand zurück.

„Nein, Herr Thamke."

„Ricky."

„Ricky. Mit meinem Auto ist alles in Ordnung." Weiterreden konnte ich nicht, sein Blick irritierte mich.

„Ich habe mir das Kreuz angesehen", teilte ich ihm mit. Es war die Wahrheit und konnte mir sicher nicht vorgeworfen werden, so merkwürdig diese Begründung klingen mochte. Einen Moment sah er mich an, dann senkte er den Blick zu dem Kreuz.

„Ja. Das Kreuz. Es wirkt bestimmt sentimental." Wieder sah er mich an. „Auf eine gesunde junge Frau wie Sie."

Ungebeten errötete ich. Jemand wie Ricky Thamke verband mit dieser Formulierung wahrscheinlich andere Vorstellungen als die meisten Leute, obwohl seine Stimme nicht anzüglich klang. Tatsächlich hätte ich bei einem anderen Mann gesagt, er habe mit einem Anflug Melancholie gesprochen.

„Nun, die Idee ist sehr hübsch", plapperte ich, die Tatsache, dass der Kitsch mir Magenschmerzen bereitete, kühn leugnend. Er nickte.

„Ja. Es ist ein Mahnmal. In gewisser Weise allerdings auch eine tägliche Qual. Ich mag manchmal gar nicht daran denken, aber dann muss ich doch jeden Morgen hingehen und frische Blumen in die Vase stellen. Es ist das Einzige, was nach all den Jahren bleibt." Von mir kam ein mitfühlender Laut. Abrupt sah er zu mir hin.

„Warum wollten Sie sich das Kreuz ansehen, Frau Hemmen? Sie kannten Melanie doch nicht."

Es war an mir, ihn anzusehen, während die Räder hinter meiner Stirn ratterten und das erste Ergebnis des angestoßenen Denkvorgangs ausspuckten. Anscheinend gehörte wenigstens einer der beiden Namen auf dem Kreuz einem Menschen. Vermutlich musste man Minnie als Melanie denken. Im Laufe dieses hastigen Überlegens kehrte die Röte in meine Wangen, aus denen sie eben erst gewichen war, zurück.

„Nein", sagte ich eilig. „Ich kannte sie nicht. War sie ... war sie ...“

„Sie war meine Freundin", sagte Ricky Thamke und blickte kurz auf das Kreuz hinter den Blüten, ehe er mich ein wenig mitleidig musterte.

„Damit haben Sie nicht gerechnet. Nicht wahr?" Ich musste schlucken.

„Nein. Tut mir leid.“

Er bot mir seinen Arm und führte mich von der grellweißen Auffahrt.

„Nein. Sie mussten denken, dass Kreuz hier steht für zwei Hunde. Mama sagte von Anfang an, dass die Leute das denken würden. Aber mir war es egal. Und es ist mir egal. Verstehen Sie?“

Wir gingen seitlich um das Haus in einen kleinen gut gepflegten Garten. Zwischen altmodischen Hecken wuchsen vor allem Rosen, wie man es vom Garten der alten Frau Thamke erwartet hätte. Im Vorbeigehen sah ich am Haus hoch. Die Vorhänge im Erdgeschoss und im ersten Stock waren fest verschlossen. Nur oben, wo Rickys Mutter wohnte, hatte man sie aufgezogen und die Fenster geöffnet. Im Schatten einer Linde setzten wir uns auf eine Bank.

„Aber Waldi war ein Hund?" suchte ich zumindest in diesem Punkt Bestätigung. Ricky nickte lächelnd.

„Ein Rottweiler. Man darf die Erwartungen der Leute an unseren Berufsstand nicht überstrapazieren. Die Rasse bestätigt das Klischee, wie Sie verstehen werden. Aber der Waldi war so was von lieb."

Schweigend saßen wir auf der Holzbank. Von der Sager Straße war nichts zu hören, auch vom Haus kam kein Lebenszeichen. Mir fiel nur auf, dass es anscheinend einen Keller gab. Von meinem Platz aus sah ich ein Geländer um einen Treppenabgang. Aus den offenen Fenstern oben wehte der Goulaschgeruch über den Garten.

„Melanie fing hier als Bedienung an. Später war sie Croupière. Sie hatte so eine besondere Ausstrahlung. Bei keiner Frau vor ihr habe ich das erlebt, und nie wieder nach ihr."

Ich musste an die Bemerkung meiner Mutter über Haare wie Zuckerwatte denken. Von seinem heutigen Erscheinungsbild hätte ich nicht vermutet, so eine Frau gefalle ihm. Worüber er sprach, lag jedoch lange zurück, so wie die Hochzeiten seines Etablissements. Damals hatte auch er sich vermutlich anders gekleidet. Ricky sprach weiter.

„Ein Blick genügte uns beiden. Wir wollten heiraten, das Geschäft zusammen führen, später mit Mama an der Küste ein Haus kaufen. Wenn man das so sagt, klingt es lächerlich. Aber mit ihr wollte ich all das."

Er beachtete mich nicht mehr. Sein Blick folgte einer einzelnen weißen Wolke auf dem nun tiefblauen Himmel. Ich versuchte, möglichst unauffällig dazusitzen.

„Haben Sie geheiratet?" wagte ich schließlich zu fragen.

„Nein", antwortete er, ohne mich anzusehen. „Drei Wochen vor der Hochzeit wurde sie angefahren. Sie und der Hund. Fahrerflucht. Man hat den Kerl nie gefunden. Melanie und Waldi waren beide sofort tot." Er räusperte sich. „1985. Manchmal meine ich, es wäre gestern gewesen."

174

Mir fröstelte, als wäre jemand über mein Grab gegangen. Vielleicht war das geschehen. Vielleicht versuchte jemand, Kontakt aufzunehmen. Obwohl ich diese Vorstellung sofort von mir schob, blieb das Gefühl, jemand habe sich zwischen Ricky und mich auf die weißlackierte Bank gesetzt.

„Gab es denn keine Zeugen?" brachte ich heraus. Ricky schüttelte den Kopf.

„Nachbarn haben wir hier nicht. Und es war halb vier morgens. Die letzten Gäste waren gerade erst weggefahren. Melanie ... Minnie nannten wir sie, wollte noch den Hund ausführen. Wie jeden Morgen, wenn wir schlossen."

Er fuhr sich durch die Haare. An den Ansätzen zeigte sich ein definierter Streifen Grau.

„Oft genug passiert etwas an dieser Straße. Sie ist so lang und so gerade, und so einsam, da verliert man leicht die Vorsicht. Wie oft habe ich schon den Krankenwagen gerufen? Ein Motorradfahrer ist uns da drüben in einen Baum gefahren. Ganz junger Kerl, hätten wir hier gar nicht rein gelassen. Sofort tot. Oder vor ein, zwei Jahren ein alter Mann. Da hinten in die Büsche. Und nur ein Jahr oder so nach Minnies Unfall war ein Stück weiter ein ganz schlimmes Ding mit drei Autos. Alles wegen so einem jungen Mädel, das die Kontrolle über sein Auto verloren hatte. Und, ach, was sonst noch alles passiert ist.

Nein, die Straße ist gefährlich. Und dieses Haus liegt einsam. Gut fürs Geschäft, will man meinen. Manchmal schleichen sich da aber komische Kerle herum. Man redet logischerweise über uns in der Gegend, Frau Hemmen. Da kommen eben manchmal Spanner. Als hier noch Mädchen regelmäßig gearbeitet haben, habe ich die nie allein zum Auto gehen lassen. Wenn sich heute mal eine hier einmietet, dann kommen die meist tagsüber, dann ist auch der Parkplatz nicht so unheimlich wie nachts. Und das sage ich als Mann. Sogar jetzt kommen die Kerle noch in der Nacht. Legen Blumen hin. Ja. Einsam und gefährlich ist es hier.

Wenn meine Mutter ausgezogen ist, setze ich mich ganz zur Ruhe. Unser Geschäftsmodell ist überholt, und die internationale Konkurrenz macht uns zu schaffen. Ich stehe bereits in Verhandlungen mit einem Investor aus Frankfurt für dieses Objekt."

Ich schloss kurz die Augen, ehe ich es wagte, durch meine transparente Banknachbarin auf Ricky zu sehen.

„Dieser Motorradunfall mit dem jungen Mann, war der im Juni 1986?"

„Oh, Frau Hemmen. Wie soll ich ... Ja, doch. Das könnte sein. Etwa ein Jahr nach Melanies Unfall." Ich überließ mich meinem Hirn, das mit dem Mund kurzgeschlossen bessere Fragen stellte.

"Waren Sie da Ersthelfer?" Er schnaubte.

„Wäre ich wohl gewesen, hätte man da noch etwas machen können. Glauben Sie mir, der brauchte keinen Ersthelfer mehr. Das war jedem medizinischen Laien klar."

Seine und Gert Tammingas Andeutungen luden zu schauerlichen Spekulationen ein. Eilig fragte ich weiter.

„Und der Unfall mit den drei Autos. Das war doch noch ein Jahr später." „So ungefähr." Er musterte mich mit einem Mal misstrauisch.

„Was sind das für Fragen?" Innerlich rekapitulierend, was ich von ihm hatte wissen wollen, biss ich mir auf die Lippe. Etwas versuchte sich, bei meinem Bewusstsein anzumelden, kam aber nicht durch.

„Ich weiß es nicht. Vielleicht gibt es da einen Zusammenhang." Ricky Thamke lächelte unerwartet.

„Einen Zusammenhang? Nein. Entschuldigen Sie, Frau Hemmen, aber das ist Unsinn. Die Straße lädt zu riskantem Fahren ein. Das ist es. Aber danke, dass Sie einem alten Mann zugehört haben."

Er führte mich zu meinem Auto und winkte mir nach, als ich von seinem Parkplatz rollte.

18. KAPITEL

„Kommst du auch noch mal?" begrüßte mich meine Mutter, als ich nach meinem Besuch bei Ricky Thamke auf unsere Terrasse trat.

Natürlich hatte ich mich verspätet, das Wort passte schon gar nicht mehr auf die zeitliche Distanz zwischen der Verabredung und meinem Erscheinen im stillen Tal. Über das unausweichliche Klagen hatte ich mir Gedanken gemacht, sie waren sozusagen über mich hergefallen, sobald ich den weißen Parkplatz der Blauen Orchidee verlassen hatte. Von meinem Startpunkt an der Sager Straße bis zur Haarnadelkehre des stillen Tals, an der das Haus meiner Eltern lag, hatte ich mir den Kopf über Erklärungen, Entschuldigungen und Ausreden zerbrochen. Der Anblick eines unbekannten Autos vor der Garage hatte mich jedoch abgelenkt.

Dieser Wagen war mir tatsächlich völlig unbekannt. Es war nicht Momo Diez nachgemachter Geländewagen, nicht Heidis Handtaschenkleinwagen, kein Auto der Vosgeraus oder sonst einer mir bekannten Person. Der Verdacht lag nahe, dass dieser mindestens vier Jahre alte Mittelklassewagen dem sprachlosen Andrej Schelupa gehörte.

Als ich um das Haus bog, fand ich die gesamte Familie unter dem Sonnenschirm auf der Terrasse versammelt. Meine Mutter rief die vorgenannten Worte, und die anderen sahen interessiert zu mir hin. Von mir kannten sie kein Zuspätkommen und hätten deswegen meiner Ansicht nach Besorgnis zeigen sollen. Stattdessen machte man mir Vorwürfe.

„Ich hatte noch etwas zu erledigen", versuchte ich eine Rechtfertigung. Die klang wichtig, es hätte schließlich auch etwas Berufliches sein können, doch meine Mutter ließ sie nicht gelten.

„Konntest du nicht anrufen?"

Das hätte ich machen können, wenn ich daran gedacht hätte. Stumm zuckte ich mit den Schultern, wurde jedoch nicht beachtet. Meine Mutter sammelte die Teller des Hauptgerichtes ein, Heidi, zu meiner Verwunderung, half.

„Wir haben schon angefangen. Setz dich, ich bring dir noch etwas. Wir anderen essen schon mal den Nachtisch."

Mir blieb nichts, als mich auf den freien Platz neben meinem Vater zu setzen. Ihm gegenüber prangte das halb erinnerte Gesicht Andrej Schelupas.

„Das ist übrigens Andrej", informierte mein Vater mich. Ich nickte Andrej zu.

„Wir kennen uns schon, Vati." Er sah vorwurfsvoll zu Heidi, die sichtlich nichts daran auszusetzen fand, dass sie ihren neuen Freund den Eltern zuletzt vorstellte. Lächelnd trug sie eine leere Weinflasche hinein.

„Christa war lange in Süddeutschland", sagte mein Vater sehr laut. Die Nachbarn wussten das zwar schon, hätten die Neuigkeit aber leicht aufschnappen können.

„Ja", erwiderte Andrej. Seine Stimme war auffallend hell für so einen breiten Brustkorb.

„Erst im Mai ist sie zurückgekommen. Wir sind sehr froh, dass sie wieder da ist", redete mein Vater weiter.

Bei Andrej ging eine Augenbraue hoch. „Ja?" „Ja." Mein Vater schielte zur Küchentür, wo sich weder Heidi noch eine Mutter zeigte.

„Aber jetzt arbeitet sie in Wardenburg und hat auch eine Wohnung da. Ganz in der Nähe von Heidi, nicht, Christa?" Ein wenig außer Atem hielt mein Vater inne.

„Ah, ja", kam von Andrej, der nun die Stirn runzelte und mich besorgt ansah. „Bei deiner Wohnung sind passiert die Sache mit die tote Tiere? Ich sage Heidi gleich, musst Polizei rufen."

Mir missfiel es sehr, dass er als Erstes über den Zwischenfall mit dem zerrissenen Tierkadaver sprechen wollte. Aber seine Freundin, in einer Person meine Schwester, hatte sich durch einen Garten bewegt, in dem der Urheber dieses Blutbads lauerte. Zu Recht machte er sich Sorgen.

Nun stellte mir Heidi ein abgekühltes Steak mit starrem Reis hin, während meine Mutter den anderen Eis gab.

„Wohnst du in Oldenburg, Andrej?" fragte ich ihn. „Ja. An den Vossbergen."

„Ah", machte ich. Der Straßenname war mir nicht geläufig. „Was arbeitest du?" setzte ich das Verhör fort.

„Ich bin selbstständig als ARD", teilte er mir mit. Von meinem Vater kam ein Seufzen, meine Mutter setzte ihr interessiertes Gesicht auf.

Es wunderte mich, dass sie diesen Punkt bisher nicht abgehandelt hatten. Eventuell hatte sich nur mein Vater daran versucht, was auch sein Seufzen erklärt hätte. Heidi beteiligte sich nun.

„ARD steht für Apparent Reality Designer", klärte sie uns auf, jedenfalls war sie anscheinend fest überzeugt dies zu tun. Wir vergewisserten uns gegenseitig unseres Nicht-Verstehens und machten nun alle interessierte Gesichter.

„Und was tut ein ARD?" fragte ich, weil meine Eltern mir erwartungsvolle Blicke zuwarfen, sich selbst aber nicht zu weiteren Fragen bereit zeigten. Andrej machte ein bescheidenes Gesicht.

„ARD kreiert soziale Realität für Persona mit nicht so interessante Leben. Nehmen wir Beispiel", fuhr er fort, während
etwas in seinen Augen aufglomm. „Mann sucht Job in Ma-
nagement von Bank. Heute, Personalchef checkt soziale
Repräsentation von Bewerber in Internet. Unsere Mann, er
langweilig. Tischtennis, Domino, das schon alles. Keine gute
Image. Personalchef sagt, oh, diese Mann langweilig, nicht
interessant, keine Charisma. Also nicht gut für Job. Aber
Mann kommt vor Bewerbung zu ARD. Ich kreieren interessante Hobby, setzen gutes Foto in soziale Netzwerk, Leute
chatten, mache ich alles, sagen, Mann hat gute Charakter und
clever, hat gewonnen dies, organisiert das, toller Sportsmann,
macht tolle Events. Personalchef denken, hey, guter Mann.
Kriegt Job. Und ich kriegen Honorar."

„Aber das stimmt dann doch alles nicht?" vergewisserte sich
meine Mutter. Andrej hob die Schultern.

„Ist immer Frage von Prozent. Wie viel Prozent Mann
mitbringt, wie viel Prozent ich designen."

Meine Mutter nickte langsam, während sie sich dieses Geschäftsmodell durch den Kopf gehen ließ. Mein Vater, dem
es natürlich darum ging, seine Töchter unabhängig von
ihrem eigenen Einkommen gut versorgt zu wissen, verfolgte
einen anderen Aspekt von nicht geringer Bedeutung.

„Und wie hoch ist so ein Honorar?" Wieder sah Andrej sehr
bescheiden drein.

„Frage von Prozent. Am Anfang stehen effective Reality
Analysis mit Gutachten. Roundabout zweihundert Euro
plus Mehrwertsteuer. Dann Mann kann wählen Profile
Design Concept oder individual Design Concept. Kann
kosten zweitausend Euro zuzüglich Mehrwertsteuer."

Wieder seufzte mein Vater tief, wahrscheinlich bewundernd.
Ich dachte an den vier Jahre alten Mittelklassewagen vor der

Garage und die Adresse in Oldenburg, wo sicherlich keine Millionäre lebten.

„Wie lange machst du das schon?" erkundigte ich mich. Andrej wurde noch bescheidener. Ich fragte mich, wie weit nach unten seine Skala reichen mochte.

„Sechste Monat. Gekommen ich bin vor zwei Jahre nach Deutschland mit Oma. Sie deutsch. Sehr alte Frau. Warten auf Sprachkurs. Frau bei Agentur sagen, erst Sprachkurs, dann Arbeit. Oder Umschulung zu Gärtner. Ich warten. Keine Sprachkurs. Fehlt Papier in Antrag. Hab ich nicht. Keiner gibt Papier. Dann sagen, Fortbildung zu Staplerfahrer. Ich jung, sie sagen, junge Mann kann zupacken. Ich Frau sagen, ich junge Mann, ich Informatika, ich eigen Firma."

Heidi nickte wie bei einem kleinen Kind, das sich gerade erfolgreich einen Löffel Brei in den Mund geschoben hatte. Meine Eltern machten höflich verwirrte Gesichter, weil in ihrer Welt keine Informatiker existierten und diese, falls sie sich doch materialisieren sollten, selten mit Gärtnertätigkeiten in Verbindung gebracht wurden. Ich dagegen fragte mich viel mehr, wie es Andrej mit seiner eigenwilligen Sprache gelingen konnte, potentiellen Kunden sein Geschäftskonzept zu vermitteln.

„Ist deine Seite auf Englisch?" erkundigte ich mich diplomatisch, schließlich hatte er seinen Produkten englische Namen gegeben. Andrej schüttelte lachend den Kopf und klopfte auf Heidis Hand. Die sah sehr zufrieden aus.

„Heidrun texten deutsche Site, ich englische." Wir starrten Heidi an, die sich seit ihrem vierten Geburtstag dem Namen Heidrun verweigerte.

„Deine Fortbildungen scheinen sich ja zu lohnen", brachte meine Mutter heraus. Ihr wäre nie der Gedanke gekommen,

Heidi wende jemals an, was sie in hochtrabend bezeichneten Kursen gelernt hatte.

Mich irritierte vor allem Heidis absolut untypische Hilfsbereitschaft. Sie suchte sich normalerweise solide gebaute und entlohnte Männer, die sich um sie kümmerten und, wenn sie ihr mit ihrer Solidität in allen Lebensbereichen auf die Nerven zu gehen begannen, konsequent entlassen wurden. Heidi hatte nach eigener Aussage fünf Heiratsanträge von drei Ex-Freunden abgewehrt. Selbst bei drastischer Reduzierung auf das Wahrscheinliche übertraf sie mich um mehrere hundert Prozent. Als Person erschien mir Andrej solide genug für Heidi. Dass er sich bei seinem Geschäft ausgerechnet auf die Unterstützung meiner Schwester verließ, erschien mir fahrlässig. Erstmals fand ich mich in einer Situation, in der ich den aktuellen Begleiter meiner Schwester mitfühlend betrachtete.

*

Am späten Nachmittag, als wir alle wieder in unseren jeweiligen Wohnungen saßen, rief Heidi mich an.

„Na, wie findest du ihn?" wollte sie von mir hören, etwa so wie sie einen Kommentar über ein neues Auto oder einen Hosenanzug eingefordert hätte.

„Oh, er ist okay", antwortete ich ausweichend, wie ich auf alle so formulierten Fragen meiner Schwester antwortete.

Wie ich anders hätte reagieren sollen, wusste ich nicht, da es mich im Grunde nichts anging, welches Auto sie fuhr oder mit welchem Mann sie schlief. Und wie immer fand Heidi meine Reaktion normal und im unteren Bereich von ausreichend. Ich glaube auch, sie wollte an diesem Tag sowieso etwas völlig anderes hören.

„Jetzt sag mal, warum du so spät gekommen bist", befahl sie. Sie hatte letztens im Patenbergsweg genug erlebt, so dass ich ihr eine ehrliche Antwort schuldete.

Also berichtete ich, wo ich vor meinem Eintreffen im stillen Tal gewesen war. Am anderen Ende der Leitung zeigte sich Heidi beeindruckt.

„So viele Jahre trauert er um sie. Oh, wie romantisch!"

„Schon", gab ich zu. Ich muss zugeben, ich war nicht sicher, ob ich ihr zustimmen konnte. Im Gegensatz zu Heidi fühlte ich mich von der Darstellung großer Gefühle bedroht.

„Aber habe ich irgendetwas erfahren, was diese ekelhaften Anschläge auf Sandra erklären würde?" Ich glaubte es nicht.

Alle Menserhagenschen Unfälle, Sohn, Tochter, Vater, hatten unweit der Blauen Orchidee an der Sager Straße stattgefunden, so wie zahlreiche andere Unfälle auch. Der zuckerwattehaarigen Melanie, Ricky Thamkes Minnie, war ein ähnliches Schicksal widerfahren. Es standen aber so viele Kreuze am Straßenrand, dass ein Zusammenhang zwischen sämtlichen Unfällen unwahrscheinlich war. So erklärte ich meinen Eindruck Heidi. Die stimmte mir zu.

„Die Straße verführt zu schnellem Fahren. Das ist der Zusammenhang. Mehr steckt nicht dahinter."

„Ja", seufzte ich. Durch das Fenster sah ich Sandra Menserhagen welke Blüten abschneiden.

„Weißt du, was komisch ist?" erkundigte sich Heidi.

„Nö", entgegnete ich das einzige, was man auf solche Fragen entgegnen konnte.

„Ich hätte nicht gedacht, dass es so verbreitet ist, andere Leute zu beobachten. Mich hat einmal einer immer nach der Arbeit verfolgt. Drei Monate lang. War ein ehemaliger Zeitarbeiter von uns."

Typischerweise hatte sie mir oder meinen Eltern nichts davon erzählt. Verspätet wurde ich ärgerlich und zugleich besorgt. Heidi war schließlich meine kleine Schwester, die ich beschützen musste. Beschützen konnte man allerdings nur vor Gefahren, von denen man wusste. Durch Schweigen entzog sie sich meinem Schutz.

„Wann war das denn?" erkundigte ich mich spitz. Sie lachte über den Tonfall.

„Vor ein, zwei Jahren. Nachdem ich ihn erkannt habe, hat Hasso mit ihm geredet. Dann hat er's gelassen."

Wenn Hasso Vondenlinden, dieser Bluthund von einem Chef, mit jemandem redete, wie Heidi es nannte, konnte das schmerzhaft sein. Gegen ihn liefen immer mal wieder Verfahren wegen Körperverletzung. Sie alle wurden eingestellt.

„Jedenfalls", fuhr sie fort, „hat der mich mit Schokolade verfolgt. Und Sandra legt einer tote Tiere in den Garten. Und sogar dieser Ricky erzählt, dass jemand ums Haus schleicht und manchmal Blumen hinlegt. Also. Ich finde das komisch. Aber, wenn keiner drüber redet, ist es ja vielleicht normal."

Soweit ich wusste, beobachtete mich niemand. Vielleicht war ich auch für Stalker zu langweilig.

19. KAPITEL

Hinter den Fenstern bewegen sich Stimmen hin und her. Sehen kann man nicht, was im Raum geschieht, nur die Bewegungen erahnen anhand von Stimmen, die mal hier, mal dort erklingen. Man schließt hier immer die Fenster. Man schließt die Blicke aus. Vielleicht fürchten auch sie die Augen.

Merkwürdig ist, dass diese Augen nicht reflektieren. Fällt nachts Licht in die Augen eines Tieres, blitzen sie auf und verraten, wo es sitzt. Bei diesen Augen verhält es sich anders. Sie strahlen von innen. Das ist beunruhigend, auch dass sie nie blinzeln, sich niemals schließen, nie schlafen. Nun, da liegen die einzigen Gemeinsamkeiten. Schlaf gibt es nicht mehr.

Alles zerfasert, wird es lange genug gerieben. Gras und Äste lösen sich auf, Seile und Stoffgewebe, sogar Lebewesen fallen auseinander, reibt man sie über die harten Steine. Man kann es an den eigenen Händen versuchen, sie immer wieder an der Hauswand reiben wie eine Maus oder einen jungen Hund.

Alles vergeht, alles ist vergänglich, doch während es bei der Maus schnell vorbeigeht, dauert es lange bei einem Menschen. Da wirken andere Kräfte, hätte man wohl in der Schule gesagt.

Schleudert man einen Hund gegen die Wand, brechen die Knochen. Vielleicht zerspringt der Schädel. Die eigene Hand kann man gar nicht so heftig gegen die Steine schlagen. Seltsam ist das. Man sollte meinen, über die nötige Kraft zu verfügen. Den größten Schaden nimmt die Haut, jene wertlose Hülle. Aber es ist ein Anfang.

*

Bea war kurz angebunden, wenn man auf geduldige Weise kurz angebunden sein konnte.

„In zehn Minuten ist die Sammlung", informierte sie mich am Abend desselben Sonntags.

Als Kodexwächterin leitete sie das Ritual. Ich sah auf die Uhr. Es war zutreffend, dass ich für einen Besuch reichlich spät im Tagungshaus eingetroffen war. Aber dieser Sonntag hatte nicht den üblichen Verlauf genommen.

„Soll ich wieder fahren?" Ohne Hast nahm sie eine große Metallschale und einen Schlegel aus dem Regal.

„Nimm doch teil", schlug sie vor. In mir schrillten Alarmglocken. Es drohte Bekehrung.

„Lieber nicht", wehrte ich ab und bewegte mich unauffällig zur Tür. „Meine Anwesenheit würde euch nur stören."

Bea, die in einem Schubfach nach etwas gesucht hatte, hob den Kopf. Als sie mich bei der Tür stehen sah, lächelte sie milde.

„Ich glaube kaum, dass für dich ein Risiko besteht, Christa."

„Was für ein Risiko sollte das denn sein?" gab ich eilig zurück. Sie blieb geduldig.

„Welches auch immer von dir befürchtet wird. Du wärst auch nicht die einzige Außenstehende. Einige Leute vom heutigen Seminar haben sich entschlossen zu bleiben."

Die Neugier siegte. Einmal hatte ich den Abschluss eines Sammlungsrituals im Haus von Beas Eltern miterlebt, ohne zu wissen, was ich beobachtete. Wie der gesamte Ablauf wäre, sollte ich schon wissen, sagte ich mir, als ich mit Bea in den großen Raum ging, in dem ich sie bei meinem ersten Besuch im Tagungshaus angetroffen hatte.

Bei Beas Eintreten huschte eine Muh-Frau zu einem Platz am Fenster, wo sie zwei Kerzen entzündete. Die brennenden Kerzen stellte sie auf den Boden, wo eine Diele schwarz lackiert war, ehe sie sich zu den anderen Muh auf die Holz-dielen kniete. Bea nickte mit der Spur eines Lächelns. Mir wies sie einen Platz an der Seite des Raumes zu, wo schon eine Handvoll Leute nicht-muhischen Aussehens knieten. Jeder von ihnen hatte ein Stück Teppich für die Knie be-kommen. Ein junger Muh-Mann reichte mir unaufgefordert ebenso ein Stück.

Das Ritual selbst war so unauffällig und bescheiden wie Muh zu sein hatten. Bea sprach einige Formeln, ähnlich denen, die ich damals von ihrer Mutter gehört hatte. Da hatte ich ange-nommen, es handele sich um eine fremde Sprache. Heute wusste ich, dass es ein deutscher Dialekt war, weshalb ich einiges verstand, mir aber dennoch keine Bedeutung zu-sammenreimen konnte. Minutenlang fiel kein Wort, und alle Muh und nicht-Muh verharrten schweigend, bis Bea mit Schlägen an den Rand der Metallschale zwischen den Kerzen das Ritual beendete.

„Siehst du, es ist dir nichts passiert", lächelte sie, als wir alleine in dem großen Raum zurückblieben.

Die Autos der nicht-muhischen Besucher starten vor dem Haus. Der junge Muh-Mann kam zurück.

„Bea, das Essen ist fertig", sagte er vom Türrahmen aus. Sie setzte sich in Bewegung, ich folgte ihr gezwungenermaßen.

„Isst dein Gast mit uns?" fragte der Mann, dabei schielte er zu mir auf, denn offenes Anstarren war unvereinbar mit muhischen Grundsätzen.

Wie Bea war er klein und geschoren und trug ein Petrolfar-benes Gewand über der Jeans. Auf seinem Namensschild stand Schwarz auf Orange „Leo". Löwenhaft erschien er mir nicht, bis auf die Haare vielleicht, die selbst in ihrem geschorenen Zustand wie eine Mandarine schimmerten. Bea sah mich an.

„Möchtest du an der gemeinsamen Mahlzeit teilnehmen?" Wieder befürchtete ich Bekehrung.

„Lieber nicht. Ich muss morgen früh raus." Bea nickte gleichmütig zu meiner Entscheidung. Sie wandte sich an den Mann, der sich immer noch bemühte, mich anzusehen, ohne die Augen in meine Richtung zu bewegen.

„Leo, ich stelle dir Christa Hemmen vor." Vielleicht war er nicht wichtig genug, vorgestellt zu werden, außerdem war er bereits namentlich markiert. Aber bei Beas Worten öffneten sich seine Augen ein wenig weiter, und er sah mich erstmals voll und beinahe neugierig an, ehe er sich zurückzog. Offenbar hatte auch er schon von mir gehört.

„Es ist unüblich, Muh vorzustellen", begründete derweil Bea, dass sie mich über mein Gegenüber im Unklaren gelassen hatte. „Das Namensschild trägt er, weil er gerade für die Seminarteilnehmer zuständig ist. Ich habe vor, das Seminarteam regelmäßig auszutauschen. Es ist sicher nicht gut für Muh, auf Dauer im Zentrum der Aufmerksamkeit zu stehen."

Ich nickte. Aufmerksamkeit war mir schon unangenehm, Muh schadete sie bestimmt. Inzwischen waren wir bis zur gläsernen Haustür gekommen. Draußen unter den Kiefern lag der Garten schon im Dunkeln. Entlang des Weges bis zur Grundstücksgrenze brannten kleine Laternen.

„Wirst du auch ausgetauscht?" fragte ich. Bea nickte.

„Selbstverständlich. Wenn meine Arbeit hier getan ist, weist man mir ein neues Aufgabenfeld zu. Ehe ich hierher kam, war ich zwei Jahre in Malmedy, davor ein Jahr in Kelmis, in der Nähe von Gretas Zelle. Davor durfte ich in Liège studieren. Jetzt bin ich zum ersten Mal seit ... seit damals wieder in Deutschland." Ein unbekanntes Gefühl, das ich keinesfalls analysieren wollte, beschlich mich.

„Wie lange bleibst du hier?" „Bis meine Arbeit erledigt ist", wiederholte Bea demütig.

*

Ich ging an den Laternen vorbei hinaus auf die schmale Straße, wo es mir dunkler erschien als im Garten, weil die Straßenbeleuchtung hier nur sporadisch installiert war. Oben zwischen den Baumwipfeln erblickte man den erstaunlich hellen Himmel. Von den Autos der Seminarteilnehmer war keines mehr zu sehen. Zwischen den Zweigen schimmerte gelbes Licht vom Tagungshaus, ein Stück weiter zeigte sich ein anderes Haus auf die gleiche Weise.

Beim Einsteigen in meinen Wagen merkte ich, dass ich im Tagungshaus zur Toilette hätte gehen sollen. Dorthin zurückkehren wollte ich nicht, auch hatte ich keine Ahnung, ob ich noch, ohne die Muh auf mich aufmerksam zu machen, hinein käme. Wahrscheinlich hatte Bea hinter mir abgeschlossen oder wenigstens den Schnapper an der Tür hochgeschoben. Unschlüssig saß ich einen Moment am Lenkrad. Mir fiel ein, dass das Tagungshaus das letzte bewohnte Gebäude an der kleinen Straße war. Ich brauchte nur ein Stück weiterzugehen und könnte mich am Wegesrand erleichtern.

Im Licht der Scheinwerfer wanderte ich ein paar Meter weiter, ehe ich mich an den Straßenrand hockte. Von früher, wenn ich abends eine Abkürzung zum Haus meiner Eltern genommen hatte, erinnerte ich mich an das leise Rascheln um mich herum. Vollkommen still ist es in einem Wald nie. Der Wind bewegt die Zweige, Vorjahreslaub raschelt, wenn kleine Tiere hindurch laufen. Einige Male hörte ich die

Schreie eines Tieres, das von Fuchs oder Eule erwischt worden war. Dann verloschen die Scheinwerfer.

Glücklicherweise hatte ich schon meine Jeans hochgezogen, als ich mich plötzlich in völliger Dunkelheit wiederfand. Obwohl mein Herz bis zum Hals schlug, schloss ich Knopf und Reißverschluss. Dabei lauschte ich aufmerksam, doch alles, was an meine Ohren drang, klang normal für einen sommerlichen Waldrand. Aber jemand musste sich an meinem Auto zu schaffen gemacht haben. Dabei wog der Gedanke, die unsichtbare Person hätte mich am Straßenrand hocken sehen, für einen Moment schwerer als die Möglichkeit, im nächsten Augenblick überfallen zu werden. Ich verkniff es mir, laut zu fragen, ob jemand in der Nähe sei. Dass sich dort jemand aufhielt, war offenkundig, melden würde sich dieser jemand jedoch kaum.

Inzwischen hatten sich meine Augen an die Lichtverhältnisse gewöhnt. Auf der anderen Seite der Fahrbahn standen einreihig Bäume. Dahinter lag eine blaugraue Dämmerung, die noch so jung war, dass ich durch die Lücken in den Zweigen die Umrisse der Kühe wahrnehmen konnte. Auch von oben fiel durch die benadelten Zweige noch genügend Licht auf die Straße, mir die dunkle Form meines Autos zu zeigen. Außer dem Auto sah ich nichts. Ich schien alleine zu sein. Wachsam lauschend ging ich nun auf den Wagen zu. Die Fahrertür stand offen, so wie ich sie zurückgelassen hatte. Mein Schlüssel war abgezogen. Ich ertastete ihn auf dem Sitz. Eilig griff ich danach. Im nächsten Moment stieß jemand die Tür zu.

Ich wurde nach vorne auf den Sitz geworfen, meine Schienbeine schrammten gegen den Schweller. Die Finger um den Schlüsselbund gekrallt, kämpfte ich um Gleichgewicht und Orientierung, doch sicherlich vergingen nur wenige Sekunden, bis ich mich hinaus auf die Straße gearbeitet hatte. Dort sah ich vergeblich um mich. Es war zu dunkel für Details. Wer immer die Tür hinter mir zugeworfen hatte, blieb unsichtbar. Nur die Blätter raschelten sachte.

Inzwischen hatten meine Finger den Zündschlüssel identifiziert. Ich schob ihn ins Zündschloss und schaltete die Scheinwerfer wieder an, anschließend tastete ich nach der Innenraumbeleuchtung. Die blendete mich nun, außerdem erschien es mir außerhalb des Autos viel dunkler als zuvor. Nachdem ich sicherheitshalber hinter die Vordersitze gesehen hatte, zog ich die Tür zu und verriegelte sie.

Losfahren konnte ich noch nicht. Ich zitterte, was mich selbst überraschte, sogar meine Zähne hörte ich aufeinanderschlagen. Abwesend rieb ich meine Schienbeine, wo sie Kontakt mit dem Schweller bekommen hatten. Das Reiben beruhigte mich, also saß ich einfach da und rieb über die Schienbeine. Unterdessen überlegte ich, was zu tun sei. Ich könnte gleich losfahren oder auch zum Tagungshaus laufen, alternativ auch dort anrufen und Hilfe anfordern. Aber, sagte ich mir, während das Zittern nachließ, ich befand mich in Sicherheit. Ich saß alleine in meinem verriegelten Auto. Sogar alle meine Schlüssel und das Portemonnaie waren noch da. Trotzdem zog ich das Handy aus meiner Tasche auf dem Beifahrersitz und steckte es in den Getränkehalter. So war es mir näher. Nachdem ich mich zu meiner Zufriedenheit geordnet hatte, startete ich den Motor.

Vor dem Wall des Tagungshauses war neben der Fahrbahn ein breiterer Streifen Sand und Erde, wo ansonsten die Besucherautos parkten. Über diesen Streifen wollte ich wenden und zurück zur Straße zwischen Sandhatten und Huntlosen fahren. Als ich zwei Punkte der drei-Punkt-Wende durchgeführt hatte, bemerkte ich etwas am Fahrbahnrand, was mir vorher nicht aufgefallen war. Ich zögerte, hielt aber und spähte durch die Scheibe an der Beifahrerseite.

Am Rande des Lichtfeldes der Frontscheinwerfer bewegte sich etwas. Die Scheibe herunterzukurbeln traute ich mich nicht, auch wollte ich gar nicht wissen, ob das seltsame Nebengeräusch des Motors mit diesem Zappeln in Verbindung stünde. Eilig vollendete ich die Wende und fuhr Richtung Landstraße.

Nach höchstens zwanzig Metern musste ich abrupt bremsen, als ein Mensch aus dem Gebüsch taumelte und schwankend an der Fahrbahn stehen blieb. Vorsichtshalber ließ ich die Scheibe ein paar Zentimeter herunter und leuchtete mit der Taschenlampe meines Handys auf die Person. Der Mann richtete sich auf und wandte sich zum Auto hin.

„Alles in Ordnung?" rief ich. Er hob den Kopf, im gleichen Moment erkannte ich ihn. „Herr Bösche? Alles in Ordnung?" Langsam kam er auf mich zu. Ich widerstand dem Impuls, das Fenster zu schließen.

„Kein Problem, Frau. Hier sind nur die Ratten. Haben Sie sie gesehen? Wo ist der Hund? Ja, überall Ratten. Auch da hinten unter der Weide. Die Kühe stolpern. Wegen der Löcher. Aber nicht mehr lange." Er schwenkte einen Kanister. Darin schwappte eine Flüssigkeit.

„Ah. Verstehe." Das war hoffnungslos übertrieben. Ohne mich mit dem Fenster aufzuhalten, fuhr ich weiter.

20. KAPITEL

Vom Ausklang dieses Sonntags erzählte ich niemandem. Bea wäre es eventuell peinlich gewesen, dass ich vor dem Haus der Muh in eine beängstigende Situation geraten war. Meine Eltern wiederum wären in Panik ausgebrochen, während Heidi mich lediglich darauf hingewiesen hätte, ich sollte das nächste Mal rechtzeitig zur Toilette gehen. Außerdem wusste in meiner Familie niemand von meinem neuerlichen Kontakt zu Bea. Da bestünde weiterer Erklärungsbedarf. Merkwürdig war nur, dass mich mein Vater noch nicht längst auf Bea angesprochen hatte. Anscheinend hatte Andy ihm nicht erzählt, mit wem ich vor einer Woche durch Wardenburg gewandert war. Aber vielleicht hatte Andy Bea nicht als Muh erkannt. Im Gegensatz zu früher trug sie relativ normale Kleidung, roch auch nicht mehr nach Altkleidersammlung, und geschorene Haare kamen gelegentlich ganz ohne ideologischen Hintergrund vor.

Also schwieg ich und kümmerte mich um meine Arbeit. Die Woche begann wie jede andere Woche mit einer Dienstbesprechung, zu der Mitarbeiter der Niederlassungen in Delmenhorst, Brake, und Vechta erschienen. In den zehn Minuten vor und nach solchen Dienstbesprechungen versammelten sich zahlreiche Leute in der Teeküche, so dass man eine Ahnung bekam, wie quirlig es in anderen Unternehmen immer zuging. Für Aufregung sorgte an diesem Montag der Wildunfall einer Pflegerin von „Crea. Heim und Pflege", die zwischen Großenkneten und Dötlingen einer Wildschweinrotte begegnet war.

„Sie könnten meinen Damen Geländewagen stellen, Frau von Geldern", sagte Ernst Loga gemessen und blickte die

Geschäftsführerin über die halbe Länge des Besprechungstisches an.

Simone sah von ihrem Protokoll auf und lächelte ihm zu, doch sie ignorierte er. Die ganze Tragik in seinen Augen konzentrierte sich auf die rosa Wangen von Frau von Geldern. Einige helle Stimmen kicherten, Harry neben mir knurrte.

„Das sollte kein Scherz sein", rechtfertigte Ernst sich mit einem schwer zu deutenden Blick in unsere Richtung. „Einige Klienten leben sehr ländlich. Die Damen haben auch so schon Rückenprobleme vom schweren Heben. Schleudertraumata belasten den Dienstplan unnötig." Man hörte zustimmendes Murmeln.

„Du und deine Damen", warf jemand vom Ende des Besprechungstisches ein. „Du kehrst jetzt ja wohl öfter in der Blauen Orchidee ein, nicht wahr?" Nun kicherten die dunkleren Stimmen. Ernst Loga sah zu Frau von Geldern, die diesen Wortwechsel sichtlich nicht verstanden hatte.

„Ich gehe meiner Arbeit nach und berate eine solvente Klientin. Muss ich mir solche Bemerkungen anhören?" Sie bat lediglich um Ruhe und ging zum nächsten Punkt der Tagungsordnung über.

„Ich dachte, in der Blauen Orchidee arbeiteten keine Frauen mehr", sagte ich später zu Harry, als wir Wohnungsexposés durchgingen.

Unsere Oberkörper spiegelten sich in der Glasscheibe eines Bilderrahmens, Harry in einem blaurotmarmorierten Hemd, das trotz seiner Weite im Brustbereich an der Schulter spannte, ich in halbarmiger weißer Hemdbluse. Ich fand mich langweilig und kämpfte gegen Bewunderung für Harrys Mut zur Farbe. Der sah von einem Raumplan auf.

„Was du alles weißt. Kann sein. Ja, ich habe gehört, da gibt es nur noch ein bisschen Poker und Backgammon. Woher hast du dein Wissen?"

Da ich errötete, wurde er neugierig. Eine Stunde lang kam er immer wieder auf die Blaue Orchidee zurück, bis ich ihm endlich von meiner Unterhaltung mit Ricky Thamke berichtete.

„Du hast da angehalten, weil du noch einmal lesen wolltest, was auf dem Kreuz steht?" Von unter seiner Haarmatte her starrten mich seine Augen rund an. Die kompakte Masse lag heute quer über seinem Schädel, als sei sie durch die Hitze verrutscht. Ich starrte automatisch zurück. „Machst du das immer so? Ein schönes Hobby hast du, Christa." Jetzt fühlte ich mich zu meiner Verteidigung aufgerufen.

„Ich bin halt neugierig." Zu Recht verwundert hörte Harry sich die Geschichte des Kreuzes an, deutete sie aber auf typisch männliche Weise. Dass er nicht in der Lage wäre nachzuvollziehen, wie sehr Ricky Thamke gelitten haben musste, war mir von Anfang an klar gewesen, dazu hätte es nicht seiner Ausführungen bedurft.

„Na, schön. Leute stellen ja schon mal künstliche Blumen an solche Kreuze. Sind ja auch haltbarer als echte. Aber so einen Kult braucht man doch nicht daraus zu machen. Und dann auch noch den Namen des Hundes darauf zu schreiben. Oh, Mann!" Heidi hatte diese Geste am Sonntag besonders rührend gefunden, quasi als ein Unterstreichen der Gefühle für die verstorbene Frau.

„Was ist denn dabei so schlimm? Wenn er das Tier geliebt hat?" fragte ich, Ricky in Abwesenheit verteidigend. Immerhin handelte es sich nach Ernst Logas Worten um den Sohn einer solventen Klientin. Harry knurrte.

„Das erinnert mich an solch abgefahrene Naturschutzleute, die jedem überfahrenen Karnickel ein Licht anzünden würden." Er überlegte kurz.

„Im Umgang mit Tieren und Unfällen mit Tieren fallen die Leute in zwei klar unterscheidbare Gruppen, Christa. Da sind die mit dieser besonderen Sentimentalität. Dein Herr Thamke von der Blauen Orchidee scheint dazuzugehören. Hähä. Die machen allerlei Brimborium. Kreuze, Grablichter, Blumen, richtiger Friedhof für die Toten, Plüschsofa und Wellness für die Lebenden. Wir reden hier von Viechern, wohlgemerkt. Und da sind die Pragmatiker. Die wissen noch, dass es sich um Tiere handelt. Ernst zum Beispiel. Der fragt nach besseren Autos für seine Pferdchen. Hat einen guten Anlass dafür, ohne Zweifel. Totalschaden am Auto und Schleudertrauma bei der Pflegerin sind nicht zu unterschätzen. Oder Sandras Vater. Nach dem Wildunfall wurde nicht groß darüber gesprochen. Auto in die Werkstatt. Bar bezahlt. Fertig. Ich glaube, der hat nicht mal die Polizei eingeschaltet."

„Muss man das nicht?" erkundigte ich mich naiv. Harry klopfte mir lachend auf die Schulter.

„Wenn am Auto nur eine Kleinigkeit ist und es keine Zeugen gibt, verzichtet man gern auf den Ärger, Christa. Immerhin hat der alte Menserhagen den Hirschbraten nicht mit nach Hause genommen. Schade eigentlich."

*

Heidi lauerte auf dem Balkon, als ich nach der Arbeit mein Auto holen wollte.

„Komm rauf", befahl sie. Ich gehorchte. In ihrer Wohnung roch es nach Essen.

„Du kochst?" „Nicht für dich. Aber meinetwegen kannst du mitessen. Andrej kommt nachher." Es klang ein wenig ungnädig. Während ich überlegte, kam Heidi zum Anlass ihres Besuchsbefehls.

„Hasso hat heute wichtige Unterlagen vergessen. Ich musste sie ihm bringen und bin deshalb nach Sandkrug gefahren. Weißt du was?"

„Was?" fragte ich wachsam. Sie wühlte in ihrer Handtasche. „Das hat mir jemand in die Hand gedrückt. Ein ganz niedlicher Junge, eigentlich."

Ich nahm den orangefarbenen Flyer in die Hand. Vorne war eindeutig das Tagungshaus der Muh abgebildet. Im Inneren wurde betont, wie neu und modern die Einrichtung war. Heidi beobachtete mich.

„Was sagst du?" Ich überlegte kurz und entschied mich für die Wahrheit.

„Das weiß ich schon. Ich war auch da." Vorsichtig musterte ich sie. Wonach ich Ausschau hielt, war mir nicht klar, nur rechnete ich offen gesagt nicht mit einer positiven Reaktion. Heidi ließ sich Zeit. Ihre Augenbrauen bewegten sich, und der Mund zuckte.

„Sind sie dabei? Greta und Bea?" Ich blickte ihr fest in die Augen. „Bea ist dabei. Sie leitet die Einrichtung." Ich weiß nicht, was ich erwartet hatte. Nach einer Pause sagte Heidi nur: „So."

Als nächstes sprach sie über eine Party, zu der sie am Wochenende fahren würde. Bei der Gelegenheit sollte Andrej vorgezeigt werden. Erst wollte ich sie unterbrechen und auf die Muh bei Sandhatten ansprechen, unterlies es aber, während Heidi weitere Nichtigkeiten zerredete. Die Muh sollten wohl weiterhin kein Thema zwischen uns sein. Gerade als ich gehen wollte, traf Andrej ein, und ich musste noch zwanzig Minuten bleiben, damit er nicht meinte, ich wollte nicht mit ihm zusammen sein. Schließlich begann Heidi demonstrativ den Tisch zu decken, woraufhin ich mich endlich verabschiedete.

Im Verbrauchermarkt ein Stück weiter an der Friedrichstraße kaufte ich ein paar Lebensmittel, ehe ich nach Hause fuhr. Sandra wanderte mit dem Schlauch durch den Garten. Ich hätte gerne wieder ein Schlauchbad auf der Wiese genommen, begnügte mich aber mit einer Dusche. Nach dem Essen saß ich auf dem Balkon. Es war warm, samtig hätte man die Luft nennen können. Die befeuchtete Erde roch man bis hier oben. Im Garten nebenan tobten Kinder durch den Spray der Regneranlage. Auch bei diesem Spiel hätte ich mich gerne beteiligt, doch dafür war ich jetzt zu alt.

Kurzentschlossen verriegelte ich alle Fenster und lief hinunter ins Erdgeschoss, wo Sandra mir überrascht öffnete.

„Ich habe nachgedacht", eröffnete ich ihr, als wir in ihrem Wohnzimmer standen. Ungeachtet der abendlichen Wärme waren Terrassentür und Fenster geschlossen und mit Rollläden gesichert. „Und ich glaube, es gibt eine Verbindung zwischen den Unfällen und diesen toten Tieren hier am Haus."

„Wovon redest du?" fragte sie. Trotz des Lampenlichts sah ich, wie bleich sie geworden war.

„Es gab drei Unfälle in deiner Familie: dein Bruder, du und dein Vater mit deiner Mutter. Bei dir hinten im Garten liegen zahlreiche tote Tiere vergraben. Die hat dir alle jemand vors Haus gelegt. Letztens hat er die sogar ausgegraben. Da warst du im Krankenhaus, aber du kannst Walter Priems Bauelektriker fragen, Momo, äh Matthias Diez. Der hat sie gesehen. Vielleicht ist dieser Jemand ja auch verantwortlich für die Einbruchspuren an meiner Balkontür. Und da sind noch die Briefe."

Mit dem letzten Satz gab ich zu, in ihren Schränken ge-
schnüffelt zu haben. Normalerweise hätte Sandra sich darüber aufregen sollen. Hätte sie mich aus der Wohnung gewiesen und erklärt, ich sollte mir besser eine andere Unterkunft
suchen, wäre das nachvollziehbar gewesen. Stattdessen sank
sie gefährlich knapp auf die Kante eines Sessels und starrte
mich an.

„Du weißt von den Briefen?" flüsterte sie und sah so er-
bärmlich aus, dass ich Mitleid empfand.

„Ja, Sandra. Es ist mir peinlich, aber ich habe, als du im
Krankenhaus lagst, in deinen Schränken nach Hinweisen
gesucht. Ich wollte dich nicht ausspionieren oder hinterge-
hen. Ich wollte dir helfen."

Dazu lachte sie heiser. Irritiert stand ich vor ihr und sah zu,
wie sie mit zurückgelegtem Kopf Laute ausstieß, die ebenso
gut Schluchzer hätten sein können.

„Helfen?" Kurzatmig schüttelte sie den Kopf. „Helfen. Mir."
Erst nach einigen Minuten hatte sie sich unter Kontrolle.
„Du weißt nicht, was du da sagst", erklärte sie dann und sah
mich an. Wieder konnte ich das Weiße um die dunkle Iris
sehen.

„Doch", entgegnete ich nach bestem Wissen. „Wenn man
den Urheber findet ..."

„Das ist doch Unsinn", unterbrach sie mich heftig. Etwas
ruhiger fügte sie hinzu: „Mein Bruder hatte einen Motorradunfall, weil er zu schnell gefahren war. Ich hatte einen Autounfall, weil ich bei Regen die Kontrolle über das Auto verloren habe. Mein Vater hatte einen Herzinfarkt im Auto. Wo
ist da der Zusammenhang?"

„Die Straße", erwiderte ich und hockte mich vor ihr auf den
Teppich. „Alle Unfälle waren auf der Sager Straße. Und alle

Unfälle waren in der Nähe der Blauen Orchidee." Nun musterte sie mich verständnislos.

„Wo?" In der Eile überging ich ihren Einwurf. Wenn ich jetzt irrelevante Fragen beantwortete, käme ich vom Thema ab und vergäße wichtige Punkte.

„Ich bin überzeugt, dass diese Nähe zur Blauen Orchidee kein Zufall ist. Und ich glaube, die Briefe und die toten Tiere haben mit den Unfällen damals zu tun. Vielleicht auch mit deinem Unfall letztens. Du wurdest angefahren."

„Aber", widersprach Sandra, als sei dies eine Art Strohhalm, „nicht an der Sager Straße." Damit hatte sie allerdings Recht.

Ich überlegte. Der Unfall an der Straße nach Oberlethe fiel aus dem Schema, das ich mir zurechtgelegt hatte. Es bestand jedoch kein Anlass, ihn derzeit der Kette der übrigen Ereignisse hinzuzufügen. Ließ man diesen letzten Unfall außer Acht, passte alles zusammen. Vor mir kauerte Sandra. Ich fürchtete, sie glitte jeden Moment von der Sesselkante, nur die glänzende Kokarde bremste den Stoff ihres Rockes. Beinahe hoffnungsvoll sah sie mich an, als wollte sie nicht, dass der Vorfall an der Straße nach Oberlethe absichtlich herbeigeführt worden wäre.

„Den zähle ich nicht dazu", erklärte ich. Kurz wirkte sie erleichtert, doch die Unruhe kehrte sofort zurück.

„Wie lange bekommst du diese Drohbriefe? Sag jetzt nicht, erst seit kurzem. Ich habe sie gesehen. Beim Schnüffeln. Es ist ein ganzer Karton voll."

Mein Ton war streng. Ich wusste nicht, ob das so sein sollte, ob es nicht besser wäre, ihr sanft zuzureden. Doch dazu war ich selbst viel zu aufgeregt. Sandra konnte ich nicht auch noch beruhigen. Momentan war sie allerdings ganz ruhig. Sie hatte das Gesicht in die Hände gestützt. Ich sah auf ihren

Scheitel, an dem zahlreiche weiße Haare zwischen den dunklen lagen. Für ihre Jahre war sie viel zu alt.

„Seit damals. Seit dem Unfall", kam hinter den Händen hervor. Ich legte meine rechte Hand auf ihre Schulter.

„Seit deinem Unfall?" Sandra nickte. Ein stummer Schluchzer erschütterte ihren Körper. Ich legte meine linke Hand auf die andere Schulter.

„Wann kam der erste Brief, Sandra?" flüsterte ich ihr ins Ohr.

Sie schwieg. Am liebsten hätte ich die Antwort aus ihr herausgeschüttelt, für dieses Procedere hielt ich ihre Schultern genau richtig. Unter Aufwand großer Selbstkontrolle, auf die ich sogar in jenem Augenblick stolz war, unterließ ich jede Gewaltanwendung. Schließlich sprach Sandra von selbst weiter.

„In der Woche danach kam der erste Brief. Ich sollte niemand etwas sagen. Sonst würde Harry ... Sonst würde Harry etwas passieren. Harry war mein Freund, damals. Ich ... liebte ihn so. Ich habe Schluss mit ihm gemacht. Zu seiner Sicherheit. Der Mann meinte es ernst. Aber Harry hat mich nicht verstanden. Er war so böse auf mich. Bestimmt hasst er mich deswegen immer noch."

Natürlich wusste ich nicht, was Harry heute über Sandra Menserhagen dachte. Ich glaube, er hatte Mitleid mit ihr, ohne selbst zu wissen, warum. Vielleicht musste er für seine Selbstachtung Mitleid mit einer Frau empfinden, die ihn aus Gründen, die ihm vorenthalten wurden, verließ. Sandra konnte das nicht wissen. Sie wusste nicht einmal, dass ich Harry Meinert kannte und praktisch jeden Werktag in einem Raum mit ihm verbrachte. Andernfalls hätte sie bestimmt weniger offen gesprochen.

„Wer schreibt die Briefe?" Da Sandra wieder nicht antwortete, spekulierte ich ins Blaue, obwohl ich sicher war, dass dieser Mensch nichts mit den Briefen zu tun hatte. Wäre dem so, gehörten die drei Unfälle nicht zusammen.

„Ist es der Mann von der Frau, die bei deinem Unfall gestorben ist?" Wieder schluchzte Sandra hinter ihren Händen, aber sie schüttelte auch den Kopf.

„Sag es mir. Wer schreibt die Drohbriefe?" Von Sandra kam ein Seufzen.

„Er stand am Straßenrand. Es regnete so stark. Ich ... ich hatte Mitleid. Normalerweise hätte ich nie angehalten." Ich hielt die Luft an. Leise sprach sie weiter. „Als er im Auto saß, guckte er mich an und fragte, ob ich Sandra Menserhagen wäre. Die Tochter von dem Bauunternehmer. Ich sagte ja. Ich dachte, er wäre vielleicht ein Arbeiter von meinem Vater. Wie gut, sagte er. Dann zog er ein Messer. Ich sollte in einen Feldweg fahren."

Ein krampfartiges Schlucken ließ sie unter meinen Händen fast ersticken. So fühlte es sich an, obwohl sie sicher nicht in Gefahr war. Die von ihr beschriebene Situation war dagegen wirklich beängstigend. Ich wollte sie niemals selbst erleben.

„Ich war mir sicher, er wollte mich vergewaltigen. Da habe ich aufs Gas getreten und bin so auffallend wie möglich gefahren. Ich dachte, die anderen Autofahrer verständigen dann die Polizei. Aber ich habe die Kontrolle über das Auto verloren. Die ganze Zeit schrie er: Langsam! Fahr langsam! Und ich bin immer schneller gefahren ... Dann war da der Baum. Wir sind dagegen geschleudert. Es war nicht meine Absicht. Er war, glaube ich, verletzt. Aber er konnte ohne Hilfe aussteigen. Zuletzt hat er gesagt, er würde mich kriegen."

Wie lange wir so saßen, weiß ich nicht mehr. Sandra schluchzte in meinem Arm, und mir war mit einem Mal unheimlich zu Mute. Durch die Ritzen der Rollladen schienen glitzernde Augen zu lauern. Dass das Leuchten vom Scheinwerfer eines vorbeifahrenden Autos herrührte, wusste ich, auch stand vor dem Haus eine Straßenlaterne. Einzig meine Fantasie ließ an jedem Spalt und jedem Schlüsselloch einen Beobachter aufblühen, eine unwirkliche Gestalt, die sich in schwarzen Rauch auflösen würde, fiele mein Blick auf sie. So, wie ich augenblicklich gebunden war, sah ich mich den unsichtbaren Blicken ausgeliefert.

Ich brauchte eine Weile, bis ich mich selbst zur Ordnung rufen konnte. Wer ein Geheimnis entschlüsseln wollte, brauchte ein Minimum Geistesgegenwart und ein Maximum gesunden Menschenverstand. Die beschwor ich wie andere Leute Stimmen aus dem Jenseits, und sie kamen, zögerlich, aber neugierig, was ich mit ihnen vorhatte.

„Wo stand der Mann?" flüsterte ich in Sandras Ohr. Ihre Haare rochen nach einer chemischen Substanz, Haarspray oder Festiger. Sie hörte zu zittern auf. Auch Sandra hatte ihre Geistesgegenwart zurückbeordert.

„Ich weiß es nicht. An der Sager Straße. Richtung Ahlhorn, so wie ich gefahren bin."

„Aber wo da? Wie lange warst du schon unterwegs? Hast du irgendetwas gesehen?" Ganz ruhig lehnte sie an meiner Schulter.

„Blau. Da war etwas Blaues. Blaues Licht. Gedämpft. Links von der Fahrbahn. Vielleicht von einem Haus. Hinter Gardinen oder so." Das konnte die Blaue Orchidee gewesen sein. Mein Verdacht schien sich zu bestätigen. Nun kam das Wichtigste.

„Wie sah der Mann aus?"Diesmal zögerte Sandra länger.

„Nass", sagte sie dann lediglich und hob den Kopf von meiner Schulter. „Er war klatschnass, als ob er lange im Regen gestanden hätte." Mir stockte der Atem vor Enttäuschung.

„Und außerdem?" hakte ich nach. Sie runzelte die Stirn.

„Ein nasser Mann. Nicht alt. Kurze Haare. Nass."

„Und wie groß war er?"

„Ich habe ihn nur im Auto richtig gesehen. Nicht klein, würde ich sagen. Mehr weiß ich nicht."

„Und weshalb hast du gedacht, er wäre vielleicht ein Arbeiter von deinem Vater?" Sandra schüttelte den Kopf.

„Keine Ahnung. Weil er meinen Namen kannte, vielleicht."

„Den kannten auch andere Leute", gab ich zu bedenken, aber Sandra schüttelte wieder nur den Kopf. Ich ließ sie los und rückte etwas von dem Sessel ab.

„Warum war es ihm so wichtig, dass du Sandra Menserhagen warst?"

„War es das?"

„Ja. Das war es. Er hat danach gefragt." Dazu sagte sie nichts.

Ich stemmte mich am Couchtisch hoch und drehte eine Runde durch das Wohnzimmer. In der Hocke waren meine Füße eingeschlafen, das Kribbeln störte beim Denken.

„Dieser Mann, der zu dir in den Wagen gestiegen ist, wollte wissen, ob du Sandra Menserhagen bist. Er wollte dich. Ob er auf dich gewartet hat, kann ich nicht sagen. Wahrscheinlich war es Zufall, dass ihr euch an diesem Abend begegnet seid. Aber ich bin sicher, ihr wärt euch auf jeden Fall begegnet. An einem anderen Tag. An einem anderen Ort."

Ich blickte zu Sandra. Die hatte sich mit angezogenen Füßen in die Tiefen des Sessels verzogen und betrachtete mich aufmerksam über ihre Knie hinweg. In diesem Moment war ich sicher, dass ich Recht hatte. Und sie dachte ähnlich.

„Dieser Mann hat den Unfall deines Bruders herbeigeführt", teilte ich ihr mit. So gelassen, wie sie diese Nachricht aufnahm, wusste sie auch das. Vielleicht war in den Drohbriefen mit diesem Unfall geprahlt worden.

„Er ist auch für den Unfall deines Vaters verantwortlich. Dein Vater wurde nicht verletzt, starb aber an dem Herzinfarkt. Und deine Mutter an den Folgen ihrer Verletzung." Weiterhin war von Sandra nichts zu hören. Starr saß sie da, nur ihre Augen verfolgten jede meiner Bewegungen.

„Und dieser Mann schickt dir Drohbriefe, dringt auf das Grundstück ein und legt dir blutige, sterbende oder tote Tiere vor die Tür." Ich drehte eine weitere eilige Runde, als könnte ich den Mann so einholen. „Das mit den Tieren ist bestimmt kein Zufall. Zwei tote Hunde habe ich gesehen. Und die anderen? Waren es Hunde?"

Ein Rascheln verriet das Nicken. Weiter raste ich im Kreis, ich kam kaum hinter mir selbst her.

„Dein Vater hatte einen Wildunfall. Ohne Polizei. Wann war das?"

Nach anderthalb Runden ohne Reaktion von Sandra blieb ich stehen. Nun hob sie das Kinn von ihren Knien und betrachtete mich in aufrichtiger Verblüffung.

„Was sagst du da?" „Aber es stimmt doch?" vergewisserte ich mich, falls Harry nur sinnlos daher geredet und den Bauunternehmer Menserhagen als Prototyp des rücksichtslosen Geschäftsmannes benutzt hatte. Langsam nickte Sandra.

„Ja. Das stimmt. Aber ..." „Wann war das?" fuhr ich ihr über den Mund.

Wäre der Wildunfall erst nach dem Unfall ihres Bruders gewesen, hätte das meine Überlegungen ad absurdum geführt.

„Äh, 1985. Ich habe ihn nach der Werkstattrechnung gefragt, ich war ja damals Buchhalterin in seiner Firma. Aber er hat abgewinkt und gesagt, den Unfall würden wir vergessen." Ich atmete tief durch.

„1985? Im Juni? Ein Jahr vor dem Unfall deines Bruders. Wo? An der Sager Straße?" Ich starrte sie an. Sandra nickte mit gerunzelter Stirn.

„Ich glaube schon. Er kam von einer Veranstaltung aus Cloppenburg. Daran erinnere ich mich. Morgens erst. Ich dachte mir damals gleich, bei dem Unfall müsse Alkohol im Spiel gewesen sein, sonst hätte mein Vater natürlich die Polizei verständigt und in der Werkstatt eine ordnungsgemäße Rechnung verlangt."

Nach Harrys Beschreibung seines beinahe-Schwiegervaters wäre das Verfahren auch unter bereinigten Umständen kaum ein anderes gewesen. Taktvoll verkniff ich mir eine Bemerkung. Die Moral des Herrn Menserhagen hatte viel erheblichere Schwachstellen.

„Sandra. Das war kein Wild. Ich bin überzeugt, es war eine Frau mit ihrem Hund. Sie kam um, der Hund auch. Dein Vater beging Fahrerflucht. Er hat die Frau auf der Straße liegen lassen. Auf der einsamen Straße. Allein."

Gesellschaft hätte Melanie nicht mehr helfen können, doch ich fand, das von mir heraufbeschworene Bild einer toten Frau neben ihrem toten Hund alleine auf einer leeren Straße berge genügend Melodramatik, die loyalste Tochter zu überzeugen. Sandra verweigerte sich dem Drama. Wahrscheinlich war sie in dieser Hinsicht abgehärtet. Mit der

Faust schlug sie auf das dicke Polster der Sessellehne. Zu hören war von diesem Hieb bei aller Wucht kaum etwas.

„Nein! Das hätte er nie getan." Ich ging auf sie zu.

„Doch. So muss es gewesen sein. Dein Vater hat eine Frau getötet. Nicht mit Absicht, natürlich nicht mit Absicht. Aber da war Alkohol im Spiel. Garantiert. Er hatte Angst um seinen Führerschein und seinen Ruf. Da ist er weggefahren und hat sie an der Straße liegen lassen. Zeugen gab es ja nicht, wie er dachte. Er wollte keinen Ärger. Aber jemand hat ihn gesehen und erkannt. Und dieser jemand hat ihn dafür bestraft. Jetzt bestraft er dich."

„Nein, Christa. Das kann nicht sein. Du hast meinen Vater nicht gekannt. Er war von Grund auf ehrlich. Was du da redest, ist Unsinn."

„Das", zischte ich, „ist es nicht." Beweise hatte ich keine. Aber die brauchte ich nicht. Ich konnte sehen, dass Sandra wusste, was die Wahrheit war.

„Ich frage mich allerdings", fuhr ich nach einer Pause fort, „wieso dein Vater nicht auf die toten Tiere vor seinem Haus reagiert hat. Die Drohbriefe hast du ihm wahrscheinlich nicht gezeigt, von denen hatte er keine Ahnung. Aber die toten Tiere? Blut kann man nicht so schnell von Steinen abwaschen. Und Eltern sehen verdammt viel, das weiß ich aus Erfahrung."

Ich schüttelte den Kopf, wie um zu betonen, dass es unmöglich war, Familienangehörigen ein Blutbad auf der Terrasse zu unterschlagen. Von der Wand hinter dem Sessel grinste jovial der Bauunternehmer. Er trug einen dunklen Anzug, weißes Hemd zu tiefroten Backen und machte unter dem Rahmenglas den Eindruck eines Mannes, der entschlossenes Handeln schätzte. Wahrscheinlich hätte er es hartes

Durchgreifen genannt. Sandras Rock raschelte, als sie ihre Haltung änderte.

„Anfangs war es nur hin und wieder. Zwei- oder dreimal im Jahr. Er meinte, das wäre ein bestimmter Arbeiter, den er entlassen hatte. Den hat er zur Rede gestellt, aber der hat alles geleugnet. Mein Vater hat ihm nicht geglaubt. Hat sich geärgert, dass die Tiere oben am Balkon lagen. Dass ich hineingezogen wurde. Weil ich seine Tochter war. Den Apfelbaum hat er fällen lassen, nachdem er voller Ratten hing." Hohl klang Sandras Stimme unter ihren Händen hervor.

Ich schnaubte. In einem Punkt hatte Sandras Vater Recht gehabt. Seine Tochter war in eine Sache hineingezogen worden, für die er die Verantwortung trug.

„Und du hast ihm nicht gesagt, dass die toten Tiere für dich waren? Und dass du Drohbriefe bekommen hast?"

„Nein", sagte sie einfach und sah mich über ihre Fingerspitzen an. „Was hätte das geändert?"

Ihre Unterlider wurden durch den Druck heruntergezogen, die vergrößerten Augen ließen den oberen Bereich ihres Gesichtes wie eine billige Halloween-Maske aussehen. Dazu konnte ich nur nicken. Der alte Herr Menserhagen hätte mit seinen Methoden nichts ändern können.

21. KAPITEL

Sandras Geschichte, wie es zu dem tragischen Unfall gekommen war, ging mir nicht aus dem Kopf und löste heftige und widersprüchliche Emotionen aus. Einige Tage mied ich Sandra deswegen. Es war nicht schwer, sich aus dem Weg zu gehen. Nach Wochen der Hitze regnete es. Die Gärten lagen wie ausgestorben, während das ausgedörrte Gras allmählich wieder grün schimmerte. Türen und Fenster blieben geschlossen, um die Wärme, die man so lange hatte heraus lüften wollen, in den Räumen zu halten. Am Donnerstagabend hatte Heidi die Heizung angeschaltet. Ich lachte sie deswegen aus. Andere Gründe zum Lachen sah ich nicht.

Doch all die Tage, in denen ich sie nicht traf, kreisten meine Gedanken um Sandra und den unglaublichen Hass, den jemand für diese Frau und ihre gesamte Familie empfinden musste. Mehr als einmal wollte ich Harry Meinert anvertrauen, weshalb Sandra ihre Beziehung beendet hatte. Jedes Mal ließ ich davon ab. Wenn ich mir die Frage nach meiner Motivation für die Mitteilung stellte, kam ich nur auf das sentimentale Bild zweier wiedervereinter Seelen.

Aber nach all den Jahren vergoss Harry keine Tränen mehr wegen Sandra Menserhagen. Er war verheiratet, würde demnächst Großvater werden und hatte Sandra überwunden wie andere Kinderkrankheiten auch. Es würde ihm eher schaden, müsste er erkennen, seine frühere Freundin, wenn auch unwissentlich und auf deren Wunsch hin, in einer Notsituation allein gelassen zu haben. Diese Erkenntnis glaubte ich ihm ersparen zu müssen.

Heute meine ich, dass ich damals vielleicht gehofft habe, er werde die ganze Angelegenheit in die Hand nehmen, Sandra zur Polizei bringen und so ihre Erlösung von dem unbekannten Mann veranlassen. Dann hätte ich mich zurückziehen können und nichts mehr mit Sandra und auch nichts mehr mit dem Mann, der ihr und ihrer Familie so viel Leid bereitet hatte, zu tun gehabt.

Denn ich glaubte zu wissen, wer Sandra und ihre Familie hatte bestrafen wollen. Nur einer kam dafür in Frage. Mein Herz sank, wenn ich darüber nachdachte, denn diesen jemand hatte ich sympathisch gefunden. Trotzdem hoffte ich, Sandra dazu bewegen zu können, zur Polizei zu gehen.

Die war für solche Leute zuständig, das hatte ich vor sieben Jahren gelernt. Wie Sandra dazu stünde, wusste ich nicht. Meinem Gefühl nach wäre sie gegen eine Anzeige. Über zwanzig Jahre hatte sie Angst und Scham tief in sich unter Verschluss gehalten. Sich nach so langer Zeit Fremden zu öffnen, wäre sie nicht ohne Weiteres bereit. Doch um endlich von der Bedrohung befreit zu werden, müsste sie ihre Scham überwinden. Da schloss sich der Teufelskreis.

In dieser Woche mied ich nicht nur Sandra sondern alle Menschen. Sandra hatte sich verkrochen, vor der brauchte ich nicht wegzulaufen, Heidi war mit einem Gruß zu ihrem Balkon hinauf zufrieden, Bea meldete sich nicht.

Harry trat zudem im Badezimmer auf eine Wespe und wurde wegen des allergischen Schocks krankgeschrieben. Ich durfte ausdrücklich seine Arbeit übernehmen, was ich gerne tat, denn so wurden meine Gedanken in dienstliche Bahnen gezwungen. Ein Wohnungsangebot für die alte Frau Thamke flatterte herein. Am liebsten hätte ich den Kontakt aufgeschoben, damit Harry nach seiner Genesung zu Thamkes fahren könnte. Pflichtbewusst wie ich war, konnte ich das Angebot nicht bis dahin liegen lassen. Ich rief bei Thamkes an und verabredete mit Ricky einen Besuch.

*

Der weiße Kies schimmerte grau im Regenguss. Ricky Thamke öffnete mir. Er trug wieder seine gelbe Strickjacke und war so gepflegt wie eh und je, doch ich konnte seine Komplimente kaum ertragen. Auch seine Mutter war freundlich wie zuvor. Mit ihr zu plaudern fiel mir leichter, denn sie steckte wohl kaum hinter den perfide arrangierten Unfällen und den gequälten Tieren, aber die Aussicht, ihren Sohn bei einem Besichtigungstermin der Wohnung allein zu treffen, machte mir Angst.

Unter dem Vorwand zahlreicher anderer Termine gelang es mir jedoch, diesen in die nächste Woche zu legen. Sollte doch Harry Ricky Thamke treffen. Der versicherte mir lächelnd, für ihn sei warten kein Problem.

Weiterhin blieb mir unklar, welche Rolle ich in Sachen Sandras Schatten übernehmen müsste. Vor Jahren hatte ich geglaubt, die Arbeit der Polizei besser tun zu können. Heute wusste ich um die Risiken. Sandra musste die Polizei hinzuziehen. Dies war unumgänglich, sollte den Drohungen ein Ende gemacht werden. Jenen Karton im Arbeitszimmerschrank, die ganzen dort hineingestopften Drohungen und Schmähungen, sollten Sachverständige durchsehen und auswerten.

Doch es gab keine Garantie, dass Sandra die Briefe seit unserem Gespräch nicht vernichtet hätte, nur um der Einmischung anderer zuvor zu kommen. Das Heiligtum, wollte man den Schrank so nennen, war von mir aufgebrochen worden. Ich hatte den Tabernakel geöffnet und gesehen, was da eifersüchtig gehütet wurde. Nach dieser Entweihung konnte man ihn zerstören, vermutete ich und überlegte wieder, ob ich diejenige sein müsste, die die Polizei verständigte.

Es dauerte bis zum Sonnabend, ehe ich auch nur ein Lebenszeichen von Sandra wahrnahm. Ich hörte sie im Treppenhaus, als ich meinen kleinen Flur wischte. Zehn Minuten später stand sie vor meiner Tür.

„Hier. Lies."

Sie zitterte. Ich zog sie in die Küche und setzte sie dort auf einen Stuhl, ehe ich den zerknüllten Briefbogen glättete.

„Keine kann dir helfen. Alle sollt ihr büßen. Blut wird fließen. Ich schließe alle Augen. Auch deine. Einen anderen Weg gibt es nicht."

Zeitungsbuchstaben tanzten in unregelmäßigen Zeilen auf und ab, teilweise ohne Wortzwischenraum auf das Papier gekleistert. Dass Sandra den klebrigen Bogen überhaupt hatte entfalten können, grenzte schon an ein Wunder.

„Bring das zur Polizei. Jetzt gleich. Das ist eine Morddrohung. Verstehst du? Bring den ganzen Karton, alles, was du da hast, zur Polizei."

Ich starrte sie an. Selbst damals, als ich in der Jagdhütte dem Mörder von Beas Vater, dem Entführer unserer Schwestern gegenübergestanden hatte, waren die Wände nicht so auf mich zugerast, als wollten sie mich und Sandra zerquetschen. Ich rang nach Luft und halbwegs klare Sicht. Bisher war alles Theorie gewesen, ein Spiel. Aber so hatte es auch vor sieben Jahren angefangen. So durfte es nicht wieder enden.

„Geh zur Polizei", wiederholte ich so eindringlich, wie mir möglich war. Sandra sah mich von ihrem Stuhl aus an.

„Kommst du mit?" Ich nickte. Gehorsam holte sie ihren Karton, dann fuhren wir zur Wardenburger Polizeiwache, wo Sandra Anzeige erstattete und ich meinen Verdacht gegen Ricky Thamke äußerte.

Nun war es so, dass Sandra für die Polizisten dort keine Unbekannte war. In der Vergangenheit hatte sie oft wegen vermeintlicher Kleinigkeiten die Polizei kommen lassen. Der letzte Einsatz an ihrem Haus war zwar keine Kleinigkeit gewesen und hatte die Männer und Frauen auf der Wache durchaus beeindruckt, da Sandra aber wieder keine Anzeige erstattet hatte, war der Vorfall im kollektiven Gedächtnis als eine weitere Seltsamkeit von Sandra Menserhagen abgespeichert worden.

Ihre Anzeige jetzt und der Inhalt ihres Kartons, über den Informationen durch eine geschlossene Bürotür zu den Kollegen draußen diffundierten, erregten ungewöhnliche Aufmerksamkeit. Wie der Zufall es wollte, war weder Andy Vosgerau noch Gert Tamminga im Dienst, es gab niemanden, den ich persönlich hätte ansprechen können. Man sagte Sandra, jemand werde sich mit ihr in Verbindung setzen. Dann konnten wir gehen.

Ich brachte Sandra in den Patenbergsweg und bot an, uns etwas zu essen zu besorgen. Dieses Angebot akzeptierte sie. Ich ließ sie in ihrer Wohnung zurück. Nachdem ich auf der Fahrt nach Hause vorgeschlagen hatte, sie könne bei mir oben bleiben, bestand sie demonstrativ darauf, dort unten zu sitzen. Es beruhigte mich, dass bisher niemals bei Tageslicht versucht worden war, Sandra und ihre Wohnung anzugreifen. Der Unfall bei Oberlethe gehörte wahrscheinlich wirklich nicht zu den anderen Zwischenfällen.

Das gesamte Wochenende verbrachte ich mit Sandra. Tagsüber wollte sie in ihrer Wohnung sein, aber ich konnte sie überreden, in meiner Wohnung zu schlafen, schließlich besaß ich ein Doppelbett. Nichts geschah, außer dass ich in der Nacht zu Montag meinte, jemand treibe sich im Garten herum. Der Bewegungsmelder schlug nicht an, aber da ich am Sonnabend eigenhändig eine neue Lampe eingesetzt hatte, vertraute ich darauf, die von mir gehörten Geräusche stammten aus den angrenzenden Gärten.

Sandra wurde dadurch nicht gestört. Sie nahm Tropfen aus der braunen Apothekenflasche und schluckte Tabletten von den Folienstreifen, als handelte es sich dabei um Bonbons ohne jegliche Einnahmeempfehlungen. Wahrscheinlich schlief sie deswegen die meiste Zeit. Ich ließ sie gewähren und hoffte, sie fügte sich keinen bleibenden Schaden zu.

*

Montag musste ich wieder arbeiten. Harry war zurück. Ernst Loga ließ vor der Dienstbesprechung einige Bemerkungen über Insektenstiche und mögliche Folgen allergischer Schocks fallen, die Frauen kicherten wie zu erwarten, auch die Männer gaben amüsierte Laute von sich. Harry blieb unerwartet gelassen.

„Ich hätte von euch gehen können, jawohl", verkündete er. Für Dienstag war sein Termin mit Ricky Thamke angesetzt. Der war nicht abgesagt worden, dabei hatte ich die ganze Zeit auf diesen Anruf gewartet. Harry fuhr zu dem Termin und kam nicht zurück.

„Wo ist Herr Meinert?" erkundigte sich Frau von Geldern am frühen Nachmittag.

„Keine Ahnung. Er hatte um elf Uhr dreißig einen Termin in Wardenburg. Seitdem hat er sich nicht gemeldet."

„Was für ein Termin war das?" wollte sie wissen und runzelte hinter der großen Brille die Stirn.

„Wohnungsbesichtigung mit dem Sohn einer Klientin. Im Hechtweg", ergänzte ich.

Zu Fuß hätte er achtmal wiederkommen können, der Hechtweg lag mitten im Zentrum von Wardenburg. Frau von Geldern zeigte sich verwundert. In diesem Moment flog die Flurtür auf. Harry stapfte herein.

„Wo warst du?" rief ich ihm zu.

Er schüttelte abwehrend den Kopf. Seine Matte löste sich kompakt von den Schultern und wippte in einer flachen Welle von einer Seite zur anderen.

„So etwas habe ich noch nie erlebt", verkündete er.

„Hatten Sie einen Unfall?" verlangte Frau von Geldern zu wissen. Nachdem er wieder da war, interessierte sie vor allem das Dienstfahrzeug, denn Harry bestand auf Wagen von „Crea. Heim und Pflege".

„Unfall? Pah!" Er schnaufte. „Wir waren in dieser Wohnung im Hechtweg. Thamke war recht angetan, hat die Räume fotografiert, damit seine Mutter sich eine Vorstellung machen könnte. Dann wollte er, dass ich mit zu ihm komme. Falls seiner Mutter die Fotos gefielen, hätte man gleich den Vorvertrag unterzeichnen können."

„Ja, aber das dauert doch keine Stunden", warf Frau von Geldern ein.

Mich befiel eine Vorahnung. Harry schüttelte wieder den Kopf.

„Als wir bei seinem Haus ankamen, wartete dort die Polizei auf Thamke. Er bat mich, bei seiner Mutter zu bleiben, während er mit den Polizisten nebenan war. Thamke wurde laut, ziemlich sogar. Verlangte seinen Anwalt. Die Polizei drohte, ihn mitzunehmen. Dann ist der eine Polizist weggefahren, der andere hat mit mir und der Mutter gesprochen. Dann kam der eine wieder, hat gesagt, alles wäre geklärt. Ja, die haben uns noch einen schönen Tag gewünscht und sind gegangen."

Unterdessen waren wir in unser Büro zurückgekehrt. Frau von Geldern saß auf meinem Stuhl, ich lehnte an der Wand, Harry lief auf und ab. Gelegentlich blieb er stehen, um mit ausladenden Gesten seine Schilderungen zu unterstreichen.

„Thamke hat mir gesagt, jemand habe der Polizei gesteckt, er würde Hunde töten und eine Frau bedrohen. Das hat ihn sehr mitgenommen. Wisst ihr was? Ich glaube ihm sogar. Der mag Tiere. So etwas sehe ich. Aber man erzählt nicht umsonst, dass er und sein Etablissement seit ewigen Zeiten von ganz oben wohlwollend betrachtet werden. Die Herren, die er der Polizei wegen seines Alibis aufgezählt hat, gehören zur Oldenburgischen High Society, Frau von Geldern, Namen, die man in überregionalen Zeitungen liest."

„Tatsächlich?" Nach einer Pause erkundigte sie sich, was Herr Thamke beruflich mache.

„Früher, unter seinem Großvater, war die Blaue Orchidee ein Puff. Also ganz früher. Später wurde dort über das Wohl und Wehe von Stadt und Landkreis und Regierungsbezirk entschieden und, wenn man den Leuten glaubt, mit Steuer-einnahmen gezockt", antwortete Harry grinsend. „Und stellt euch vor, die feinen Herren haben natürlich sein Alibi bestä-tigt. Na, hätte dem aber auch nicht ähnlich gesehen, Tiere zu Tode quälen."

Während er verspätet zu Tisch ging und wahrscheinlich das Personal im Döner-Imbiss mit seinen unerhörten Erlebnis-sen beeindruckte, hockte ich an meinem von Frau von Geldern geräumten Schreibtisch. Ricky Thamke sollte ein Alibi haben.

Ich wusste nicht, für welche Abende er ein Alibi hatte liefern sollen, aber anscheinend gab es Leute, die bereit waren zu bestätigen, mit ihm zusammen gewesen zu sein. Möglicherweise war das gelogen, aber, und da meldete sich bestätigend mein Bauch, wirklich an seine Schuld geglaubt hatte ich nicht. Es war nicht sein Stil. Er war so elegant, so nett, vielleicht unaufrichtig, aber eben nett. Also steckte ein anderer hinter den Drohbriefen. Und der lief weiter unbe-helligt herum.

Auch Sandra hatte man mitgeteilt, dass Ricky Thamke ein Alibi habe und als Autor der Drohbriefe und Urheber der blutigen Schmierereien nicht in Frage käme. Sie nahm das hin. Viel versprochen hatte sie sich von der Anzeige sowieso nicht. Eher schien nun ich ihr leid zu tun, weil ich weiter darauf bestand, sie müsse etwas unternehmen.

„Wir haben etwas unternommen, Christa. Das ist das Ergebnis. Es war immerhin ein Versuch." So versuchte sie mich zu trösten.

22. KAPITEL

Bea rief mich an und fragte, ob ich zu ihr kommen wolle. Ich sagte zu und fuhr gleich nach der Arbeit Richtung Sandhatten, wo Bea im Garten des Tagungshauses arbeitete. Ich hatte sie nie bei körperlichen Betätigungen gesehen und fand, es erinnere an Kinderarbeit, wenn die zierliche Bea trotz des Regens einen Rasenmäher über das Gras schob. Muh zögerten anscheinend mit der Übernahme moderner Technik. Zwar gab es in den Büros und an der Rezeption des Tagungshauses die übliche Ausstattung mit Computern und anderen Geräten, im Garten verwendete man einen von Hand bewegten Spindelmäher. Bea kam von sich aus auf diese, wie sie es nannte, scheinbare Inkongruenz zu sprechen.

„Beim Rasenmähen besinnt man sich auf das Wesentliche. Es ist in seiner Körperlichkeit und Monotonie wie geschaffen als Konzentrationsübung. Werbetexte zweitausendmal mit der Hand zu schreiben wäre das nicht."

„Deshalb mäht die Chefin den Rasen, und das Fußvolk sitzt am Rechner?" fragte ich spöttisch. Aus irgendeinem Grunde wollte ich sie provozieren, wohlwissend dass mir dies bei Bea kaum gelänge.

Sie lächelte auch nur milde und wollte gerade zur Antwort ansetzen, als jemand aus der Welt in den Garten rannte. Zumindest trug das Wesen, welches hauptsächlich aus einem pinkfarbenen Regencape zu bestehen schien, an den Beinen grellblaue Leggings und dreckverklumpte Ballerinas an den Füßen, was einen in mehrfacher Hinsicht unmuhischen Aufzug beschrieb.

Bea setzte sich in Richtung der Person im Cape in Bewegung. Das eben gemähte Gras lag in nassen Fladen auf dem Rasen und verströmte einen intensiven Duft.

„Frau Muh!" Das Cape warf die Kapuze ab. Darunter kam ein Teenager hervor. Im ersten Moment erkannte ich das Gesicht nicht. Zu anderen Zeiten hatte ich Minerva Katrin missmutig erlebt, nun war sie verzweifelt. Bea war dieser Wechsel ebenfalls aufgefallen. Sie begann zu laufen und erreichte das Mädchen, das mehr als einen Kopf größer war als sie, genau in dem Augenblick, als es aufheulend in einer einzigen Klappbewegung auf die Knie fiel und die Hände vor das Gesicht schlug. „Minerva Katrin." Bea beugte sich über sie.

Ich blieb in einem diskreten Abstand von den beiden stehen. Der Hof der Bösches war nicht weit vom Tagungshaus. Laut Karte waren es Luftlinie höchstens dreihundert Meter, nur führte kein direkter Weg von dem einem Haus zum anderen. Wollte man nicht über Auffahrt, Landstraße und Waldstraße vom Hof zu den Muh laufen, konnte man den Pfad durch den Wald nehmen, was Minerva Katrin anscheinend getan hatte. Sand und Erde klebten an ihren Stoffschuhen, deren Farbe dem Wasser nicht standgehalten und die Füße bis zu den Knöcheln grünlich getönt hatte. Sogar an dem knisternden Regencape, aus dessen Kapuze ein transparentes Plastikvisier ragte, hafteten Sandspritzer.

„Fifine ist tot!" schrie das Mädchen mit einem Mal so laut, dass nicht nur Bea, neben deren Ohr sie gebrüllt hatte, zurückzuckte, sondern auch ein Muh aus dem Haus gelaufen kam.

Es war Leo, den ich von meinem letzten Besuch hier kannte. Im Laufen lächelte er mich scheu an, ein langgezogenes Brüllen wie das eines verletzten Kalbes ließ ihn sich jedoch Minerva Katrin zuwenden.

„Das waren die Scheiß-Renkens! Diese scheiß-verfluchten Schweine! Oh, ich hasse sie! Ich bring die um! Ich mache mit denen, was sie mit Fifine gemacht haben!"

„Das machst du selbstverständlich nicht."

„Doch. Sie liegt auf deren Grundstück. Diese Scheiß ..."

„Mäßige dich", befahl Bea laut. Zu meiner Überraschung starrte das Mädchen sie wie abgeschaltet mit offenem Mund an.

„Wir müssen die Polizei verständigen", stammelte ich. Bea schien mich nicht gehört zu haben, aber Leo schüttelte den Kopf.

„Es geht um ihren Hund." Automatisch nickte ich, hatte aber das Gefühl, am vollständigen Erfassen seiner Worte haarscharf vorbei zu schwimmen. Bea richtete sich nun auf.

„Zeig sie mir", verlangte sie. Minerva Katrin stemmte sich zwar auf ihre Schulter gestützt vom Boden hoch, sah Bea aber nur händeringend an.

„Sie ist doch tot." „Egal. Zeig sie mir." Sie nahm das Mädchen am Arm und ging mit ihm aus dem Garten. Am Tor wandte sie den Kopf zu Leo und mir und winkte uns zu folgen. Wortlos liefen wir hinterher.

Minerva Katrin führte uns etwa drei Häuser weiter Richtung Landstraße, ehe sie mit Bea im Schlepptau zwischen den Stämmen einer schütteren Buchenhecke wegtauchte. Leo und ich zwängten uns ebenfalls durch die Zweige, statt bis zum Gartentor zu laufen. Das Areal dahinter war relativ klein und wurde fast gänzlich von einem ziemlich neuen Haus in einem geometrischen Baustil eingenommen. Unter den hohen Bäumen schimmerte der weiße Putz stellenweise bereits grünlich.

Der Carport hätte Platz für zwei Autos geboten, aber nur ein öliger Fleck am Boden zeigte an, dass das Gebäude überhaupt in Gebrauch war. Zu sehen oder zu hören gab es nichts, was auf die Anwesenheit der Bewohner hingewiesen hätte. Minerva Katrin lief denn auch ohne Deckung um das Haus herum.

Hinten war eine Terrasse angelegt worden, wo nass glänzende Tropenholzmöbel standen. In den Hochbeeten rund um die Terrasse steckten an rostigen Stäben Künstlermasken. Von deren dunklem Metall perlten Tropfen auf struppige Lavendelbüsche. Der Rasen war von der Hitze ausgedörrt und fast zwanzig Zentimeter hoch. Immergrüne Gehölze begrenzten die Fläche, dahinter zogen sich die schütteren Jungbuchen rund um das gesamte Grundstück. Am Ende des Gartens blieb das Mädchen stehen und wies mit der Hand zwischen zwei Sträucher. Ein schwerer Geruch drang bis zu uns.

„Dahinter."

Die Hände auf dem Rücken blieb das Mädchen stehen. Bea sah zu Leo und mir. Wir folgten ihr durch die Zweige der immergrünen Büsche. Der Boden zwischen Kompostkiste und einem weiteren Begrenzungswall war mit Blut getränkt. Auf dem dunklen Gras sahen wir den riesigen Rottweiler, mit dem ich den damals noch missmutigen Teenager auf dem elterlichen Hof gesehen hatte. Er lag auf dem Rücken, wie Vierbeiner normalerweise nicht liegen. Von der Kehle bis zum Becken war die Bauchdecke aufgeschlitzt. Heraus hingen Därme, Knochen ragten aus der offenen Bauchhöhle. Der Blutgeruch nahm uns den Atem. Halb zertreten neben dem Kadaver lag ein mit Käseschmiere bedeckter Welpe.

Als ich zurück auf den Rasen wankte, konnte ich nur mit Mühe eine Übelkeit kontrollieren, die meinen gesamten Körper erfasst zu haben schien. Die beiden Muh konnten angesichts eines solchen Blutbads ihren Gleichmut fast nicht wahren. Doch selbst in diesem Moment, in dem sie sichtlich bemüht waren, sich nicht auf das fremde Grundstück zu erbrechen, zeichnete sie eine eigenartige Fassung aus, als könnten sie es durchaus mit ihrer Würde vereinbaren, quasi öffentlich ihr Mittagessen hochzuwürgen.

„Ist dir heute Nachmittag etwas aufgefallen, Leo?" hörte ich Bea fragen. Leo, so bleich, dass ich einzelne Sommersprossen auf seinen Wangenknochen ausmachen konnte, schüttelte den Kopf.

„Nein, Bea. Ich war die ganze Zeit am Empfang, und wir hatten die Tür offen stehen. Da war nichts, kein Gebell oder so. Nicht in den Gärten und nicht im Wald." Bea nickte knapp.

Während sie mit Minerva Katrin flüsterte, ging ich an einer anderen Stelle hinter die Sträucher und kletterte auf den Begrenzungswall. Über den dahinterliegenden Acker sah ich direkt auf den Hof der Bösches, der von hier nur etwa hundert Meter entfernt lag. Natürlich konnten die Eigner dieses Hauses den herumstreunenden Hund angelockt und getötet haben. Aber ein Gefühl sagte mir, dass es sich anders verhalten musste.

Es war später Nachmittag, die Renkens, oder wie Minerva Katrin die Grundstückseigentümer nannte, waren offenkundig nicht im Haus sondern bei der Arbeit oder sogar im Urlaub. Der Hund konnte unterdessen noch nicht lange tot sein. Allgegenwärtig wie der Blutgeruch war, war es noch kein Verwesungsgeruch, der im Sommer schnell einsetzte. Eine Stunde, länger lag das Tier bestimmt noch nicht hier. Er hatte auch nicht laut gebellt, das wäre den Muh aufgefallen. Die Geräusche des Handrasenmähers hätten vielleicht Bea nichts hören lassen, die anderen Muh wären jedoch auf einen erregten Hund aufmerksam geworden. Zu diesem

Zweck hielt man in solch abgelegenen Gegenden Wach-
hunde. Leo hätte das Tier am Empfang hören müssen. Aber
er hatte nichts gehört. Also hatte der Hund nicht gebellt.
Also hatte er den Menschen gekannt und keine Gelegenheit
mehr gehabt, Alarm zu schlagen.

Ich biss auf meine Lippen. Nur einen toten Welpen hatte ich
gesehen. Natürlich konnte ich mich täuschen, lange hatte ich
nicht auf das Schlachtfeld geblickt. Aber Hunde trugen meist
mehr als ein Jungtier. Die anderen, ebenso wenig lebensfähig
wie der eine hier, fehlten. Eine weitere Welle der Übelkeit
überkam mich. Ich musste so schnell es ging nach Hause.

„Wohin willst du?" rief Bea hinter mir her, als ich aus dem
Gebüsch brach und die Wiese des Renkenschen Hauses
überquerte. Zeit zu antworten nahm ich mir nicht. Ich
stürmte auf die Straße und rannte über den Asphalt zum
Tagungshaus, vor dessen Grundstück mein Wagen stand.
Nachdem ich gewendet hatte, erreichte mich Bea.

„Was?" keuchte sie, eine Hand auf der Kühlerhaube. „Steig
ein! Schnell", befahl ich ihr. Sie konnte gerade noch auf den
Beifahrersitz springen. Ehe sie die Tür zugezogen hatte, raste
ich los.

„Nicht so schnell. Egal wo hinwillst, fahr in einem Tempo,
das es dir ermöglicht, heil anzukommen." Hände und Füße
gehorchten der Stimme neben mir. Sagen konnte ich nichts,
ich war noch zu atemlos vom Rennen. Mühsam zog Bea
meine Tasche unter sich heraus.

„Nimm mein Handy und ruf bei Sandra an. Menserhagen
heißt sie." Nun hatte ich wieder Luft. Bea fragte nicht nach
dem Grund. Ich hörte die Tasten klicken.

„Sie geht nicht ran", verkündete sie kurz darauf.

„Habe ich ihre Handynummer gespeichert?" „Nicht unter Menserhagen und nicht unter Sandra. Auch nicht Vermieterin." Wir waren auf der Straße von Sandhatten nach Norden.

„Dann habe ich die Handynummer nicht. Was jetzt?" Ich bog Richtung Sandkrug ab. Die Straße lag vor mir, ein langer grauer Streifen zwischen Kiefern, auf dem sich der Feierabendverkehr aus Oldenburg entlud.

„Sie hat keinen Anrufbeantworter. Jedenfalls ist er nicht eingeschaltet. Christa, warum die Eile? Wäre es nicht wichtiger gewesen, sich um die arme Minerva Katrin zu kümmern?" Ich nickte, die Augen auf den Autos vor mir. Alle waren grau wie der Asphalt.

„Wozu ist Leo da? Außerdem ... Bea? Weißt du, was ich glaube? Der, der den Hund getötet hat, ist der Gleiche, der Sandra terrorisiert. Er hat die toten Welpen mitgenommen."

„Was für tote Welpen? Wovon sprichst du?" verlangte Bea zu wissen. Die Frage erschien mir irrelevant.

„Ich weiß es. Das heißt, ich bin mir sicher. Sandras Vater hat vor Jahren eine Frau angefahren und Fahrerflucht begangen. Erst dachte ich, deren Freund steckte hinter den Unfällen und den Drohbriefen und so weiter. Aber laut Polizei hat er ein Alibi. Jemand anders hat Sandra all die Jahre bedroht und ihren Bruder und ihren Vater umgebracht. Und der hat auch jetzt den Hund von dieser Minerva Katrin getötet."

Bea schwieg, dabei strahlte sie intensive Skepsis aus. Wir erreichten Sandkrug.

„Wenn es wirklich so sein sollte, dass jemand diese ganzen Unfälle in Sandras Umfeld herbeigeführt hat, wie kommt da Minerva Katrins Hund ins Spiel?" wollte sie nach einer Weile wissen. Ich bog vor dem Bahnhof nach links auf die Straße nach Wardenburg.

„Damals ist auch ein Hund umgekommen."

Wieder schwieg Bea. An der Zufahrt zum Parkplatz des Verbrauchermarktes hatte sich ein Auffahrunfall ereignet. Vorsichtig schoben sich die Autos um ihre warnblinkenden Artgenossen herum. Der Verkehr aus Wardenburg drängte in die Gegenrichtung. Ein kleiner Mann in rotem Sweatshirt spielte Verkehrspolizist und erwies sich als erfolgreich im Verwirren der übrigen Verkehrsteilnehmer.

„Soll ich die Polizei rufen?"

Sie schien dies nur zu sagen, weil ich auf sie so überzeugt wirkte. Bea wiederum machte weiterhin keinen überzeugten Eindruck. Ich zögerte. Wenn bei Sandra alles ruhig wäre, bestand die Gefahr, dass die Polizei beim nächsten Mal, wenn der Unbekannte wirklich zuschlüge, nicht schnell genug reagierte. Während ich die Unfallstelle im Schneckentempo passierte, kam mir die Lösung.

„Ruf Andy Vosgerau an. Unter V. Er ist doch Polizist." Im Zweifel rief man erst einmal bei Andy an. So hatte ich es gelernt, und was mein Vater seit dreißig Jahren machte, konnte ich auch tun. Bea drückte Tasten.

„Anrufbeantworter", verkündete sie. „Mist, ich habe nur diese Nummer. Sag, dass ich einen Anschlag auf Sandra befürchte. Und er soll mich zurückrufen." Während wir aus Sandkrug herausfuhren, sagte Bea ihren Spruch auf Band. Es fing an zu nieseln.

„Und was willst du jetzt tun?" erkundigte sie sich, als wir in Wardenburg den Kreisverkehr passiert hatten und auf der Oldenburger Straße fuhren.

Darüber grübelte ich gerade. Mir schien, als müsste ich alles auf mich zukommen lassen und spontan handeln. Wir bogen in die Friedrichstraße, vorbei bei „Crea. Heim und Pflege". Ortsauswärts schob sich der Verkehr. Die meisten Geschäfte waren schon verdunkelt, das Rathaus lag verlassen. Fußgänger waren kaum zu sehen. Um den Kirchturm flatterten einige Vögel, das waren die letzten Lebewesen, die wir außerhalb von Autos bis zum Patenbergsweg zu sehen bekamen.

Dieses letzte Ende des Patenbergswegs lag still und in tiefstem Frieden. Wegen des Regens waren keine Kinder draußen. Überhaupt schien man sich in die Häuser zurückgezogen zu haben. Ich parkte am Menserhagenschen Gartenzaun. Bei Sandra waren die Rollläden heruntergelassen. Ich schloss die Haustür auf. Aus ihrer Wohnung roch es nach irgendeinem Reinigungsmittel, aber auf mein Klingeln hin öffnete sie nicht. Laut Handydisplay war es achtzehn Uhr dreißig, eine Zeit, zu der sie durchaus unterwegs sein konnte.

Mit Bea ging ich hinauf in meine Wohnung. Der Regen wurde stärker.

„Ich muss zurück, Christa", sagte Bea. Ihr Ton deutete Bedauern an. „Ich muss die Sammlung leiten."

Da nichts passiert war, gab es auch keinen Grund, weshalb sie in Wardenburg bleiben sollte. Das sah ich ein und bot an, sie zurückzubringen. Bea lehnte ab.

„Leo kann mich abholen", erklärte sie, nachdem sie mich daran erinnert hatte, dass ich nach meinem langen Arbeitstag gerade erst in meiner Wohnung angekommen war. Sie hatte Recht, das war mir bewusst, aber ich mochte nicht so einfach abgewiesen werden. Es war schwer, höflich zu Muh zu sein, die aus Prinzip niemandem zur Last fallen wollten.

„Wer ist Leo?" fragte ich, was natürlich lächerlich klang, da ich ihn kannte. Bea hingegen antwortete ohne jede Überraschung, als sei es normal, wenn Außenstehende Muh-Namen vergaßen.

„Oh, du hast ihn schon gesehen. Ich meine den Muh, der uns heute zu … zu diesem toten Hund begleitet hat."

„Das weiß ich, Bea", erwiderte ich seufzend, denn wir gerieten von der eigentlichen Auseinandersetzung ab. Wahrscheinlich wäre dies in ihrem Sinne, falls sie das Gespräch für eine Auseinandersetzung hielte, wovon ich nicht überzeugt war. „Ich möchte nur wissen, wer er ist. Für dich. In deinem Leben."

Ich hoffte nur, sie verstünde diesen Satz besser als ich selbst. Wenn Bea jetzt diesen erstaunten Gesichtsausdruck spielte, beherrschte sie Täuschungstechniken, die eine Muh sicher nicht kennen sollte.

„Er ist neu in unserem Zentrum und betreut derzeit unsere Computeranlage. In der Lehre weist er ausgeprägte Defizite auf, und aus diesem Grunde wurde er meiner direkten Betreuung unterstellt. Es entspricht den Regeln für die Persönlichkeitsformung, ihn aufzufordern, mich hier abzuholen." Sie dachte kurz nach, ehe sie mich streng musterte.

„Es besteht keine emotionale Bindung zwischen uns, falls du darauf hinaus möchtest. Ich bin seine Kodexwächterin. Ich wache über sein persönliches und spirituelles Wohlergehen. Früher wurde in solchen Fällen der zu formende Muh als Partner zugewiesen, aber das ist unter der neuen Führung nur in Ausnahmefällen üblich."

Da Beas Mutter nach der Ermordung ihres Mannes beinahe postwendend ein neuer Mann zugestellt worden war, hatte ich ein etwas drastisches Bild von diesem Aspekt der Gemeinschaft gewonnen. Gleichwohl freute es mich zu hören, dass Bea in Leo nur einen Muh wie andere sah, geschoren, devot, nützlich. Meine Reaktion ist schwer zu erklären, aber es gibt Momente, in denen ich das Gefühl habe, auch ein auf meinen Nutzen für größere Systeme reduziertes Geschöpf zu sein. In diesem Sinne sah ich in Bea eine Gleichgesinnte und missgönnte den Muh ihren rechtmäßigen Zugriff auf sie.

Angetrieben von meinem unterschwelligen Neid den nichts-
ahnenden Muh gegenüber setzte ich mich durch und brachte
Bea nach Sandhatten.

„Melde dich, wenn du wieder zu Hause bist", sagte Bea
noch.

Ich wartete, bis die Glastür des Tagungshauses hinter ihr
zugefallen war. Dann erst fuhr ich zurück nach Wardenburg.

23. KAPITEL

Ich war blöd gewesen. Diese Erkenntnis setzte bald ein und hämmerte heftig auf mein Selbstbewusstsein. So, wie ich mich bei meinem Aufbruch im Garten der Renkens angestellt hatte, musste Bea mit dem bevorstehenden Einbruch einer Katastrophe gerechnet haben. Nichts war jedoch passiert. Ich schalt mich hysterisch. Wegen des Regens war es schon dämmerig, als ich das zweite Mal vor Sandras Haus parkte, dabei ging es gerade erst auf halb acht zu.

Der Bewegungsmelder im Vorgarten schlug an. Auf dem beleuchteten Plattenweg lief ich zur Haustür. Im Flur unten roch es immer noch nach dem Reinigungsmittel. Während ich darauf wartete, dass Sandra öffnete, erkannte ich am Geruch nach stark verfremdeten künstlichen Äpfeln den bevorzugten Kunststoffreiniger meiner Mutter. Sandra musste ihn sehr großzügig eingesetzt haben, dass sogar das Treppenhaus danach roch.

Weil es so kühl war, machte ich mir als erstes eine Tasse Tee, ehe ich E-Mails abholte und nachsah, ob jemand angerufen hatte. Eine Handvoll Stare fiel in den Garten ein, hüpfte vorbei an Azaleen und Margeriten, pickte, scharrte, stritt und entschwand. Ich überlegte, was ich essen könnte. Vorher wollte ich die Bürokleidung ausziehen. Zu duschen brauchte ich nicht, aber ich machte mich frisch, zog Jeans und ein weißes T-Shirt an und kehrte zurück zu meinem trinkfertig abgekühlten Tee.

Eine Katze querte den Garten, tauchte an der Azalee vorbei und zwängte sich durch den Zaun auf das Nachbargrundstück. Ich blickte ihr nach, bis die weißen Pfoten nebenan verschwunden waren. Dann fiel es mir auf. Der Bewegungsmelder unter der Azalee hatte nicht auf die Katze reagiert. Vielleicht war die Lampe defekt. Vielleicht hatte sie schon wieder jemand entfernt.

Barfuß schlüpfte ich ins Treppenhaus und lauschte. Es war still, bis hier oben roch es nach dem Kunststoffreiniger. Kunststoff hatte Sandra aber nur an den Gartenmöbeln draußen, ihre Möbel und Türen, sogar die Fensterrahmen waren aus Holz. Den Schlüssel in der einen Hosentasche, das Handy in der anderen, tappte ich hinunter bis zu Sandras Tür.

Um diese Uhrzeit war ich es gewohnt, sie zu hören, nur manchmal besuchte sie am Abend Kunden. Die selbstständigen Handwerker hatten oft erst abends Zeit für sie, und zum Monats- und Quartalsende häuften sich die späten Termine. Doch für die Monatsabschlüsse war es zu früh. Vielleicht machte sie einen privaten Besuch. Vielleicht schlief sie. Genügend Tabletten nahm sie schließlich. Trotz der Stille in Sandras Wohnung klingelte ich noch einmal, erwartungsgemäß ohne Ergebnis.

Im Nachhinein könnte ich keinen rationalen Grund angeben, warum ich nun ganz leise das Haus verließ. Ich handelte instinktiv. Draußen schlug der Regen gegen die Hauswand. Das Licht sprang an. Ich biss die Zähne zusammen und lief um das Haus herum. An der Giebelseite schlug ebenfalls ein Bewegungsmelder an.

Ich bog um die Ecke der an den Giebel grenzenden Garage in den hinteren Garten. Unbeleuchtet lag die Terrasse da, aber es war an diesem Juliabend noch zu früh für richtige Dunkelheit. Ohne ablenkendes Lampenlicht sah ich in der Dämmerung sehr gut. Wie immer waren die Terrassenmöbel fortgeräumt. Sandra schloss sie jeden Abend in der Garage ein. Wahrscheinlich hatten sie da die ganzen letzten Tage gestanden, es sei denn, Sandra hätte heute die kurze Aufklarung um die Mittagszeit herum genutzt und sich kurz nach draußen gesetzt. Verrückt wie sie war, schleppte sie für eine halbe Stunde in der Sonne die schweren Klappstühle hin und her.

Ich passierte das Küchenfenster hinter seinem Rollladen. Drinnen brannte kein Licht. Auch die Terrassenrollläden waren heruntergelassen, durch deren Ritzen drang jedoch ein schwacher Lichtschein. Ich zögerte, schlich vorsichtig näher und versuchte, durch die Ritzen hindurch zu spähen. Selbstverständlich gelang mir das nicht. Aber für Momente verschwand das Licht an einer Stelle, als ob jemand zwischen der Lichtquelle und dem Fenster hindurchgegangen wäre, jemand, der nicht auf mein Klingeln öffnete.

Ratlos und mit von Atemzug zu Atemzug anwachsender Sorge stand ich auf der Terrasse. In Sandras Wohnung war jemand. Sandra öffnete nicht. Ein Knarren ließ mich über Gebühr zusammenfahren. Erst wusste ich nicht, woher das Geräusch gekommen war, dann bemerkte ich, dass die Gartentür zur Garage nicht ganz geschlossen war. Verwundert ging ich hin und zog sie auf. Neben dem Rahmen befand sich meines Wissens ein Lichtschalter. Ich tastete danach und betätigte ihn.

Von der Zeit, in der Sandra im Krankenhaus gelegen hatte, wusste ich, dass die Garage mehr ein Außengebäude als einfach nur ein Unterstand für ein nicht vorhandenes Auto war. Diesen hinteren Teil des Gebäudes nutzte Sandra wie einen Schuppen. Hier standen die Terrassenmöbel, die wie erwartet scharf künstlichen Apfel ausdünsteten.

Zur eigentlichen Garage kam man durch eine Metalltür, die auch jetzt trotz Sandras Vorliebe für das Verrammeln und Sichern sämtlicher Zugänge nicht abgeschlossen war. Gründe gab es sicher dafür, sei es nur ein verlorener

Schlüssel oder ein besonders schwergängiges Schloss. Wie immer war die Garage leer.

Dies alles hatte ich früher schon erkundet. Daher wusste ich auch um die zweite Tür in der Garage. Die hatte ich damals nicht probiert, doch ich vermutete, sie führte in das Wohnhaus. Zu meiner großen Erleichterung ließ sie sich aufziehen. Ich befand mich nun in einem Flur von der Größe eines Badehandtuchs.

Durch ein tellergroßes Rundfenster fiel das Licht der Straßenlaterne und zeigte mir eine weitere Tür, durch die ich in das Arbeitszimmer gelangte. Auch hier waren die Rollläden heruntergelassen. Etwas Licht kam von draußen durch die Ritzen. Jenseits des Flures hörte ich jemanden sprechen. Es war ein Mann, und seine Stimme hatte nicht die flüssige Intonation eines Fernsehmoderators.

Die Tür zum Flur war nur angelehnt. Ich stieß sie etwas weiter auf. Auf den Marmorfliesen lagen ein benutztes Reinigungstuch und eine offene Flasche, aus der sich eine grünliche Flüssigkeit ergossen hatte. Daneben war ein braunroter Streifen wie von einem verwischten Schuhabdruck. Ähnliche Streifen reichten bis zur Wohnzimmertür. Atemlos wich ich zurück in das dunkle Arbeitszimmer und tippte auf dem Handy die 110.

Über mir klingelte das Telefon. Mir fiel ein, dass ich Bea hätte anrufen sollen. Auch gab es eine Nachricht auf Andys Anrufbeantworter. Doch ich sollte bleiben, wo ich war, hatte man mir bei der Polizei gesagt. Das konnte ich nicht.

Kämen die Wardenburger Polizisten, bräuchten sie keinen weiten Weg zurückzulegen. Luftlinie war es vielleicht ein halber Kilometer von der Station an der Oldenburger Straße. Eigentlich müsste man in diesem Haus das Martinshorn hören, sobald sie es beim Losfahren einschalteten, doch hörte ich nichts außer der abgehackten Stimme des Mannes.

Auf Sandras Schreibtisch stand noch immer der Goethekopf. Im Flur war er plötzlich in meiner Hand, also hatte ich ihn wohl vom Schreibtisch genommen. Die männliche Stimme kam aus dem Wohnzimmer. Leise stieß ich die Tür auf.

Sandra saß in einem Sessel. Arme und Beine waren seitlich fixiert, so dass ihr Körper sich offen und schutzlos darbot. Der Mann, dessen Rücken ich sah, hatte ihre Bluse aufgerissen. Blut bedeckte ihre Haut an Gesicht, Brust, Armen und Beinen, rotes Blut und kleine graurote Klumpen.

Braunrote Tritte waren überall zu sehen, wo die groben Schuhe des Mannes hingetreten waren. Am Boden verteilt lagen einige elende Brocken ehemals lebendigen Gewebes, teilweise erkennbar als Lauf oder Schädel, zumeist nur schwarze Fetzen und Knochen. Der gesamte Raum stank wie eine Abdeckkammer.

„Die Augen!" brüllte der Mann gerade und stieß seine Faust in Sandras Unterleib. Sie schrie. Er spuckte ihr ins Gesicht.

„Mach die Augen auf, du Fotze!"

Er zog die blutverschmierte Rechte unter den Resten ihres Rocks hervor. Beide Hände legte er an ihr Gesicht, die Daumen auf ihren Augen. Aus meiner Hand löste sich der Goethekopf. Schwerfällig flog er durch den Raum und streifte den Mann am Nacken, ehe er in Sandras Schoß fiel.

Mit einem unartikulierten Schrei sprang der Mann herum. Die Front seiner Kleidung starrte vor Blut und Dreck, ebenso sein Gesicht, auf dem Schweiß hellere Streifen gewaschen hatte. Darunter erkannte ich die Züge von Hajo Bösche. Dass er mich erkannte, glaube ich nicht. Aber er nahm wahr, dass jemand in der Tür stand.

Mit einem weiteren Schrei stürzte er in meine Richtung, verfing sich aber mit einem Fuß in der Teppichkante. Er stolperte, machte aber noch, ohne sein Gleichgewicht zu finden, einige Schritte durch den Raum, ehe er zu Fall kam. Im nächsten Moment klingelte es an der Tür. Noch ehe der Mann sich aufraffen konnte, schlug ich die Wohnzimmertür hinter mir zu und hämmerte auf den Türöffner. Die Polizei war eingetroffen.

24. KAPITEL

Ricky Thamke servierte Tee in der neuen Wohnung seiner Mutter.

„Ich verstehe immer noch nicht, was Christa mir da erzählt hat", verkündete Harry. Ich seufzte. Manche Leute wurden mit zunehmendem Alter stetig langsamer, manche waren nie besonders schnell. Es erschien mir unhöflich zu spekulieren, in welche Kategorie Harry fiele.

Auf dem Tisch mit der rosenbedruckten Decke standen Kekse. Frau Thamke in strahlendem Zinnoberrot reichte uns die Schale.

„Herr Meinert, Sie haben doch selbst erlebt, wie die Polizei meinen Jungen beschuldigt hat, diese arme Frau Menserhagen zu bedrohen."

„Das hat er aber nicht getan", begehrte Harry auf.

„Aber nein, Herr Meinert. Natürlich nicht. Aber der Junge ist wegen seines Berufes sehr angreifbar. Immer gewesen. Da vergreifen sich die Herren von der Polizei öfter mal im Ton." Harry nickte, als ob er dies nachvollziehen konnte, und bediente sich noch einmal.

Ihrem Sohn waren diese Bemerkungen offenkundig unangenehm, Frau Thamke aber, im Bewusstsein, sich in ihrem eigenen Königreich zu befinden, schüttelte nur den Kopf in seine Richtung.

„Der Junge hat 1985 seine Verlobte und den reizendsten Rottweiler, den man sich denken konnte, bei einem Unfall verloren. Fahrerflucht. Losgelassen hat ihn das nie, stimmt's, Ricky?" Hinter seiner Tasse nickte Ricky. Frau Thamke fuhr fort:

„Was uns all die Jahre irritiert hat, waren die Blumen. Oft lagen Blumen vorne auf der Treppe, manchmal im Laden gekaufte, meist wie am Straßenrand abgerissen, und oft genug hatten wir das Gefühl, jemand schleicht ums Haus. Nun, das alte Haus steht einsam, keine Nachbarn, was für das Geschäftliche optimal ist. Sicherheit dagegen, auch die unserer Mitarbeiterinnen natürlich, war immer, na ja, von den Beziehungen zur Polizei abhängig. Die sagten immer, solange nichts passiert, könnten sie nichts unternehmen. Tja, passiert war nichts, jedenfalls soweit wir wussten, wie sich jetzt gezeigt hat. Und gesehen, richtig gesehen und dann auch erkannt, hat sowieso niemand den oder die Kerle mit den Blumen."

„Haben Sie nie gedacht, diese Blumen könnten etwas mit dem Tod der Verlobten Ihres Sohnes zu tun haben?" fragte ich. Frau Thamke warf ihrem Sohn einen Blick zu. Doch der reagierte nicht. Sie sprach weiter.

„An Minnies Todestag lagen immer Blumen da. Das haben wir mit ihrem Unfall in Verbindung gebracht. Aber eher so als Entschuldigung, nicht wahr? Als ob jemand ein schlechtes Gewissen gehabt hätte. Aber die anderen Male? Nein. Wie auch? Auch die Unfälle nicht."

Das wäre sicher zu viel verlangt gewesen. Die Thamkes hatten mehrmals die Polizei an Unfallstellen gerufen und selbst Erste Hilfe geleistet. Mehr konnte man nicht erwarten.

„Heute nennt man das Stalker", sprach Ricky Thamke nun weiter. „Damals waren es Spanner. Bei uns am Haus war das nichts Ungewöhnliches. Einige haben wir erwischt und ihnen klar gemacht, dass dieses Verhalten unerwünscht war. Wenn die Kunden sich nicht sicher fühlen können, kommen sie nicht mehr."

„Aber", wandte Harry ein, „offensichtlich hatte Ihre Verlobte einen Stalker."

„Ja", sagte ich. „Ein Landwirt. In die Blaue Orchidee hat er sich nicht getraut, aber Melanie hatte es ihm angetan. Er hat sie beobachtet. Und weil er wusste, dass sie morgens eine Runde mit dem Hund drehte, lungerte er dann an der Sager Straße. Und so wurde er Zeuge des Unfalls. Und Zeuge der Fahrerflucht von Sandra Menserhagens Vater."

„Der arme Mann", sagte Frau Thamke. „Er hat herausgefunden, wessen Auto es war. Hatte sich wohl die Nummer gemerkt. Oder er kannte diesen Bauunternehmer vielleicht sogar. Und da wollte er ihn bestrafen."

„Er hätte zur Polizei gehen sollen", warf Ricky ein. Ich schüttelte den Kopf.

„Das traute er sich ebenso wenig wie einen richtigen Besuch in der Blauen Orchidee. Außerdem hätte er erklären müssen, was er um diese Uhrzeit bei dem Haus wollte. Aus seiner Sicht gab es nur eine Möglichkeit: Er musste die Bestrafung übernehmen."

„Und das waren die Unfälle?" fragte Harry. Ricky Thamke schenkte Tee nach.

„Mit einem Unfall war ihm das Liebste genommen worden. Mit einem Unfall nahm er Menserhagen den Sohn. Die Tochter wollte er ihm auch nehmen. Die wehrte sich. Da hat er sie bedroht und über Jahrzehnte tyrannisiert. Und am Ende hat er auch Menserhagen erwischt. Er wusste ja, dass alle die Sager Straße nutzen. Er brauchte bloß zu warten. Zeit hatte er. Wie viele andere Leute dabei Schaden nahmen, war ihm egal. Die Polizei nimmt an, wenigstens einige der anderen Unfälle in diesem Straßenabschnitt gingen auf ihn zurück. Er muss die Fahrer erschreckt haben."

„Aber die Polizei sagt, er hat dem Druck nicht standgehalten. In der ganzen Gegend rund um seinen Hof verschwanden Tiere, meistens Hunde. Wenn man sie im Wald fand, waren sie grässlich zugerichtet oder verbrannt. Einige davon hat er zu Sandra Menserhagen gebracht. Als Warnung. Dann hat er sie letztens überrascht, als die Terrassentür offenstand. Sie hatte die Terrassenmöbel gereinigt und glücklicherweise die Garage noch nicht abgeschlossen." Meine guten Beziehungen zur örtlichen Polizei hatten mir diese Informationen verschafft.

„Wie hat das arme Kind diesen fürchterlichen Angriff überstanden?" erkundigte sich Frau Thamke.

„Nicht gut", entgegnete ich. Das war untertrieben. Sandra war auf eigenen Wunsch im ehemaligen Landeskrankenhaus in Wehnen. Wie lange sie dort bleiben würde, wusste ich nicht. Walter Priem, der sie regelmäßig besuchte, hatte mir erzählt, sie habe Angstzustände und Halluzinationen.

Noch wohne ich in Sandras Haus im Patenbergsweg. Aber ich sehe mich schon nach einer anderen Wohnung um. Meine Mutter drängt sehr darauf, und ich muss zugeben, ich mag meine Wohnung nicht mehr. Sicher fühle ich mich dort auch nicht länger. Das Haus, eigentlich der gesamte Patenbergsweg erscheint mir als Zentrum dunkler Machenschaften. Frauen in weißen Hemdblusen passen nicht an Orte, wo die Leute Tierblut verschmieren. Aber seit jenem Tag trage ich sowieso meistens Schwarz, obwohl Heidi meint, an mir wirke es nicht sonderlich cool. Für mich ist es eine Tarnfarbe in dieser unberechenbaren Umgebung.

ENDE

MARTINA SEVECKE-POHLEN

Martina Sevecke-Pohlen wurde 1968 in Düsseldorf geboren. Ihre Jugend verbrachte sie in Aachen, wo sie 1989 am Inda-Gymnasium das Abitur ablegte. Nach ihrem Studium in Oldenburg arbeitete sie in der Erwachsenenbildung.

Martina Sevecke-Pohlen ist Inhaberin des Wieken-Verlags. Sie lebt mit ihrem Mann und ihrer Tochter in Ostfriesland.

Weitere Bücher von Martina Sevecke-Pohlen:

Die Legendenweberin, Schardt Verlag, 2009.
ISBN 978-3-89841-527-9

Im stillen Tal, Schardt Verlag, 2010.
ISBN 978-3-89841-441-8

Sandras Schatten, Wieken-Verlag, 2012
ist u. a. als Kindle E-Book erhältlich.

Wir freuen uns auf Ihren Besuch auf
http://www.sevecke-pohlen.de
http://sevecke-pohlen-blog.de

Dort finden Sie weitere Informationen zu der Autorin und ihren Büchern, außerdem interessante Tipps zum Schreiben.